***Undercover ins Herz***

*Liebe unbewaffnet*

Alica H. White

Verlag:
Zeilenfluss
Implerstraße 24
81371 München
Deutschland

ISBN 978-3-96714-046-0

Text: Alica H. White
Bildmaterialien: © Shutterstock.com
Cover: Casandra Krammer - www.casandrakrammer.de
Korrektorat: Dr. Andreas Fischer/Petra Förster
Satz: André Piotrowski

# Undercover ins Herz

## Liebe unbewaffnet

Alica H. White

ZEILENFLUSS

# 1

## Totgesagte leben länger

Eine warme Brise weht durch die Häuserschluchten von New York, während ich mich auf den Weg zur Inquisition mache. Ich schätze, diese Mittagspause wird anstrengender als der Rest des ganzen Arbeitstages. Ich bin fast am Restaurant angekommen, da klingelt mein Smartphone.

»Hi Vivie, was gibt's?«, frage ich meine Schwester.

»Ich habe gerade in deinem Büro angerufen und erfahren, dass du mit Mom essen gehst.«

Ich seufze. »Ja, leider. Ich treffe mich mit ihr in *Sparks Steak House*. Ich kann sie schließlich nicht immer abwimmeln.«

»Da? Wieso denn da? Da ist sie doch früher nie gewesen. Weißt du nicht, was das Restaurant für eine Geschichte hat?«

»Doch, natürlich. Da haben sich 1985 ein paar Mafiabosse die Kugeln um die Ohren geschossen. Aber wieso wundert dich das?«

»Ach, nur so. Bei Mom wundert mich gar nichts«, kommt es zögernd durchs Telefon.

»Ich denke, da es den Laden immer noch gibt, wird er gute Steaks haben und damit auch guten Salat. Das ist die Leibspeise unserer Mutter.«

»Was will sie denn? Wenn Mom Kontakt sucht, will sie doch immer was.«

»Keine Ahnung. Wahrscheinlich will sie mich mal wieder befragen, warum ich die Einzige bin, die noch nicht unter der Haube ist. Und vermutlich hat sie zufällig ein paar gute Kandidaten kennengelernt. Wie immer.«

»Echt jetzt? Wer kann das sein?«

»Keine Ahnung. Aber soweit ich weiß, hat sie einen neuen Freund. Da scannt sie doch gleich alle möglichen Kandidaten aus der Familie. Ein Geschwisterchen werden wir ja wohl kaum bekommen.«

Ein helles Lachen erklingt am anderen Ende der Leitung. »Bist du dir sicher? Bei unserer Mutter weiß man nie.«

»Ich werde dir berichten, worum es ging. Sei froh, dass du gerade in Texas bist und eine Ausrede hast, die Einladung abzulehnen. Ich beneide dich.« Ich seufze ins Telefon.

»Nicht, dass ich mich nach meiner Mutter sehne, aber sie hat mich überhaupt nicht eingeladen«, antwortet Vivienne nachdenklich.

Überrascht bleibe ich stehen. Warum lädt meine Mutter nur mich allein ein? Das ist unüblich, aber stärkt die These, dass sie mich mal wieder verkuppeln will. Dass sie meinen Bruder nicht einlädt, ist klar. Die beiden sind mittlerweile wie Hund und Katze. Immerhin ist Vivienne für Moms Vorstellungen einigermaßen gut versorgt. »Vielleicht wusste sie gar n…«

Rums! Irgendjemand ist mir hinten aufgelaufen, obwohl die Straßen gar nicht so belebt sind.

Wer ist mir so dicht auf den Fersen, dass er mit mir kollidiert, sobald ich stehen bleibe? Gerald, ist mein erster Gedanke. Ob ich meinem Bodyguard doch nicht entwischen konnte? Neugierig drehe ich mich um und schaue gegen die breite Brust eines heißen Typen mit Lederjacke.

Sein Anblick verwirrt mich, denn seine hellblauen Augen sehen mich ziemlich durchdringend an, bevor er sich verlegen durch die dunkelblonden, kurzen Haare fährt. Die

Lederjacke spannt an den Ärmeln und deutet darauf hin, dass er ziemlich muskulös ist.

»Sorry, ich muss mit den Gedanken woanders gewesen sein«, sagt er erschrocken.

Sein Duft, der vom Leder dominiert wird, weht in meine Nase. Ich schnuppere unauffällig und schlucke, denn er gehört zu der Sorte Mann, die man sofort an sich reißen und küssen möchte.

»Kein Ding«, murmle ich konfus und weiß nicht, wohin mit meinem Blick. Am liebsten würde ich ihn damit verschlingen. Bloß weg hier! »Ähm … ich muss dann mal weiter.«

Der Typ nickt lächelnd und zeigt dabei eine Reihe ebenmäßiger Zähne.

Eilig setze ich mich in Bewegung und bin froh, dass ich bald das Restaurant erreicht habe. Ein Perserteppich mit großen beigefarbenen Ornamenten empfängt mich. Ich war noch nie in diesem für Touristen sicher sehr anziehenden Lokal. Goldgerahmte Bilder an den Wänden, eine dunkelrote Decke und die weißen Tischtücher mit farblich abgestimmten Stühlen geben dem Raum eine ganz besondere Atmosphäre.

Meine Mutter sitzt an einem Tisch, der beim Hereinkommen sofort ins Auge fällt. Wo auch sonst? Heute ist sie mal wieder so sehr mit Schmuck behängt, dass es sicherlich ihre Bewegungsfreiheit einschränkt. Sie hat schon immer gerne gezeigt, was sie hat.

»Hi Mom.«

»Da bist du ja endlich, Darling. Du bist zu spät«, säuselt sie, als ich ihr ein Begrüßungsküsschen gebe.

»Fünf Minuten. Ich bin nicht so schnell aus der Sitzung rausgekommen«, verteidige ich mich.

»Na, ist ja egal. Setz dich«, antwortet sie schnippisch.

Ich atme durch und folge.

»Was willst du essen?«, fragt sie gleich darauf, denn der Kellner steht schon neben uns und reicht uns die Karten. Entweder ist der Service hier sehr zuvorkommend, oder Mom ist neuerdings Stammkundin. Während ich einen kurzen Blick auf die angebotenen Speisen werfe, wartet die Bedienung geduldig neben uns.

»Was ich im Steakhaus essen will? Ein Steak, denke ich. Vielleicht ein einfaches kleines Rumpsteak … so zweihundert Gramm, nur mit Gemüse.«

Der Kellner nickt. »Sehr wohl.«

»Einen *Caesar Salad*«, bestellt meine Mutter. »Und eine Flasche italienisches Mineralwasser mit zwei Gläsern, bitte.«

Nach einer angedeuteten Verbeugung eilt die Bedienung davon.

»Was gibt es Neues, Mom? Mach's kurz, ich kann mir keine lange Pause erlauben.« Dabei sehe ich demonstrativ auf mein Smartphone.

»Da trifft man sich nach Monaten das erste Mal wieder, und du hast keine Zeit für deine Mutter? Will jetzt auch noch meine zweite Tochter nichts mehr mit mir zu tun haben?«

Nervös kaue ich auf meiner Unterlippe. Was soll ich antworten? Meine Mutter hat sich unserer Familie gegenüber schon immer sehr egoistisch verhalten. Wochenlang hat sie sich nicht mehr bei uns gemeldet. Es fällt mir sehr schwer, sie überhaupt zu treffen. Doch sie ist nun mal meine Mutter …

»Nein, Mom. Daran liegt es nicht«, beruhige ich sie und rutsche nervös auf meinem Stuhl herum.

»Versteh' schon.« Sie kräuselt beleidigt ihre Lippen, soweit das die zahlreichen Schönheitsbehandlungen zulassen. Sie weiß genau, wie sie bei mir ein schlechtes Gewissen erzeugt.

»Es ist nicht leicht für mich, dass ihr mich so kaltgestellt habt. Ich wollte immer nur das Beste für dich … für euch alle«, jammert sie.

Ja, schon klar. »Schon gut, Mom. Lassen wir die Vorfälle beiseite.«

»Ich hoffe, du meinst, was du sagst«, erwidert sie säuerlich.

*Wir werden sehen*, denke ich und nicke.

»Also, ich habe gute Neuigkeiten. Ich weiß nicht, ob du es schon mitbekommen hast, aber es gibt einen neuen Mann in meinem Leben.«

»Ja, ich habe davon gehört«, sage ich, während der Kellner das Wasser für uns hinstellt.

»Es ist mir ernst mit ihm, und ihm ist es ernst mit mir.«

»Freut mich für dich. Ehrlich«, versichere ich, bevor ich einen Schluck nehme.

»Deshalb wollen wir unsere Beziehung jetzt auf eine neue Stufe heben.«

Oh je. Na ja, wenigstens scheint sie nicht schwanger zu sein. »Du willst dich verloben?«

»Genau. Und danach wollen wir so schnell wie möglich heiraten. Da rechne ich fest mit dir als Trauzeugin. Du tust mir doch den Gefallen, oder?«

Ihre Frage verursacht mir Beklemmungen. »Ähm … ja«, krächze ich. »Aber willst du dich nicht erst mal verloben?«

»Natürlich. Alles andere macht ja keinen Sinn, du Dummerchen«, flötet sie kopfschüttelnd.

»Wo ist denn dein Neuer? Was für einen Beruf hat er? Wie sieht er aus?«

»Du wirst ihn am Wochenende kennenlernen. Dann ist die Verlobungsfeier«, sagt Mom. Ihre zahlreichen Armreifen rasseln, während sie einen Schluck Wasser nimmt.

»Ist das nicht ein bisschen überstürzt?«, frage ich und versuche meine Skepsis zu verbergen.

»Ich wüsste nicht, wie du das beurteilen willst«, fährt sie mir über den Mund.

»Da hast du natürlich recht«, muss ich kleinlaut zugeben.

»Also kommst du nun zu unserer Party?«

»Nächstes Wochenende?«

»Hast du Probleme mit deinem Gedächtnis?«, spottet sie, obwohl sie weiß, wie ich das hasse.

»Nein. Ich überlege nur, dass ich mich dann mit Madison treffen wollte. Aber das kann ich natürlich auch absagen.«

»Ja, das ist wohl besser so. Ich weiß sowieso nicht, was du an diesem farblosen Trampel findest. Wenn du dich in solchen Kreisen bewegst, wirst du nie einen angemessenen Partner ergattern.«

Mein Puls pocht in den Schläfen.

»Madison ist lieb, hilfsbereit und aufrichtig«, zische ich. Doch das waren für meine Mutter noch nie Argumente, sich mit jemandem abzugeben. »Ihre Kreise sind mir allemal lieber als die, in denen du mich gerne sehen würdest«, setze ich nach. Angestrengt versuche ich mein Temperament runterzufahren. Egal, ob ich mich aufrege oder nicht. Es kratzt sie nicht.

Ich hole tief Luft. Sie ist meine Mom. Sie ist meine Mom. Sie ist meine Mom.

Meine Mutter lächelt zuckersüß und stupst ihre Frisur zurecht. Sie setzt an, als ob sie etwas sagen wollte, was sie aber Gott sei Dank nicht tut.

»Wie heißt er denn, dein Verlobter?«, frage ich versöhnlich.

»Oh, er heißt Bertoldo Siciliani und ist ein sehr erfolgreicher Geschäftsmann. Aber nicht nur das, er ist sehr großzügig und trägt mich auf Händen«, schwärmt sie versonnen.

»Das hört sich doch super an! Ich freu' mich für dich! Und was macht er so?«

»In Immobilien ... Investment und irgendwelche Online-

Geschäfte. So genau weiß ich das gar nicht. Im Gegensatz zu eurem Vater redet er nicht ständig von der Arbeit.«

»Aha, klingt interessant. Aber so viel hat man von ihm noch nicht gehört, oder? Ich kenne ihn nicht.«

»Ja, er steht nicht gerne in der Öffentlichkeit. Willst du mal ein Foto sehen?« Meine Mutter kramt in ihrer Tasche und zieht ein Foto heraus, das einen aknenarbigen Anzugträger zeigt. Seine Augen wirken merkwürdig teilnahmslos, fast kalt. Wegen des Aussehens hat sie sich den Kerl nicht geangelt, aber das hatte ich auch nicht erwartet. Mit Sicherheit hat er ziemlich viel auf dem Bankkonto.

»Der sieht … interessant aus«, stammle ich.

»Nicht wahr? Er ist italienischer Abstammung. Ich liebe das. Den Italienern bedeutet Familie noch etwas.«

Ich nicke. »Wo ist sie denn? Die Verlobung, meine ich.«

Mom sucht noch einmal in ihrem Shopper und holt einen Umschlag heraus, den sie mir mit wichtiger Miene zuschiebt. »Da steht alles drin.«

»Hast du eigentlich auch Vivienne dazu eingeladen?«, erkundige ich mich.

»Nein, die ist doch in Texas. Da kann sie meinetwegen auch bleiben.«

»Was soll das denn heißen? Hat sie dir etwas getan?«

»Nein, nichts. Aber genau das ist es ja. Sie hat nicht mehr mit mir geredet, seit sie ihr Studio aufgemacht hat«, erklärt meine Mutter beleidigt.

»Na ja, sie war nicht im *Wyatt Tower*, aber immerhin in New York. Du hättest sie also durchaus mal besuchen können.«

»Um mich dann von einer genervten Tochter abkanzeln zu lassen?«, grummelt sie.

Oh Mann, wie erkläre ich bloß meiner Mutter, dass nicht immer nur die anderen schuld sind. Ich fürchte, sie ist ein hoffnungsloser Fall.

»Warum seufzt du?«, fragt sie.

»Nichts, Mom, das Essen kommt.«

Während des Essens reden wir zu meiner Erleichterung nicht mehr. Das hätte mir sicher den Appetit verdorben. Kauend schaue ich mich ein wenig im relativ leeren Lokal um. Fast verschlucke ich mich, als ich etwas abseits den sexy Typen vom Zusammenstoß sitzen sehe. Als er mich erkennt, guckt er sofort auf sein Smartphone. Obwohl er nur kurz nach mir ins Restaurant gekommen sein muss, hat er noch nicht einmal ein Getränk vor sich stehen und wir haben schon das Essen. Ob wir hier eine Sonderbehandlung genießen? Ich verkneife es mir, meine Mom danach zu fragen. Es gibt Dinge, die will man nicht wissen.

Ich kann es nicht lassen, der Kerl bleibt unter meiner Beobachtung. Immer wieder treffen sich unsere Blicke. Er hat inzwischen seine Ärmel nach oben geschoben, was ein paar heiße Tattoos zum Vorschein bringt. Zusammen mit den dicken Silberringen sieht er aus wie ein *Bad Boy*. Ich bin verrückt, dass ich auf solche Typen stehe, schließlich habe ich schon so viele schlechte Erfahrungen mit ihnen gemacht.

Ob er mit mir flirtet? Besser nicht, denn das endet meistens in einer Katastrophe.

»Wo siehst du eigentlich die ganze Zeit hin?«, erkundigt sich meine Mutter und folgt meiner Blickrichtung. »Um Gottes willen! Du himmelst doch nicht etwa diesen tätowierten Trash da an? Kennst du den etwa?«, fragt sie naserümpfend.

Fast verschlucke ich mich. »Nein! Natürlich nicht. Wie kommst du darauf?«

Mom mustert mich skeptisch. Verlegen weiche ich ihrer kritischen Begutachtung aus und wende mich hochinteressiert dem lauwarmen Steak auf meinem Teller zu.

Als ich das Restaurant verlasse, hat die Sahneschnitte

gerade erst das Essen bekommen. Schade, dann wird er mir bestimmt nicht mehr folgen.

Doch so schade finde ich es dann auch wieder nicht, denn auf der Straße stürmt mein Bodyguard Gerald auf mich zu. Nervös streicht er sich über seine Glatze. Die Adern an seinem Hals sind geschwollen. »Miss Wyatt, ich muss Sie doch sehr bitten, meine Arbeit nicht zu sabotieren! Warum sind Sie schon wieder ohne ein Wort verschwunden?«

»Weil ich *zu Fuß* in die Mittagspause gehen wollte. Das Wetter ist so schön. Gerald, beruhige dich. Wie habt ihr mich überhaupt gefunden?«

»Natürlich über Ihr Handy, Miss.«

Ich schlucke. »Ihr habt mein Handy getrackt?«

»Was blieb uns anderes übrig? Sie benehmen sich nicht sehr verantwortungsvoll.«

»Es ist mitten am Tag. Da finden auf belebter Straße keine Entführungen statt«, antworte ich betont gelassen.

Mein Bodyguard keucht nervös. »Bei solch einer bekannten Person der New Yorker Society kann alles passieren. Jederzeit. Gerade hier wurden doch auf offener Straße Menschen erschossen. Das ist noch gar nicht so lange her.«

Fast tut er mir ein bisschen leid. Manchmal ertrage ich den goldenen Käfig einfach nicht, in dem ich stecke. Ich tätschle ihm beruhigend die Schulter. »Soweit ich weiß, war das 1985 und ein Mafia-Massaker. Da habe ich doch Glück, dass ich kein Mitglied bin. Außerdem ist die Mafia nach dem Durchgreifen von Giuliani hier in New York Geschichte.«

»Der Boss der Gambino-Familie wurde erst im März 2019 vor seinem Haus in Staten Island niedergeschossen«, warnt Gerald mit erhobenem Zeigefinger.

»Trotzdem hat die Mafia hier in New York keinen nennenswerten Einfluss mehr. Ich denke, die ist faktisch tot.«

»Totgesagte leben länger, Miss Wyatt.«

# 2

## Plan B

Auf der Rückfahrt zu meiner Arbeit geht mir der neue Partner meiner Mutter nicht mehr aus dem Kopf. Ein erfolgreicher Geschäftsmann, von dem ich noch nichts gehört habe? Gut, er ist anscheinend nicht im Handel tätig, und New York ist groß. Aber wo zum Teufel hat Mom ihn kennengelernt?

Ich werde Ethan fragen, vielleicht ist der ihm ja ein Begriff. Mein Bruder ist Wirtschaftsanwalt und hat seine Kanzlei auch im *Wyatt Tower.* Ein wirklich erfolgreicher Geschäftsmann müsste ihm bekannt sein.

Gerade fährt meine gepanzerte Limousine in die Tiefgarage. Mein Bodyguard öffnet die Tür und eskortiert mich in das Gebäude.

»Ich denke, Sie können jetzt Feierabend machen, Gerald. Ich werde mich dann vom Fahrdienst nach Hause bringen lassen«, weise ich ihn an.

»Ihre neue Bleibe ist nicht genügend gesichert, Miss Wyatt. Das habe ich schon so oft erklärt. Sie leben in einer zweifelhaften Gegend, da ist es besser, wenn ich Sie bis zum Haus begleite.«

»Gerald, die Diskussion hatten wir doch schon. Es ist ein solides Viertel, in das ich gezogen bin«, antworte ich geduldig.

Ich hatte mein Apartment hier im Tower, aber die zwangsläufige Rufbereitschaft ging mir auf die Nerven. Auch wenn unser Hochhaus direkt am Central Park liegt, fühlte es sich nicht wie Freizeit an, wenn ich dort war. Ich sehne mich nach einem ganz normalen Leben mit einer ganz normalen Familie. Mein neues Zuhause sollte mich an Vermont erinnern, wo ich eine idyllische Kindheit verbracht habe. Hier in New York allerdings kein leichtes Unterfangen.

»Aber deswegen können Sie doch nicht immer ohne Begleitung dort herumspazieren. Ich verstehe nicht, wie Sie so leichtsinnig sein können, Miss.« Gerald tupft sich den Schweiß von der Stirn. Es tut mir leid, dass ich den armen Kerl unter Stress setze, aber manchmal vermisse ich das Gefühl, dass ich ein stinknormaler Mensch bin.

»Sie brauchen keine Verantwortung zu übernehmen. Hier fehlt mir die Luft zum Atmen. Ich möchte mich frei fühlen. Ein Bodyguard lenkt die Blicke auf mich, das mag ich nicht«, erwidere ich.

»Und ich habe Ihnen erklärt, dass das nichts mit dem Personenschutz zu tun hat … haben muss. Keine Verantwortung übernehmen? Wie stellen Sie sich das vor?«

»Sie gehen ja auch nach der Arbeit in ein unspektakuläres Leben zurück«, grummle ich.

»Es macht keinen Sinn, mit Ihnen darüber zu diskutieren. Aber vielleicht denken Sie mal darüber nach, was los ist, wenn Ihnen tatsächlich etwas passiert. Dann ist mein Leben ruiniert.«

»Sicher. Aber Sie tragen nur so lange die Verantwortung, bis ich Sie nach Hause schicke. Dann übernehme ich sie für mich selbst.«

»Sie wissen anscheinend immer noch nicht, wovon ich rede. Wenn Sie entführt werden, wäre das ein guter Coup für einen Gangster.«

»Doch, natürlich weiß ich das, aber ich habe trotzdem keine Angst davor.«

»Ich aber, Miss Wyatt. Ich aber«, murrt Gerald.

Ich weiß selbst nicht, warum es mir so zuwider ist, mit Bodyguard herumzulaufen. Was andere vielleicht als erhebend empfinden, gibt mir das Gefühl, Außenseiter zu sein. »Schon gut, Sie haben gewonnen. Ich schaue nur schnell bei Ethan rein, um ihn etwas zu fragen. Das ist doch erlaubt, oder? Sie können ja schon zum Büro vorgehen.«

Gerald nickt widerwillig, fügt sich aber in sein Schicksal.

»Mister Wyatt ist in seiner Wohnung. Er kommt heute nicht mehr in die Kanzlei«, verrät mir seine Sekretärin, als ich dort erscheine.

Ethan lebt im Penthouse hier auf dem Wolkenkratzer. Das ist etwas ganz anderes als mein altes Apartment hier im Gebäude. Schon allein wegen der umlaufenden Terrasse, von der man auf den Central Park sehen kann.

Er öffnet mir selbst die Tür, mit seinem Baby auf der Schulter, das in seine Spuckwindel ächzt. Ich unterdrücke den Neid, der bei dem Anblick aufsteigt, und lächle ihn zur Begrüßung an.

»Hi Melissa. Ella lernt gerade für eine Prüfung«, entschuldigt er sich und klopft dem Baby sanft auf den Rücken.

»Hallo Ethan. Ich wollte dich nur ganz kurz etwas fragen. Kann ich reinkommen?«

»Klar. Ich hoffe, es stört dich nicht, wenn der kleine Scheißer ein bisschen meckert«, sagt er, während er mir die Tür weiter öffnet.

»Es ist toll, wie ihr das macht, so ganz ohne Nanny«, antworte ich lächelnd. Da unsere Mutter sich in unserer Kindheit wenig um uns gekümmert und alle Arbeit meistens den Kindermädchen überlassen hat, ist er in dieser Beziehung wohl besonders motiviert.

»Möglich. Aber ohne die Hilfe der Familie wäre es trotzdem nicht zu schaffen«, erwidert mein Bruder.

»Du weißt ja, ich bin ganz vernarrt in die Kleine und immer für euch da.«

»Danke. Du machst es übrigens auch ganz toll.« Er zwinkert mir zu. »Setz dich.«

Ich folge seiner Einladung und nehme auf einem der schweren Sessel im Wohnzimmer Platz.

»Was gibt's?«, fragt Ethan und setzt sich ebenso.

»Sag mal, kennst du einen gewissen Bertoldo Siciliani?«

»Ja, schon mal gehört. Ich weiß aber wenig von ihm. Er hält sich im Hintergrund, was natürlich die Gerüchteküche befeuert.«

»Was meinst du mit Gerüchteküche?«

»Na, es heißt, dass seine Geschäfte nicht immer die saubersten sind. Warum?«

»Weil unsere Mutter ihn heiraten wird. Sie hat mich gerade zur Verlobung eingeladen und erklärt, dass sie mit mir als Trauzeugin rechnet.«

»Wirklich? Oh Mann! Dann werde ich mir den Typen mal genauer vorknöpfen. Ich glaube, man sagt ihm Verbindungen zur Mafia nach.«

Mein Puls pocht in den Schläfen. »Zur Mafia? Ist dann nicht eine Verlobung mit Mom sehr unwahrscheinlich?«

»Glaubst du, Cynthia hat Skrupel bei so was?«, fragt er grinsend.

»Nein, aber können da nicht nur ethnische Italiener aufgenommen werden?«

»Hm, so genau kenne ich mich damit nicht aus. Die Mafia spielt hier ja keine so große Rolle mehr. Aber ich schätze, dass bei denen nur die Füße der Mordopfer in Beton gegossen werden. Die müssen sich den Gegebenheiten anpassen, sonst sind sie tot.«

»Totgesagte leben länger, hat Gerald gerade zu mir gemeint«, antworte ich nachdenklich.

»Ja, ist wohl so. Aber welchen Vorteil würde sich einer von der Mafia durch Mom erhoffen? Mit dem Konzern hat sie nichts mehr zu tun. Vielleicht liebt er sie wirklich? So was soll es ja geben.«

Ich muss lachen. »Schwer vorstellbar bei Mom, nicht wahr?«

Ethan hebt die Hand. »Lassen wir das Thema besser. Wann ist die Verlobung?«

»Schon am Wochenende. Sie scheinen es ziemlich eilig zu haben, was mich auch skeptisch macht, und ich bin anscheinend die Einzige, die von unserer Familie eingeladen ist.«

»Oh. Na, dann kann es wohl nicht schaden, wenn du Augen und Ohren offenhältst.«

»Worauf du dich verlassen kannst.«

Pflichtbewusst, wie Gerald nun mal ist, hat er mich bis vor die Tür meiner neuen Bleibe gebracht. Es hätte nur noch gefehlt, dass er zuvor mit seiner Waffe durch die Räume gelaufen wäre, um nachzusehen, ob die Luft rein ist. Morgen früh holt er mich wieder ab, dann geht der Ernst des Lebens weiter.

Den Spaß, heute noch einmal als ganz normaler Mensch durch die Straßen zu laufen, hat er mir gründlich verdorben. Leider sind seine Bedenken nicht von der Hand zu weisen.

Durch die Vorstellung, eingesperrt zu sein, fühlt sich mein Nest doppelt leer an. Ich fühle mich allein und wünsche mir einen Partner, der mich wirklich liebt. Einen, der auf mich wartet, meine Seele und meine Füße wärmt. Doch all meine Bemühungen sind bisher nicht nur im Sande verlaufen, sondern im Treibsand versunken. Auch wenn meine Oma immer betont hat, auf jeden Topf passe ein Deckel, so gilt das sicher nicht für mich.

Meine Erwartungen sind einfach unrealistisch, natürlich ist mir das klar. Ein zuverlässiger *Bad Boy* mit großem Herzen und Familiensinn ... Die Quadratur des Kreises. Bei der

Vorstellung muss ich selber lachen. Aber aufrichtig lieben sollte er mich schon ... und gut im Bett sein. Traumhaft wäre es, wenn ich jemanden lieben lernen würde, der gar nicht weiß, wer ich bin. Aber so, wie ich leben muss, ist das wohl kaum möglich. Es ist nicht leicht, sich damit abzufinden. Nachdenklich setze ich mich in einen meiner Sessel und starre aus dem Fenster. Wie schön wäre es, wenn aus meinem Haus ein liebevolles Nest würde, in dem man nach der Arbeit vollkommen entspannen kann.

Ich sollte Vivienne noch über die Neuigkeiten informieren. Auch auf sie bin ich ein klein bisschen neidisch. Sie hat es einfacher, ihr eigenes Leben zu führen, denn sie hat sich nie für den Konzern interessiert, sondern ihr Ding durchgezogen. Seufzend greife ich zum Smartphone und wähle ihre Nummer.

Nachdem ich ihr alles berichtet und wieder aufgelegt habe, bohrt immer noch der Wunsch nach Normalität in mir. Ich versuche mit meiner Freundin Madison zu telefonieren. Doch da erreiche ich nur die Mailbox. Also bleibt mir nichts anderes übrig, als in die Traumwelt eines Streamingdienstes zu flüchten. Warum bin ich nicht ein Filmstar, der sich einfach einen *Toyboy* zulegen kann? So ein heißer Typ, der sich rettungslos in mich verliebt ... Wir gründen eine harmonische Familie ... Oh Mann, was denke ich da schon wieder? Um ein Kind zu bekommen, braucht man keinen Mann. Das wird wohl in naher Zukunft mein Plan B werden.

# 3

## Die Verlobung

In den Tagen bis zur Verlobungsfeier fühlt sich mein goldener Käfig besonders eng an. Als es endlich so weit ist, bin ich froh, wenigstens diese Abwechslung von den ewigen Geschäftsessen zu haben. Meine Nachbarin Debbie ist Stylistin am Broadway und zurzeit im Mutterschutz. Sie zaubert mir eine hübsche Steckfrisur aus meinen glatten, dunkelbraunen Haaren.

»Deine Wimpern sind so fantastisch lang. Man könnte meinen, die wären angeklebt«, sagt sie, während sie den grünen Lidschatten auflegt.

»Nicht so dick, sonst wird es so knallig«, äußere ich Bedenken.

»Das trägt man jetzt so, in zwei Schattierungen. Es passt zu deinen schönen braunen Augen«, erklärt sie.

Ich seufze. Es ist lästig, aber für eine Verlobung angemessen.

Freudig warte ich auf den Fahrdienst.

Es klingelt zur vereinbarten Zeit. Unüberlegt öffne ich die Tür und erschrecke, als ich nicht in Geralds vertrautes Gesicht schaue. Hektisch versuche ich die Tür wieder zuzuschlagen. Doch das geht nicht, der Typ hat seinen Fuß dazwischen.

Moment mal ... Den kenn' ich doch! Er sieht aus wie der *Bad Boy*, mit dem ich kürzlich vor dem Steakhaus zusammengekracht bin. Was ist das denn? Mein Herz rast, mein Kopf droht zu platzen.

»Nimm deinen Scheißfuß da raus!«, fluche ich laut.

Der Kerl auf der anderen Seite der Tür grinst dreckig. »Und schon wären wir tot.«

»Du bist gleich tot, wenn Gerald kommt!«, drohe ich unsicher.

»Gerald kommt heute nicht«, knurrt der Typ.

»Wieso?«, frage ich irritiert. Meine Kraft lässt nach, und der Rüpel ist drinnen.

Fuck! Ich bin ein Trottel! Warum will ich nie auf Geralds Warnungen hören?

»Wieso haben Sie nicht die Sicherheitshebel vor der Tür? Ihnen ist doch klar, dass Sie erst die Tür öffnen dürfen, nachdem Sie sich vergewissert haben, dass jemand davor ist, den Sie kennen. Das muss ich ja jetzt nicht nochmal erklären, oder?«, referiert er, während er sich drohend vor mir aufbaut. Jetzt bin ich mir sicher, es ist der Typ vom Steakhaus.

Kann das ein Zufall sein?

»Was spielst du dich hier auf? Wer bist du überhaupt?«, schimpfe ich, so laut mir das möglich ist.

»Ich bin Geralds Nachfolger und soll Sie zur Firma bringen«, antwortet er trocken und streicht sich über den Fünftagebart.

Ich schlucke, denn das sieht verdammt sexy aus. Gleich darauf hasse ich mich dafür, dass ich selbst in so einer brenzligen Situation auf diesen Typen reagiere.

»Das kann jeder behaupten. Ich rufe jetzt die Polizei«, krächze ich hilflos.

Der Kerl seufzt genervt.

»Wenn Sie das müssten, wäre es doch längst zu spät. Also kommen Sie jetzt«, brummt er ungeduldig und will mich am Ärmel mitziehen.

»Ich will den Ausweis sehen, wenn du von der Sicherheitsfirma bist!«, verlange ich energisch und versuche mich seinem Griff zu entreißen.

Er zerrt weiter. »Kommen Sie jetzt!«

»Was soll das?« Mit einem Ruck befreie ich mich aus dem Griff. »Ausweis her, oder du bist entlassen, bevor du Piep sagen kannst!«

»Den habe ich im Auto vergessen«, erklärt er schulterzuckend.

Mir entfährt ein hysterisches Lachen. »Geht der Trick noch billiger? Mir unprofessionelles Verhalten vorwerfen? Hol ihn!«

»Es ist doch euer Wagen, oder? Erkennen Sie nicht den Fahrer?«

»Nein, erkenne ich nicht! Hol ihn, verdammt nochmal!«

»Es wäre ein Leichtes, Sie unter den Arm zu klemmen und einfach mitzunehmen.«

»Ja, so siehst du aus, du Neandertaler! Versuch's doch!«, erwidere ich mit provozierendem Grinsen.

»Mir reicht's! Komm jetzt!«, flucht er und zerrt wieder an meinem Arm.

Natürlich hat er viel mehr Kraft als ich und schleift mich zur Tür.

»Mach dich schon mal auf viel Aufmerksamkeit gefasst, denn meine Stimme ist gewaltig!«, schnauze ich mit dem Mut der Verzweiflung.

Seine genervte Miene wandelt sich in eindeutig böse.

»Komm jetzt!«, brüllt er derart streng, dass es mir durch Mark und Bein geht. Mein Herz pocht, aber gleichzeitig macht sich ein seltsames Kribbeln im Körper bemerkbar. Er ist so verdammt männlich.

»Den Ausweis!«, presse ich hervor.

Er verdreht die Augen, lässt mich aber los und wendet sich zur Tür. Gut, dass ich mir ein triumphierendes Lächeln verkniffen habe, denn er schaut sich noch einmal um und funkelt mich böse an, bevor er nach draußen verschwindet.

Blitzschnell schließe ich die Tür ab. Diesmal lege ich auch den Riegel vor.

So! Und jetzt werde ich zuerst mit der Sicherheitsfirma telefonieren.

Es meldet sich ein Mister Keller, den ich schon öfter an der Strippe hatte, wenn ich Sicherheitspersonal außer der Reihe brauchte. Während ich ihm hastig die Sachlage schildere, wird mein Vortrag von ungeduldigem Klingeln unterbrochen. Ich versuche es zu ignorieren.

»Soweit ich das hier erkennen kann, kommt Henry Jones heute zu Ihnen«, erklärt mir Mister Keller.

Ich warte die Klingelsalve mit zugehaltenem Ohr ab, bevor ich weiterrede. »Und wieso hat man mich nicht informiert, dass Gerald nicht kommt?«

»Das geht hier nicht draus hervor, Ma'am. Aber selbstverständlich wäre das die normale Vorgehensweise. Waren Sie vielleicht zeitweilig nicht erreichbar?«

Seltsam. Mit dem Typen komme ich nicht weiter.

»Vielen Dank«, beende ich das Gespräch. Jetzt sehe ich auf meinem Handy, dass ich eine Nachricht bekommen habe. Ein Henry Jones wurde angekündigt. Sie hatten mich tatsächlich nicht erreicht. Oh Mann!

Es klingelt wieder Sturm, jetzt muss ich darauf reagieren.

»Ausweis vor den Türspion halten!«, fordere ich bestimmt.

»Na, bitte, Sie können es ja«, spottet ... Henry Jones. Die Buchstaben auf dem Ausweis brennen sich in meine Netzhaut und verursachen steigenden Blutdruck, der meinen Kopf fast platzen lässt.

Er ist tatsächlich für heute Abend mein Bodyguard. Mist!

Irgendwie bekleckere ich mich in den letzten Tagen nicht gerade mit Ruhm. Kleinlaut öffne ich die Tür. »Ich komme. Ich hole nur noch meine Tasche.«

Henry scannt die Straße, bevor er mit mir zum Auto

geht. Er tut das so gründlich, als ob ein Angriff unmittelbar bevorstehen würde. Gerald war ja auch wachsam, aber solch eine Show hat er nie abgezogen. Als Henry mir die Autotür aufmacht, sieht er sich aufmerksam um und lässt nicht nach, während ich auf dem Rücksitz Platz nehme. Er selbst setzt sich nach vorne, und der Fahrer startet den Wagen.

Sehr seltsam. Einerseits gibt mir dieser Aufwand schon etwas Sicherheit, die aber von dem komischen Gefühl, dass etwas nicht stimmt, sofort wieder aufgelöst wird.

»Raus mit der Sprache. Was ist los? Warum ist Gerald nicht da?«, frage ich, kaum dass wir im Auto sitzen.

»Ich wurde Ihnen zugeteilt, Ma'am. Mehr weiß ich nicht.«

»Was soll das heißen? Und lass das blöde ›Ma'am‹, da komme ich mir vor wie hundert.«

»Wie Sie wünschen. Wie hat Gerald Sie genannt?«, fragt er.

»›Miss Wyatt‹, das war ihm leider nicht auszureden. Würde es dir etwas ausmachen, wenn du mich einfach Melissa nennst?«

»Meinetwegen. Obwohl ich es etwas zu früh finde«, antwortet er seufzend.

»So bin ich nun mal. Und wie soll ich dich nennen? Henry? Oder ist Mister Jones besser?«, erkundige ich mich provokant.

»Nein, Henry ist schon okay«, knurrt er gelassen und dreht sich wieder nach vorn.

»Okay, Henry. Wann kommt denn Gerald wieder? Er wird doch nicht den Job abgeben, ohne sich von mir zu verabschieden?« Unsicherheit schwingt in meiner Stimme mit.

»Ich weiß es wirklich nicht, Melissa. Ich habe nur heute den Auftrag bekommen. Ich frage meinem Chef doch kein Loch in den Bauch. Es ist ein ganz normaler Job, wie andere auch. Ich würde vorschlagen, du telefonierst morgen mit ihm.«

Aha. »Ja, das werde ich bestimmt tun.«

»Eigenes Sicherheitspersonal ist hier nicht erwünscht«, wird uns vom Empfang erklärt, als wir am Veranstaltungsort angekommen sind. Das Sicherheitspersonal wird mich auch wieder zurückbringen. Also kann Henry nach Hause fahren.

Henry mustert mich unwillig, nickt dann aber und hilft mir trotzdem beim Aussteigen. Er lässt es sich nicht nehmen, mich bis zum Eingang zu begleiten. Dort erkennen mich die bulligen Türsteher gleich und begrüßen mich mit meinem Namen, als sie mich hineinlassen. Dabei drehe ich mich kurz um und sehe, wie Henry in den Wagen steigt. Sein kritischer Blick kreuzt sich mit meinem, bevor ich mich schnell wieder abwende.

Das Event findet in einem riesigen Loft über zwei Etagen statt. Große Fenster ermöglichen eine faszinierende Aussicht auf den Broadway. In leicht unterkühltem Blau-Grau gehalten, mit viel Glas, Chrom und üppigen Kronleuchtern entspricht die Lokation genau dem Geschmack meiner Mutter. Rosarote Ballons schmücken den Raum zusammen mit Girlanden und einem riesigen roten Ballonherz. Nicht kleckern, klotzen, das ist Moms Welt.

Das eigene Sicherheitspersonal ist reichlich vorhanden, was mich nicht unbedingt beruhigt. Vielleicht hätte ich Henry doch mitnehmen sollen, aber so viel Vertrauen war noch nicht da. Hätte mich Gerald hingebracht, wäre es keine Frage gewesen, der hätte mich begleiten wollen.

Ich trage ein einfaches Kleid mit breitem Strasselement am Ausschnitt. Meine Mutter sieht in ihrer goldbestickten roten Robe aus wie die Prinzessin aus *Tausendundeine Nacht*. Die Schleppe fegt über den Boden, während sie in kleinen Schritten auf mich zutippelt. Mehr lässt ihr Rock nicht zu.

»Schön, dass du endlich da bist«, säuselt sie, während sie Küsschen auf meinen beiden Wangen andeutet. »Aber ist dein Kleid nicht ein bisschen sehr ... schlicht?«

»Es ist aus der Kollektion deiner anderen Tochter«, erwidere ich mürrisch, bevor ich mich zu einem »Hallo Mom« durchringe. Was hatte ich auch erwartet?

Sie seufzt. »Ja, es war wohl ein Fehler, euch auf dem Land aufwachsen zu lassen.«

»Wenn ich dir nicht glamourös genug bin, kann ich ja wieder gehen.«

Mom streicht mir übers Haar. »Himmel, Kind! So war das doch nicht gemeint! Ich bin ja schon froh, dass du keinen Pferdeschwanz trägst.«

Angespannt beiße ich mir auf die Lippe und verkneife mir die Antwort. Es bringt ja doch nichts. Dafür schnappe ich mir schnell ein Glas Champagner vom vorbeiziehenden Tablett. Mit einem Satz habe ich ihn heruntergestürzt und nehme mir gleich noch eins, bevor die Bedienung wieder weg ist.

»Dein Benehmen lässt wieder einmal zu wünschen übrig«, kommt sofort der Kommentar.

Ich verdrehe als Antwort die Augen.

»Komm, ich will dir meinen Bertoldo vorstellen«, lenkt meine Mutter ein. Sie geht vor, und ich folge ihr die Treppe hoch. Von den Gästen scheine ich niemanden zu kennen. Bertoldo trägt einen Smoking und einen leichten Bauchansatz darunter. Er mustert mich durchdringend, und ich frage mich, was mir an ihm nicht gefällt ...

»Du bist also das fleißige Töchterchen«, fragt er mit einem Lächeln, doch das erreicht die Augen nicht.

»So fleißig nun auch wieder nicht, und ich würde jetzt

nicht sagen, dass meine Geschwister nicht fleißig sind«, erwidere ich unverblümt.

»Nun, aber soweit ich weiß, bist du diejenige, die nur ihre Arbeit kennt.«

»Na ja«, antworte ich und schnappe mir zwei Häppchen von einem der herumschwirrenden Tabletts. Lachs mit Kaviar – lecker. Nun muss ich wenigstens nicht mehr reden, und Bertoldo wendet sich ab.

Meine Mutter schüttelt den Kopf, als sie zu uns herübersieht. Für sie ist es ein No-Go, auf solch einer Veranstaltung überhaupt zu essen. Und am besten trinkt man nur Wasser. Ich weiß bloß nicht, wie sie das immer überlebt.

Ich trete mit einem neuen Glas Champagner an das Geländer, um die Menge von oben zu beobachten. Inzwischen erkenne ich ein paar Leute. Immobilienmogule und Politiker, niemanden, mit dem ich ein längeres Gespräch führen möchte.

»Darf ich dir meinen lieben Neffen Sesto vorstellen«, tönt es plötzlich von hinten.

Bertoldo zeigt mit ausgestreckter Hand auf einen schwarzhaarigen, schmächtigen Typen mit glanzlosen Augen.

Ich lächle höflich und gebe Sesto die Hand. Sein Händedruck ist etwas zu fest.

»Freut mich, dich kennenzulernen«, sage ich trotzdem.

Sesto scannt mich von oben bis unten. Fast fühle ich mich wie ein Stück Fleisch.

»Ach! Da hinten ist Steven Bosley, ihr entschuldigt mich, bitte«, nährt Bertoldo meinen Verdacht, dass diese ganze Sache ein Versuch ist, mich zu verkuppeln.

Sesto nickt ihm zu und sieht mich anschließend merkwürdig an. »Du bist also Cynthias Tochter?«

»Jepp, die bin ich. Eine von zweien.«

»So richtig Karrierefrau?«

»Na ja, ich wurde praktisch hineingeboren. Ist halt Familie.«

Sesto spitzt den Mund. Er ist nicht gerade attraktiv und mir auch nicht besonders sympathisch. Dabei kann ich noch nicht einmal sagen, woran es hapert.

»Und du? Was machst du?«, erkundige ich mich.

»Ich? Ich arbeite auch im Familienbetrieb«, erklärt er, während er uns lässig zwei neue Champagnergläser besorgt.

»Danke dir. Und was genau arbeitest du so?«

»Ich bin ein Assistent meines Onkels.«

Okay, der will nicht viel verraten, aber dann bekommt er auch nicht viele Informationen von mir.

»Ich würde gerne mal frische Luft schnappen«, versuche ich mich zu entziehen.

»Warte, ich komme mit«, bietet Sesto sich an.

Ich ringe mir ein Lächeln ab und suche den Ausgang auf die Terrasse. Die ist, außer von uns, nur noch von ein paar Rauchern besetzt. Die Abendluft weht kühl, denn der Himmel ist bewölkt. Die untergehende Sonne taucht ihn in aufregende Farben, geschmückt mit den ersten Lichtern der Großstadt.

Ich atme tief durch. »Auch wenn ich gerne auf dem Land bin. Dieser Ausblick hier ist grandios.«

»Ja, ich liebe ihn auch. Besonders an solchen Abenden«, antwortet Sesto. »Halt mal«, fordert er mich auf und reicht mir sein Glas.

Ich tue, was er möchte, und sehe ihm zu, wie er sein Jackett auszieht und es mir über die Schultern hängt.

»Ich glaube, es ist sonst etwas kühl«, erklärt er.

Es ist das erste Mal, dass mir mein Lächeln leichtfällt.

»Danke«, erwidere ich. Vielleicht ist er ja doch nicht so schrecklich, wie ich beim ersten Eindruck vermutet habe.

Eine Weile schauen wir schweigend zu, wie die Sonne hinter den Hochhäusern verschwindet.

»Du liebst das Land?«, fragt Sesto irgendwann.

»Ja, ich bin in Vermont aufgewachsen. Es war eine ganz schöne Umstellung, als wir damals hierher gezogen sind. Und du?«

»Ich kenne im Grunde nur diese Stadt hier. Ich war zweimal in meinem Leben in Italien, Familie besuchen. Es ist ja ganz nett, aber ich vermisse nichts, wenn ich hier bin.«

»Verstehe.«

Es wird allmählich dunkler und kühler. Die Leute zieht es nach drinnen, wo auch die Hintergrundmusik immer flotter wird.

»Ich habe Hunger. Kommst du mit zum Buffet?«, frage ich meinen Begleiter.

Sesto nickt.

Bei den Speisen scheint das Teuerste gerade gut genug. Ich erkenne deutlich die Handschrift meiner Mutter. Trotzdem freue ich mich über das leckere Essen und lade mir den Teller undamenhaft voll. Sesto und ich setzen uns an einen kleinen Tisch, vor dem Geländer im oberen Bereich.

Wir reden nicht beim Essen. Mittlerweile fühle ich mich wohler und frage mich, ob es am Champagner liegt oder doch an der lockerer werdenden Veranstaltung.

Bertoldo hält eine Rede, und auch meine Mutter lässt es sich nicht nehmen, ein paar Worte zu sagen. Irgendwie geben die beiden ein seltsam distanziertes Paar ab. Aber meine Mutter war noch nie der herzliche Typ. Vielleicht liegt es auch an ihrer Generation, die ihr Glück nicht so offen zur Schau trägt.

Sesto besorgt uns etwas zu trinken. Die Musik wird besser, und die ersten Leute fangen an zu tanzen. Natürlich nur zusammen – wie auch sonst?

»Hast du Lust, zu tanzen?«, fragt Sesto mich, als unsere Gläser leer sind.

»Warum nicht?«, antworte ich und folge ihm aufs Parkett.

Wir haben noch nicht richtig angefangen, da möchte ich schon wieder aufhören. Meine Mom hat dafür gesorgt, dass ihre Kinder sich ordentlich bewegen können, doch Sestos Fähigkeiten sind äußerst bescheiden. Ungeschickt und ohne jegliches Taktgefühl stolpert er dahin, lässt sich aber auch nicht von mir führen. Irgendwann sagen meine Füße, dass sie nicht mehr getreten werden wollen.

»Ich muss mal auf Toilette«, rede ich mich heraus und verschwinde schnell von der Tanzfläche.

Auf dem WC lasse ich mir extrem viel Zeit und frische auch mein Make-up auf. Im Grunde eine sinnlose Sache, denn gleichzeitig überlege ich, wie ich am schnellsten von hier verschwinden kann.

Ich zucke zusammen, als ich die Toilette wieder verlasse. Sesto kommt sofort auf mich zu.

Mist!

»Was machst du hier?«, zische ich genervt.

»Ich wollte nach dir sehen ... und fragen, ob es dir gutgeht. Du warst so lange verschwunden«, erklärt er unschuldig.

»Ja, danke, es geht mir gut. Ich habe nur meinen Lippenstift nachgezogen.«

»Wirklich? So lange?«

»Wieso? Glaubst du mir etwa nicht?«, erwidere ich gereizt.

»Entschuldige. Ähm ... weißt du, du gefällst mir ziemlich gut.« Bevor ich weiß, wie mir geschieht, hat er seine nassen Lippen auf meine gepresst. Sein säuerlicher Geruch steigt mir in die Nase.

Das ist jetzt eindeutig zu viel.

Energisch stoße ich ihn weg. »Lass das!«

»Entschuldige. Ich wollte nur nett sein und hatte den

Eindruck, dass es dir gefällt«, verteidigt er sich und wagt eine neue Attacke.

Für so etwas habe ich leider kein Verständnis. Entschlossen ziehe ich mein Knie an und ramme es in seine Weichteile.

»Entschuldige, aber dein Eindruck ist falsch. Ich wollte auch nur nett sein«, fauche ich.

Sesto krümmt sich, während er die Hand schützend über seine Männlichkeit hält.

»Du dumme Bitch! Ich hasse so eingebildete Weiber wie dich«, presst er hervor.

»Von mir aus.« Unbeeindruckt drehe ich mich um.

»Ich hatte den Auftrag, dich zu unterhalten«, wirft er mir hinterher, während ich mich schleunigst vom Acker mache. Anscheinend kann er immer noch nicht richtig laufen. Gut so!

Ungeduldig suche ich meine Mom im Gästehaufen. Sie unterhält sich angeregt mit einer Gruppe von Leuten, die nur zu gerne zeigen, dass sie Geld haben.

»Mom, kannst du den Fahrdienst rufen? Ich möchte nach Hause«, bitte ich ein wenig außer Atem.

»Was ist los? Warum willst du jetzt schon nach Hause? Wo ist dein Begleiter Sesto? Wir haben ihn extra für dich abgestellt.«

»Danke, das ist lieb gemeint, aber der Typ ist mir zu anhänglich. Ich möchte jetzt nach Hause.«

Meine Mutter seufzt tief und winkt einen Kellner heran. »Kümmern Sie sich bitte darum, dass meine Tochter mit dem Fahrdienst nach Hause gebracht wird?«

Der Angesprochene nickt und eilt davon. Ich verabschiede mich schnellstens von Mom und Bertoldo, der mich skeptisch ansieht. Als ich den Raum verlasse, bemerke ich aus dem Augenwinkel, dass Bertoldo sich angeregt mit Sesto unterhält. Ob der jetzt Ärger bekommt?

Egal. Hat er verdient. Ich will hier weg.

In der Limousine wird mein Atem langsam ruhiger.

Ich bin todmüde, als ich endlich zu Hause bin.

Traurig liege ich nach der Dusche im Bett. Ich fühle mich nicht nur allein, sondern einsam. Irgendetwas muss sich an meinem Leben ändern. Am liebsten würde ich auswandern. Für morgen sollte ich mich zumindest mit einer Freundin verabreden. Schließlich haben wir Wochenende.

# 4

## Katastrophensonntag

Der Sonntag lockt mit Sonnenschein. Ich habe so richtig Hunger und würde am liebsten mit Madison brunchen gehen. Sie ist die bodenständigste meiner Freundinnen und daher meiner Mutter von jeher ein Dorn im Auge. Gedacht, getan, ich versuche sie anzurufen, doch bei meiner besten Freundin geht immer nur die Mailbox ran.

Seufzend wage ich einen Blick in den Kühlschrank und stelle fest, dass ich nicht einkaufen war. In der Firma war einfach zu viel los und ich von der Verlobung abgelenkt. Ich schmolle, als ich die Tür wieder zumache. Ich habe keine Lust, vorher noch etwas einzukaufen, und erst recht keine, den Sicherheitsservice zu rufen und auf dessen Ankunft zu warten.

Verdammt nochmal, ich wollte doch einen schönen, normalen Sonntag verleben! Jetzt ein richtig deftiges Frühstück nach dem superleichten Zeug, das es auf der Verlobungsfeier gab. Abends kann ich mir ja eine Pizza bestellen. Dann reicht es, wenn ich Montag einkaufe. Ich kann allein frühstücken gehen. Bei diesem Wetter werde ich mir das nicht verderben lassen. Es wird schon nichts passieren.

Motiviert schlüpfe ich in Jeans und T-Shirt, das ist schön unauffällig. Ich sehe in den Spiegel und beschließe, dass ich nur etwas Wimperntusche brauche. Dazu binde ich mir aus meinen langen dunklen Haaren einen Pferdeschwanz – meine Lieblingsfrisur. Zur Sicherheit noch eine Sonnenbrille und ein Käppi, mit dem Pferdeschwanz hinten raushängend.

So, wie ich jetzt zurechtgemacht bin, wird niemals jemand ahnen, wer ich bin.

So ausgerüstet trete ich aus meinem Reihenhaus. Ich liebe das hübsche Backsteingebäude mit der Steintreppe und dem schmiedeeisernen Geländer. Als ich nach einer neuen Bleibe suchte, wollte ich in einem Viertel wohnen, das ein wenig ländliches Flair hat. Dafür nähme ich gerne einen längeren Fahrweg in Kauf.

Cobble Hill ist so ein Viertel in Brooklyn. Mit vielen hübschen Einfamilienhäusern an den begrünten Straßen. Es ist für seine angesagten Cafés, die gemütlichen Bars und Restaurants an der Hauptverkehrsader Court Street bekannt. Hier fühle ich mich wohl, denn es vermittelt die Atmosphäre eines Dorfes.

Glücklich laufe ich durch die Straßen und wähne mich in Sicherheit. Wenn man den Leuten lächelnd ins Gesicht sieht, bekommt man ein Lächeln zurück. Tief sauge ich die würzige Sommerluft in meine Lungen und überlege mal wieder, ob ich nicht doch lieber aus dem Konzern aussteigen soll. Wenn mir die Arbeit bloß nicht solchen Spaß machen würde und die Verantwortung für die Mitarbeiter nicht wäre.

Es wäre sicher alles erträglicher, wenn ich nicht allein wäre. Eine kleine Familie wäre natürlich noch besser. Oh je, nicht schon wieder diese trüben Gedanken. Ich gehe mir selbst auf den Geist.

Zielstrebig lenke ich meine Schritte in ein kleines Café, wo es knusprige *Hash Browns* gibt. Ein ziemlich kalorienhaltiges Lieblingsfrühstück, das ich mir ab und an genehmige, wenn ich eine Mahlzeit weglassen kann. Ich setze mich zum Essen auf die Terrasse, genieße die Sonne und schaue dem Treiben auf der Straße zu. Doch es wird langweilig, nachdem ich die Mahlzeit verzehrt habe. Ich will mein Handy aus der Tasche heraussuchen, um ein bisschen zu surfen, und stelle fest, dass ich es vergessen habe. Fuck! Also schaue ich mich um, ob es vielleicht jemanden gibt, der auch Unterhaltung möchte.

Keine Chance, denke ich seufzend. Zu Hause wartet Arbeit, deshalb gehe ich jetzt besser zurück. Plötzlich erkenne ich aus dem Augenwinkel, wie jemand meine Tasche greift, die ich auf dem Stuhl neben mir abgestellt habe, und blitzschnell damit verschwunden ist.

Erschrocken schnappe ich nach Luft. Mein Herz trommelt in der Brust.

»Fuck!«

Es dauert ein wenig, bevor ich vollständig erfasse, was passiert ist, und reagieren kann. Eilig stehe ich auf und renne hinterher. Der Gartenstuhl landet scheppernd auf dem Pflaster, als er kippt. Obwohl ich bequeme Sneakers anhabe, ist der Dieb auf und davon. Der Weg war frei. Es war niemand da, der ihn hätte aufhalten können. Solche Kerle passen die Situation ab.

Mist! Mist! Mist!

Keuchend gebe ich die Verfolgung auf. In meinem Portemonnaie ist nicht viel Bargeld, aber zwei Kreditkarten und mein Ausweis. Haustürschlüssel weg ... und mein Handy im Haus.

Oh Himmel!

Was habe ich da nur angestellt?

Damit bin ich aufgeflogen!

Ich bin tot! Vor Wut auf mich schlage ich den Kopf leicht gegen eine Hauswand.

Ich muss schleunigst die Kreditkarten sperren lassen.

Ich muss zur Polizei, den Diebstahl melden.

Hoffentlich sind die Nachbarn da, bei denen ich einen Ersatzschlüssel hinterlegt habe ...

Und ich muss unbedingt das Schloss auswechseln lassen.

Oh Mann. Über Langeweile werde ich mich für den Rest

des Tages ganz gewiss nicht beklagen. Mal ganz davon abgesehen, dass mein Leichtsinn kaum geheim zu halten sein wird.

Das fettige Frühstück liegt mir immer noch wie ein Stein im Magen, als ich auf Debbies Klingel drücke.

»Melissa! Du bist ja leichenblass! Was ist passiert?«, ruft sie erschrocken, als sie die Tür öffnet.

»Ich Schussel hab' mir die Handtasche klauen lassen«, gestehe ich.

»Wie kann das sein?«

»Ich hatte Hunger, wollte frühstücken gehen und hatte keine Lust, auf den Sicherheitsdienst zu warten ... Und zack ...«

»Ach, du je!« Debbie schlägt die Hände vors Gesicht.

»Kann ich den Ersatzschlüssel haben?«

»Äh ... ja ... selbstverständlich. Du kannst auch telefonieren.«

»Nein, das mache ich drinnen bei mir. Wichtig ist, die Kreditkarten zu sperren. Morgen melde ich den Diebstahl dann der Polizei.«

Debbie hebt die Augenbrauen. »Morgen erst? Was ist mit dem Handy? Sind da nicht sensible Daten drauf?«

»Das Handy hatte ich in der Wohnung vergessen – Gott sei Dank. Nein, außer dem Schlüssel war nichts Wichtiges darin. Der Schlüssel-Notdienst muss unbedingt noch heute vorbeischauen.«

»Na, dann komm rein«, fordert sie mich auf und öffnet die Tür ein bisschen weiter. »Kann es sein, dass du ein wenig zu leichtsinnig bist?«

Ich seufze. »Ja, das ist wohl so, aber ich habe die Lektion gelernt. Ich gelobe Besserung. Trotzdem muss ich mich auf ein Donnerwetter meines Vaters und des Sicherheitsdienstes gefasst machen. Das werde ich nur schwer verheimlichen können.«

Debbie schüttelt den Kopf, während sie mir die Schlüssel reicht.

# 5

## Supermontag

Es ist Montagmorgen, und ich fühle mich wie durch den Wolf gedreht. Nachdem alle Formalitäten erledigt waren, habe ich nicht richtig zur Ruhe gefunden. Mein schlechtes Gewissen hat die Gedanken immer weiter kreisen lassen. Was wird Paps nur dazu sagen?

Deshalb habe ich zum Frühstück auch keinen Bissen hinunterbekommen. Mit leerem Magen und leichter Übelkeit warte ich auf den Limousinen-Service. Dabei mache ich mich auf eine Predigt von Gerald gefasst.

Ich muss schlucken, als ich wieder Henry auf das Haus zueilen sehe. Ob ich Gerald in Schwierigkeiten gebracht habe? Nervös öffne ich die Haustür.

»Du schon wieder? Warum hat Gerald keinen Dienst?«, begrüße ich Henry.

»Dir auch einen guten Morgen«, säuselt er übertrieben freundlich. »Ich weiß nicht. Ich befolge nur die Anweisungen meines Chefs«, ergänzt er schulterzuckend.

Ich lege die Stirn in Falten. »Wieso habe ich das Gefühl, dass irgendetwas nicht stimmt?«

Henry hebt die Augenbrauen. »Mit mir?«

»Keine Ahnung. Ich hätte ein besseres Gefühl, wenn Gerald sich von mir verabschiedet hätte ... oder mich beschimpft hätte ... oder so.«

»Ich weiß wirklich nicht, was mit Gerald ist«, antwortet Henry sanft. »Am besten, du erkundigst dich bei meinem Chef.«

»Okay, mach' ich dann in der Firma«, murmle ich heiser.

Vielleicht erwartet er, dass ich jetzt mein Handy nehme und sofort mit der Sicherheitsfirma telefoniere. Das werde ich bestimmt nicht tun.

»Können wir?«, fragt Henry.

Ich nicke und folge ihm. Die Show, die er abliefert, ist nicht ganz so übertrieben wie beim letzten Mal. Ich versuche zu lächeln, als er mir die Tür des Wagens aufhält. Er lächelt auch, was meine Knie weich werden lässt. Ich kann nur hoffen, dass Gerald bald wiederkommt. Mit Henry als Bodyguard werde ich keinen klaren Gedanken fassen können, wenn er in der Nähe ist.

Nervös kralle ich die Hände in meine Tasche und schaue aus dem Fenster. Irgendwie finde ich es seltsam, dass wir uns schon einmal vor dem Steakhaus begegnet sind, bevor er mein Bodyguard wurde. Es fällt mir immer schwerer, zu glauben, dass das Zufall war. Irgendetwas stimmt hier nicht. Und ich werde heute noch herausfinden, was.

Inzwischen überqueren wir die Brooklyn Bridge nach Manhattan. Es ist ein weiter Weg zur Arbeit, doch ich bewundere jeden Morgen diesen großartigen Anblick der Skyline und lasse mich möglichst lange auf der Uferstraße fahren. Meistens träume ich vor mich hin und genieße einen Moment der Ruhe, bevor der hektische Werktag beginnt.

Wie viel Zeit werde ich mit Henry verbringen? Ständig mit so einem attraktiven Bodyguard durch die Gegend laufen? Ins Restaurant, zum Essen, zu Treffen mit Freunden … zu Dates – oh Mann, das kann ja heiter werden. Gerald war vierzig und glatzköpfig, das war etwas ganz anderes. Es war für jeden klar, er ist mein Leibwächter, aber bei Henry wird es womöglich nicht so sein.

Ich hänge immer noch meinen Gedanken nach, als wir in die Tiefgarage des *Wyatt Tower* fahren. Henry begleitet mich bis zu meinem Büro.

»Hi Melissa, da bist du ja endlich. Du wirst bereits erwartet«, begrüßt mich meine Assistentin Tracy. Nach einem kurzen Lächeln wird ihr hübsches Gesicht ernst. Auf meine ehemalige Studienkollegin und immer noch gute Freundin kann ich mich stets verlassen. Dieser Gesichtsausdruck bedeutet: *Durchatmen und mach dich auf was gefasst.*

»Echt? Von wem?«

»Von deinem Bruder, deinem Vater, dem Chef der Sicherheitsfirma und einem seltsam coolen Typen, den ich nicht kenne. Was mich stutzig gemacht hat, ist, dass sie deine *Hermès* dabeihatten.«

Der Puls pocht in meinen Schläfen. Fuck!

»Wie kommst du darauf, dass es meine ist?«, frage ich leise. Die teure Handtasche war ein Geschenk meiner Mutter zum bestandenen Studium. Die Wahrscheinlichkeit, dass es sich nicht um meine handelt, geht gegen null.

Tracy hebt ihre dunklen Augenbrauen und sieht mich vielsagend an. »Du vermisst die nicht?«

»Ja, doch ... ähm«, stottere ich und kann nicht widerstehen, zu Henry hinüberzuschauen. Er vermeidet es, eine Reaktion zu zeigen, und weicht meinem Blick aus, als ginge ihn das alles nichts an. Okay, alles mein Fehler, für den ich jetzt geradestehen muss.

»Na, dann ... ab in die Höhle des Löwen«, murmle ich, um mir Mut zu machen, und richte mich auf, bevor ich mein Büro betrete.

»Guten Morgen, Melissa«, begrüßt mich mein Vater Steven freundlich, doch seine ernste Miene lässt einen Kloß in meinem Hals entstehen.

»Morgen, Schwesterchen«, schließt sich mein Bruder Ethan an, doch er sieht nicht gerade fröhlich aus.

Auch der Chef unserer Sicherheitsfirma, Mister Nathan, und der Fremde, der sich als Lieutenant Vargas vom *FBI* vorstellt, geben mir die Hand. Der Lieutenant ist ein Schrank mit entsprechend festem Händedruck. Selbst der durchaus großgewachsene Mister Nathan wirkt gegen ihn kümmerlich.

»Setzen wir uns«, fordert Ethan uns auf, und ich nehme zusammen mit den anderen in der Besprechungsecke auf einem schweren Ledersessel Platz.

»Melissa, wie ich erfahren musste, bist du immer noch ziemlich leichtsinnig, was deine Sicherheit angeht«, brummt mein Vater und sieht mich dabei so streng an, dass ich mich wie ein kleines Mädchen fühle.

Wie in Kindertagen senke ich den Kopf, denn ich schäme mich tatsächlich. »Es tut mir leid, Paps. Manchmal geht mein Freiheitsdrang eben mit mir durch.«

»Wir wollen Ihnen keine Angst machen, Miss Wyatt. Aber die Sicherheitslage ist bedrohlicher geworden«, warnt Mister Nathan.

»Warum?«

»Es gibt Hinweise, dass Sie, Miss Wyatt, Opfer von Entführern werden könnten. Ich sage ›könnten‹, weil die reelle Gefahr schwer einzuschätzen ist«, sagt der Lieutenant.

Ich schlucke. »Was? Und warum habe ich bisher nichts davon mitbekommen?«

»Weil wir noch am Anfang unserer Untersuchungen sind«, erklärt Vargas.

»Hat das was mit unserem Gespräch von Freitag zu tun?«, frage ich Ethan.

»Keine Ahnung. Ich konnte nichts Wichtiges mehr herausbekommen«, antwortet mein Bruder schulterzuckend.

»Wen haben Sie im Visier?«, will er von Lieutenant Vargas wissen.

Alle Augen richten sich jetzt auf ihn. Der Lieutenant hebt die Brauen. »Bei unserem derzeitigen Wissensstand besteht leider noch höchste Geheimhaltungsstufe. Bitte, haben Sie dafür Verständnis.«

Seine Stimme klingt beunruhigend. Ein ungutes Gefühl breitet sich in meinem Bauch aus.

»Hat der Diebstahl meiner Handtasche etwas damit zu tun?«, erkundige ich mich unsicher. Es jetzt noch zu leugnen, ist sowieso zwecklos.

»Die ersten Ermittlungen haben nichts Konkretes ergeben. Aber auch dazu können wir noch nichts Genaues sagen.«

»Was soll das heißen? Ist der Raub nun Zufall, oder nicht?«, frage ich den Lieutenant.

»Das kann noch nicht abschließend beurteilt werden«, antwortet er geduldig.

»Wann haben Sie den Dieb erwischt? Oder wurde die Tasche irgendwo gefunden?«

»Der wurde von uns auf der Flucht gestellt. Kurz nachdem er vor Ihnen geflüchtet war.«

»Beschatten Sie mich etwa?«

»Auch dazu kann ich Ihnen nichts sagen.«

Aha, also wahrscheinlich *ja.* Die Vorstellung ist irgendwie gruselig.

»Für uns ist dieser Diebstahl ganz sicher ein Anlass, mehr auf Ihre Sicherheit zu achten, Miss Wyatt«, wirft Mister Nathan ein.

Ich nicke. »Verstehe.«

»Deswegen haben wir deinen Schutz verstärkt«, ergänzt mein Vater.

»In Form von Henry? Oder warum ist Gerald auf einmal nicht mehr gut genug?«

»Er ist noch gut genug, Miss Wyatt, aber Sie brauchen jetzt Tag und Nacht Schutz. Das kann und will Gerald nicht leisten.«

»Okay ... Ist er etwa sauer auf mich?«, frage ich geknickt.

»Nein, aber er hat seine Gründe«, mischt Mister Nathan sich ein.

Ich schlucke. »Und jetzt hat er das Handtuch geworfen?«

»Nein, deswegen nicht. Wir haben uns dazu entschlossen, dich Tag und Nacht bewachen zu lassen«, erklärt mein Vater sanft.

»Das sagtet ihr schon. Aber was meint ihr jetzt genau damit? Soll jemand nachts vor meiner Haustür schlafen wie ein Wachhund? Oder im Auto, wie in einem Gangsterfilm?«

»So ähnlich«, antwortet Ethan grinsend. »Dein Haus ist ja groß genug.«

Ich schlucke. »Nein! Das könnt ihr nicht ernsthaft wollen«, stammle ich mit erhobenen Händen. Dabei versuche ich meine Gesichtszüge nicht entgleisen zu lassen. »Ihr wisst genau, wie wichtig mir mein Privatleben ist. Ich habe keine Lust darauf, dass ständig irgendein Sicherheitsfritze bei mir übernachtet. Mein Haus ist doch sicher.«

»Es gibt kein sicheres Haus, Miss Wyatt«, wirft Mister Nathan ein.

»Na ja, nun sieh mal die Vorteile, Kind. Du könntest dich jederzeit spontan bewegen, ohne dass du extra jemanden anfordern musst«, gibt mein Vater zu bedenken.

»Und wenn ich verspreche, dass ich ab jetzt immer brav bin und nie mehr allein ausgehen werde?«

»Hast du das nicht schon öfter versprochen?«, antwortet mein Vater ungerührt und reibt sich die Nasenwurzel. Warum fällt mir erst jetzt auf, dass seine grauen Haare immer mehr werden?

Oh Mann, da bin ich wohl selber schuld, dass er mir nicht mehr vertraut. Vielleicht ist es doch besser, ich gebe nach. Wer weiß schon, wie groß die Gefahr wirklich ist.

»Okay. Dann muss ich das wohl einsehen. Ich möchte schließlich auch nicht, dass mir etwas passiert. Und ich habe noch die Dachwohnung als Schlafmöglichkeit. Da sind Bad und Küche dabei – für alle Fälle.«

»Besser wäre es, wenn Mister Jones mit Ihnen auf einer Etage schlafen würde«, erwidert unser Sicherheitschef.

Mister Jones – ach, du heilige Scheiße!

Ratlos sehe ich zum Lieutenant hinüber. Der nickt mir bestätigend zu.

Mein Herz schlägt schneller.

»Wieso das? Und wieso nur Mister Jones?« Das wäre ja die Versuchung pur, täglich vor meiner Nase!

»Er ist unser bester Mann für solche Spezialaufträge. Er hat die beste Ausbildung. Bei ihm sind Sie in kompetenten Händen.«

»Soweit ich weiß, sind doch vier Schlafzimmer und zwei Bäder auf der ersten Etage. Genug Platz, um sich nicht ins Gehege zu kommen. Ich würde wirklich besser schlafen, wenn du gut bewacht wärst«, sagt mein Paps ernst.

Himmel! Ich fühle mich wie ein eingekreistes Tier. Nervös wische ich meine schweißigen Hände an der Hose ab. Was soll ich jetzt noch entgegnen?

»Okay«, krächze ich heiser.

Paps' Gesicht hellt sich auf, und auch die anderen sehen zufrieden aus.

»Was ist jetzt mit der Tasche? Kann ich die wiederbekommen?«

»Dazu haben wir noch eine Frage, Ma'am. Was ist mit Ihrem Handy? Wir vermissen es, denn Sie haben doch sicher eins. Ist es gestohlen worden? Darauf sind vermutlich sensible Daten, wie Terminkalender und so weiter.«

»Sie meinen, darauf hatten es die Diebe abgesehen?«

»Schon möglich, wer weiß«, antwortet Lieutenant Vargas schulterzuckend.

»Nein, es wurde nicht gestohlen. Ich hatte nur vergessen, es zu Hause einzustecken.«

»Verstehe«, sagt der Lieutenant und reicht mir die Tasche. »Sehen Sie bitte nach, ob alles da ist?«

Mit einem verlegenen Lächeln nehme ich die Tasche an mich und durchsuche den Inhalt gründlich. »Nein, soweit ich es überblicke, ist der Inhalt vollständig.«

# 6

## Guter Rat ist manchmal umsonst

Die anderen bleiben noch im Raum, als ich verwirrt das Meeting verlasse. Ich drehe mich um. Was haben die zu besprechen? Ich komme mir vor wie eine dumme Göre, über die sich die Erwachsenen beraten. Ob ich noch einmal zurückgehen soll?

»Na? Hast du dir einen Einlauf abgeholt?«, fragt mich Tracy und holt mich damit aus den Gedanken.

»Wieso Einlauf?« Konfus sehe ich abwechselnd zu ihr und zu Henry, der mich aufmerksam mustert. Offensichtlich hat er am Laptop gearbeitet und brav auf mich gewartet.

»Weil du dir die Tasche hast klauen lassen. Oder worum ging es?«, hakt Tracy nach. »Da waren doch sicher sensible Sachen drin.«

Es ist bestimmt nicht gut, wenn ich ihr von dem Verdacht erzähle, zumal ich ja selber nichts darüber weiß. »Ja ... ja genau. Paps meint, ich bin zu leichtsinnig. Er hat mir eine Vierundzwanzig-Stunden-Überwachung aufs Auge gedrückt.«

»Oha, das ist hart. Wie soll das gehen? Zelten die jetzt vor deinem Haus?«

»Ich brauche jetzt erst mal einen anständigen Kaffee. Kommst du mit?«

»In die Kantine?«

»Wohin sonst?«, frage ich. Hier, unter den Augen von Henry, möchte ich mit meiner Freundin nicht über meine Situation reden. »Nur da kann ich dir deinen heißgeliebten *Banana Milk Coffee* ausgeben.«

»Oh ja, ich hoffe, sie machen ihn dort endlich auch mit Kokosmilch.« Tracy strahlt vor Freude.

Langsam bin ich wieder zu klaren Gedanken fähig. »Ich denke schon, nachdem du es so vehement angeregt hast. Ich trinke neuerdings gerne einen *Espresso Tonic*. Das kühlt den Kopf auf geniale Weise. Der neue Barista ist eine der besten Investitionen der letzten Zeit.«

Wir setzen uns in Bewegung … Und Henry folgt uns. Das ist doch wohl nicht wahr!

»Wir haben auf jeder Etage eigenes Sicherheitspersonal. Ist es hier nicht sicher genug?«, frage ich ihn gereizt.

»Ich habe die Anweisung, dich nicht aus den Augen zu verlieren. Nach meinen Informationen bist du deinem alten Bodyguard öfter weggelaufen«, knurrt er zurück.

Ich bleibe stehen und kreuze die Unterarme. »Ja, weil ich nichts von der neuen Situation wusste. So was würde ich jetzt natürlich nicht mehr tun, schließlich bin ich kein pubertierender Teenager.«

»Ich habe meine Anweisungen«, beharrt er ungerührt.

»Okay. Aber dann macht es dir sicher nichts aus, etwas Abstand zu uns zu wahren.«

Auf Henrys Stirn bildet sich eine steile Falte. »Natürlich nicht.«

Ich atme durch. »Dann ist ja gut.«

Leider steht Henry nah genug, dass ich eine Prise seines Duftes abbekomme, was mich erneut verwirrt. Eilig verschwinde ich aus seinem Dunstkreis und lenke meine Schritte Richtung Kantine. Tracy hat unser Gespräch interessiert verfolgt. Ihr Gesicht spricht Bände, während sie uns begleitet. Verdammt, sie soll nicht merken, dass Henry etwas in mir auslöst. Gott sei Dank bleibt er an der Tür zur Kantine stehen.

»Möchtest du auch einen Kaffee?«, frage ich ihn höflich.

»Ja, aber einen ganz normalen, soliden, amerikanischen Kaffee.«

»Was ist das, bitte schön?«

»Aus der Maschine.«

»Aus der Maschine? Sonst nichts? Bist du nicht aus New York? Wir haben einen Top-Barista. Außer dem Hausmeister trinkt hier keiner Kaffee aus der Maschine.« Okay, das ist natürlich etwas übertrieben.

Henry lacht auf. Es ist das erste Mal, dass ich ihn lachen sehe. An seinen Augen bilden sich kleine Fältchen, die zeigen, dass er vorher schon mal gelacht haben muss.

»Ich mag's gern schlicht ... Wenn du nichts dagegen hast«, erwidert er schulterzuckend.

»Okay, dann warte.«

Bevor Tracy und ich uns setzen, bringen wir Henry seinen Kaffee. »Ist aber leider ein handgefilterter. Ich hoffe, der tut es auch«, sage ich, als ich ihm den Becher übergebe.

»Ich schätze, ich werde es überleben. Danke«, brummt er. Unsere Finger berühren sich, es fühlt sich an wie ein leichter Stromschlag. Ich halte die Luft an. Auch Henry reagiert fast unmerklich, bevor er meinem Blick ausweicht.

Puh! Da ist eine Energie zwischen uns ...

Wir setzen uns ans Fenster. Nachdenklich schaue ich auf den Central Park hinaus. Ich liebe diesen Anblick, vermittelt er mir doch ein flüchtiges Gefühl der Freiheit.

»Und? Warum wolltest du hierher?«, erkundigt sich meine Freundin.

»Nur so. Brauchte etwas Luft, um durchzuatmen. Möchtest du auch manchmal auswandern? So ein richtig neues Leben beginnen? Alles hinter dir lassen? Kennst du diesen Drang?«, will ich wissen und nippe an meinem *Espresso Tonic.*

»Oh ja, das kenne ich. Es gibt so viele Dinge, vor denen ich am liebsten weglaufen würde.« Sie seufzt. »Leider klappt es nicht wirklich. Warum fragst du das? Hast du noch etwas angestellt, außer deine Handtasche zu verlieren?«

»Nein. Es ist nur … Zurzeit fühle ich mich besonders unfrei. Verstehst du? So, als ob ich niemals das Leben führen werde, das ich mir wünsche.«

»Du meinst dein *Happy-Family*-Ding?« Tracy zieht ihren Kaffee-Shake geräuschvoll durch den Strohhalm. Die Kollegen an den benachbarten Tischen schauen zu uns. Tracy grinst breit.

»Genau. Glaubst du, ich steigere mich immer mehr hinein?«

»Jepp, glaube ich«, erwidert Tracy und streichelt mitfühlend über meinen Arm.

»Aber weißt du, je mehr ich versuche, den Wunsch zu verdrängen, desto stärker wird er«, beklage ich mich.

»So ist es doch immer.« Tracy sieht mich nachdenklich an, während sie nickt. »Blöd, nicht? Aber wenn es dich tröstet. Ich habe ein ziemlich normales Leben, und ich habe bisher auch noch nicht meinen Traumpartner gefunden.«

»Hm.« Mit einem Satz kippe ich den Rest des Kaffees in meinen Mund und lutsche die erfrischenden Eiswürfel.

Tracy beobachtet mich lächelnd. »Sag mal, wie sieht sie eigentlich genau aus, deine Dauerüberwachung?«

»Das wird ein echtes Problem. Er soll bei mir wohnen.«

Tracy hebt die Augenbrauen. »Wer? Der Bodyguard, der da an der Tür steht?«

Ihr Blick wandert zu Henry.

»Genau der.«

Ein leises Pfeifen entsteht, als sie die Luft aus ihren Lungen entlässt. »Ganz ehrlich … Wo siehst du da das Problem? Schnapp dir den heißen Kerl.«

Aufgeregt steckt sie sich eine Haarsträhne hinters Ohr.

Ich muss lachen. »Oh Mann, Tracy. Du bist wirklich unverbesserlich.«

»Warum nicht? Ihr seid erwachsen. Und man kann die Blitze zwischen euch funken sehen.«

»Was?! Jetzt übertreibst du aber.«

»Wenn du meinst. Aber wenn ich dir als Freundin einen guten Rat geben darf …« Tracy beugt sich verschwörerisch zu mir herüber.

Jetzt hebe ich die Augenbrauen. »Der da wäre?«

»Du bist viel zu zurückhaltend. So kommst du nie zu was«, verkündet sie augenzwinkernd.

»Ich und zurückhaltend? Das kannst du doch gar nicht beurteilen. Ich bin nicht feige. Ich bin nur vorsichtig, und du weißt, warum.«

»Ja, ich weiß. Aber wir alle haben schlechte Erfahrungen gemacht. Da hilft nur eins, sie durch gute zu verdrängen.« Erneut saugt Tracy den Rest ihres Shakes durch Strohhalm. Wieder macht es einen ziemlichen Lärm und zieht einige Blicke auf uns.

»Schon klar. Kinderspiel, hier in New York«, spotte ich.

»Auch hier … oder *gerade* hier ist es möglich. Ich meine, was hast du denn schon für eine Auswahl auf deinem geliebten Land? Viel zu viele Hillbillys«, erklärt sie süffisant.

Ich schmunzele. »Du kennst dich ja prima auf dem Land aus, so als gebürtige New Yorkerin.«

Tracy klimpert mit den Wimpern. »Na ja, aber was spricht gegen eine heiße Affäre, bis der Richtige kommt?«

»Dass du dann gerade von der Affäre besetzt bist, wenn er kommt, und er deshalb nicht anbeißen kann?«

»Boah. Du machst die Dinge echt kompliziert. Wenn ich so einen heißen Bodyguard hätte, dann …«

»Dann lässt er sich bestimmt gerne von dir als Gigolo benutzen.«

Sie schürzt die Lippen. »Ich seh' schon, du willst mich nicht verstehen.«

»Tracy, ich kann so was nicht machen. So bin ich nicht.«

»Natürlich nicht.«

Ich seufze. »Komm, lass uns gehen. Ich muss noch arbeiten.«

Henry läuft uns hinterher, was mich nach diesem Gespräch noch nervöser macht. Schnell verschwinde ich in meinem Büro. Wahrscheinlich hält er jetzt draußen ›Palastwache‹. Immerhin habe ich hier ein Refugium, in dem er mir nicht die Sinne vernebelt. Trotzdem kann ich mich nur schwer auf die Arbeit konzentrieren.

Mittags lasse ich mir von Tracy Sushi besorgen, das wir zusammen in meinem Raum essen.

»Was macht mein neuer Schatten?«, frage ich beiläufig.

»Der hat sich Pizza kommen lassen. Keine Sorge, er verhungert schon nicht, nur weil du dich hier verschanzt.«

»Ist ja schon gut. Mir ist klar, dass ich nicht vor ihm weglaufen kann«, brumme ich genervt.

»Genau. Man kann vor seinen Gefühlen nicht weglaufen.«

Vor seinen Gefühlen … pfft … Das hätte sie lieber nicht sagen sollen. Schweigend stopfen wir uns das restliche Sushi in den Mund, danach bespricht Tracy noch ein paar organisatorische Dinge mit mir. Die lockere Stimmung, die sonst immer zwischen uns herrscht, ist futsch. Und das nur, weil sie mich auf meine Gefühle angesprochen hat? Ich glaube, ich schnappe langsam über, aber ich kann nichts dagegen tun. Vielleicht sollte ich mir professionelle Hilfe suchen …

Auch den Rest des Tages bringe ich nicht viel auf die Reihe. Es herrscht ohrenbetäubendes Schweigen, als ich mit Henry nach Hause fahre. Aber was soll ich auch sagen?

Henry holt einen Koffer aus der Limousine, als wir am Ziel angelangt sind. Er ist offensichtlich schon heute Morgen vorbereitet gewesen. Warum hat er mir da nicht mitgeteilt, was Sache ist?

Der neue Schlüssel fühlt sich ungewohnt an, während ich das Haus öffne. Ich muss noch ein Exemplar zu den Nachbarn hinüberbringen, dazu hat mir gestern die Zeit gefehlt.

»Komm rein«, fordere ich Henry auf, nachdem ich die schwere Tür geöffnet habe. Er folgt mir und bleibt unschlüssig im Wohnzimmer stehen. »Die Treppe hoch, mir nach«, weise ich ihn knapp an und gehe vor.

Ich wähle natürlich das Schlafzimmer, das am weitesten von meinem entfernt ist. Es ist immer für Gäste vorbereitet, so brauche ich nur die Tagesdecke vom Bett zu entfernen. »Das Bad ist genau gegenüber.«

»Danke«, sagt er und wuchtet seinen Koffer auf den kleinen Tisch, der genau dafür gedacht ist. Bevor er ihn öffnet, zieht er seine Lederjacke aus und legt den Waffengurt frei, den er über dem einfachen weißen T-Shirt trägt. Oh Mann, er sieht so verdammt sexy aus. Ich muss beim Anblick seiner breiten Schultern schlucken. Wie hypnotisiert beobachte ich das Muskelspiel seiner tätowierten Arme, während er ein paar Sachen in seinen Schrank legt. Plötzlich mustert er mich irritiert.

»Äh ... ich gehe noch rasch zu den Nachbarn rüber. Die haben immer einen Haustürschlüssel von mir ... für alle Fälle«, stammle ich.

Henry mustert mich ernst.

Ich zucke mit den Schultern. »Soll ich das nicht? Ich meine, es könnte Verdacht erregen. Wie soll ich es überhaupt erklären, dass jetzt ein Mann bei mir wohnt?«

Er kratzt sich am Kopf. »Du hast nie Männerbesuch?«

»Nein, eigentlich nicht. Und wenn, dann keinen, der hier mit einem Koffer einzieht.« Fast ist es mir peinlich, das zuzugeben, aber es entspricht leider den Tatsachen. »Wenn ich verrate, dass du mein Bodyguard bist, werden sie womöglich rätseln, warum. Was soll ich dann sagen?«

»Und wenn du erklärst, dass ich dein neuer Freund bin?«

»Dann müssten wir so tun, als wären wir ein Paar. Meine Nachbarn werden sich wundern, warum ich plötzlich keinen Bodyguard mehr habe. Und außerdem …«

»Außerdem?«, wiederholt er mit amüsiertem Ausdruck.

Ich muss schlucken, bevor ich weitersprechen kann. »Außerdem werden sie sich sicher wundern, dass ich so einen wie dich …«, krächze ich heiser und möchte am liebsten im Erdboden versinken. Das kommt jetzt ganz anders rüber, als es gemeint ist. Ich spüre, wie mir das Blut in den Kopf schießt.

»So einer wie ich passt nicht in dein Beuteschema?«, fragt Henry belustigt. »Was für einer bin ich denn?«

»Einer, der gleich Vorurteile hat. Der Satz war nicht so gemeint, wie er geklungen hat«, presse ich mühsam hervor.

»Aha … na, dann«, antwortet Henry mit süffisantem Gesichtsausdruck.

»Also, was soll ich jetzt sagen?«

»Hast du dir das nicht gerade selbst schon beantwortet? Ich bin nur der proletenhafte neue Bodyguard. Wie du das erklärst, dass ich vierundzwanzig Stunden da bin, ist mir herzlich egal. Du weißt ja sicher, was du verraten darfst«, knurrt er und widmet sich wieder dem Auspacken.

Mein Atmen ist mühsam. Okay, möglicherweise weiß er gar nichts vom Verdacht des *FBI.* Er hat wohl nur den Auftrag, mich zu beschützen. »Ich bin gleich wieder da«, sage ich.

»Warte, ich bringe dich rüber.«

»Wenn du das machst, entlasse ich dich sofort!«

»Ich muss meinen Job erledigen.«

»Ja, aber nicht, indem du mich auf Schritt und Tritt verfolgst. Es sind nur ein paar Meter, von einer Tür zur anderen. Ich gehe jetzt, und untersteh dich, mir hinterherzulaufen!«

Henry antwortet nicht, als ich das Zimmer verlasse. Ob er mich jetzt für eingebildet hält? Ich schätze, ich habe gleich etwas wiedergutzumachen.

»Schön, dass du so früh Feierabend hast. Komm rein!«, begrüßt mich meine Nachbarin Debbie erfreut, obwohl sie eine weiße Schönheitsmaske mit Gurkenscheiben im Gesicht hat. »Die Kids sind gerade bei Freunden, da dachte ich, ich nutze den Moment«, entschuldigt sie sich schulterzuckend. »Warte, ich nehme es ab.«

»Das brauchst du nicht. Ich wollte dir nur schnell den neuen Haustürschlüssel vorbeibringen.«

»Ach, ist der alte nicht mehr aufgetaucht?«

»Doch, ich habe die Tasche zurück, aber da hatte ich die Schlösser schon auswechseln lassen.«

»Ach, schade ... Ich dachte, wir plauschen noch ein bisschen. Wenn die Kids nicht hier sind, ist es ja doch irgendwie langweilig.«

»Vielleicht ein anderes Mal. Jetzt muss ich wieder rüber«, sage ich, während ich den Schlüssel auf die Anrichte lege.

»Zurück zu deinem Besuch?«

»Hast du es mitbekommen?«

»Ja, und nicht nur das. Er hat dich ja auch heute Morgen abgeholt. Man könnte denken ...«

»Denk bitte nicht zu viel«, flehe ich.

»Nicht? Willst du mir nicht verraten, was es mit dem heißen Typen auf sich hat?«

»Nichts hat es mit dem auf sich. Er ist mein neuer Bodyguard. Paps meinte, er müsste den Personenschutz verstärken, weil ich ein paarmal vergessen habe, Gerald anzufordern.«

»Du bist aber auch vergesslich«, scherzt Debbie augenzwinkernd. »Und der neue Bodyguard übernachtet jetzt bei dir, damit sie die volle Kontrolle über dich haben?«

Ich seufze. »So ungefähr.«

»Also, wenn er dir zu viel wird … Schick ihn rüber. Von dem würde ich mich gerne überwachen lassen.«

»Debbie! Du bist verheiratet«, entrüste ich mich amüsiert.

»Ja, aber davon merke ich leider nicht viel. Ich kann dir sagen, sobald der Kleine ganz abgestillt ist, fange ich wieder an zu arbeiten. Sonst verkümmere ich hier«, antwortet sie ernst.

»Ich komme demnächst mal wieder zu Besuch, wenn sich bei mir alles eingespielt hat«, tröste ich meine Lieblingsnachbarin.

»Okay, dann wünsche ich dir viel Spaß.«

»Danke. Das kann ich gebrauchen.« Ich drehe mich Richtung Ausgang.

»Darf ich dir mal einen Tipp geben?«

Ich atme tief durch. »Schieß los!«

»Mach dich mal locker.«

»Wieso? Ich bin doch locker. Sogar *zu* locker. Frag mal die *Security.*«

»Ich meine in Sachen Männer.«

Ich verdrehe die Augen. »Wieso denken eigentlich alle, sie müssten mir Beziehungstipps geben?«

»Ich gebe dir keine Beziehungstipps, dafür müsstest du erst eine haben.«

»Soll ich dir mal was sagen? Je mehr man mich in diese Richtung drängen will, desto attraktiver erscheint es mir, Single zu sein.«

»Echt jetzt?«

»Ich habe schon im Tierheim nach Katzen gefragt. Würdest du sie mal füttern?«

»Oh! Du! Jetzt aber raus hier«, fordert Debbie lachend, während sie mit ihrem Zeigefinger fuchtelt.

# 7

## Es wird nicht wieder vorkommen

Henry öffnet mir die Tür, als ich von Debbie wiederkomme. Ich muss lächeln. Er hat also tatsächlich aufgepasst, ob die Luft rein ist.

»Hast du Hunger?«, frage ich.

Henry zieht überrascht die Augenbrauen hoch. »Hunger?«

»Du weißt nicht, was das ist? So eine Art Loch im Magen«, erkläre ich grinsend. Wenn man aus Holz ist, dann kennt man das womöglich nicht.

»Es ist früher Nachmittag, ich esse erst später«, kommt dann doch noch eine Erklärung.

»Ich auch. Aber wenn ich so früh Feierabend mache, koche ich gern selber. Das ganze Restaurant- und Kantinenessen muss ich schon oft genug ertragen. Kochen erdet mich.«

»Erden?«

Ich kann ein Auflachen nicht unterdrücken. »Kein Begriff?«

»Doch, schon ... ähm ...«

»Was genau ... ähm?«

Henry streicht über sein Kinn.

»Du hättest es mir nicht zugetraut?«, vermute ich.

Ein angedeutetes Lächeln huscht über sein Gesicht. Da ist sie wieder, die Vermutung, dass er irgendwann im Leben schon einmal gelacht haben muss.

»Es ist vielleicht vorhin nicht so rübergekommen, aber ich bin ein sehr bodenständiger Mensch«, versichere ich ihm.

Henrys Lächeln wandelt sich in ein arrogantes Grinsen. Blödmann. »Also, was ist jetzt? Kommst du mit zum Einkaufen?«

Auf seiner Stirn bildet sich eine steile Falte – definitiv stärker eingegraben als die Lachfältchen.

»Das ist mein Job«, brummt er.

»Na, dann, los«, fordere ich ihn auf, schnappe meinen Shopper und stecke Portemonnaie und Handy ein.

»Zu Fuß?«, fragt Henry überrascht.

Ich kann ein Seufzen nicht unterdrücken. »Wo kommst du her? Du bist hier in New York. Da macht man alles zu Fuß, mit dem Taxi oder der U-Bahn. Oder hättest du mir das auch nicht zugetraut?«

»Das ist zu gefährlich.«

Natürlich. Warum wundert mich das nicht? »Quatsch! Der kleine Supermarkt ist hier gleich um die Ecke. Da bekomme ich alles. Außerdem habe ich doch jetzt dich zum Schutz. Wofür bist du sonst da? Ich bin kein Promi, der ständig in der Presse zu finden ist. Ich vermeide es auch, in den Wirtschaftssendungen oder der Zeitung aufzutauchen. Das übernimmt mein Vater. Dadurch, dass mich kaum jemand kennt, kann ich mich wenigstens ab und zu wie ein normaler Mensch fühlen.«

»Die Lage hat sich geändert«, brummt Henry.

Einen Augenblick wirkt er so, als hätte er doch mehr Informationen.

»Tatsächlich? Was weißt du darüber?«

»Nichts Genaues. Aber ich erkläre es gerne nochmal. Wenn ich bei dir übernachten muss, geschieht das nicht ohne Grund.«

Ich sehe ihn skeptisch an. »Warum werde ich das Gefühl nicht los, dass du mir etwas verheimlichst?«

Henry weicht meinem Blick aus. »Okay, komm. Wir gehen, aber lass mich bitte erst meine Waffe holen.«

»Na, dann mach schon. Ich glaube ja nicht, dass die Kriminellen mich überfallen, sobald ich einen Fuß vor die Tür setze.«

»War dir das gestern noch nicht genug?«, knurrt Henry gereizt.

Ich sehe in prüfend an. »Ach so? Was war denn gestern?«

Henry holt tief Luft.

»Was war mir denn nicht genug? Spuck schon aus!«, provoziere ich ihn.

»Der Handtaschenraub«, grummelt er.

»Wie kommst du denn auf Handtaschenraub? Was weißt du darüber?«

»Ich habe es mir gedacht, denn ich kann eins und eins zusammenzählen ... Bei dem Empfang mit meinem Chef, heute Morgen. Die gehen mit einer Handtasche rein, und du kommst damit heraus.«

»Kann auch Zufall gewesen sein.«

»Was soll Zufall gewesen sein? Du meinst, mein Chef geht immer mit deiner Handtasche spazieren?«

Die Unterhaltung wird zunehmend merkwürdig, so wie die ganze Sicherheitsüberwachungssache hier.

»Ist ja auch egal. Lass uns jetzt losgehen, sonst bin ich nachher unterzuckert beim Kochen«, lenke ich ein. Wir machen uns auf den Weg.

»Was willst du denn kochen?«, fragt mich Henry beim Laufen.

Erstaunt bleibe ich stehen, denn er fragt das so, als wären wir ein altes Ehepaar. »Worauf hast du denn Lust?«

Henry hält auch an und sieht sich hektisch um. Jetzt übertreibt er wirklich.

»Na, auf jeden Fall kein Hipster-Food«, grummelt er.

Ich krause irritiert die Stirn, bevor ich mich wieder in Bewegung setze. »Was ist denn Hipster-Food?«

»Salat … jede Menge Salat oder veganes Zeug«, erklärt er süffisant.

Während ich wieder stehen bleibe, reibe ich meine Stirn. In letzter Zeit wird sie ziemlich oft in Falten gelegt. »Wie kommst du denn darauf?«

»Na ja, bei diesem Kaffee-Gedöns in eurer Kantine. Wenn das nicht hipster ist …«, antwortet er trocken und schiebt mich ungerührt weiter.

»Aha. Du bist also ein Freund der traditionell amerikanischen Küche? Barbecue und Barbecue und zur Abwechslung mal Barbecue? Oder wie soll ich das verstehen?«

»Blödsinn. Ich werde nur von diesem Light-vegan-und-politisch-korrekt-Zeug nicht richtig satt.«

»Aha. Du bist der Pizza- oder Cheese-Makkaroni-Typ mit fetter Soße und extra viel Käse? Dann vergiss das Bier dazu nicht.«

»Sehe ich vielleicht so aus?«, knurrt er.

Ich muss kichern. »Oha, sind wir etwa eitel?«

»Können wir beim Thema bleiben?«

Die Kabbelei gerät in der Tat außer Kontrolle, denn unter seinem engen T-Shirt zeichnet sich ein Sixpack ab. Ich frage mich, warum mein Blick gerade jetzt wieder magisch davon angezogen wird. »Okay. Also, sag endlich: Was isst du gerne?«

»Was hältst du von Wraps?«, schlägt Henry vor.

»Zu hipster«, erwidere ich augenzwinkernd. »Ich werde von diesem Salat-Zeug nicht richtig satt.«

»Kommt drauf an, woraus die noch bestehen«, antwortet er erstaunt.

»Wraps? Ist das jetzt wirklich dein Ernst?«

»Nein, es sollte so eine Art Kompromiss sein.«

»Du bist echt unschlagbar. Du kennst mich doch gar nicht. Vorschlag zur Güte: Spaghetti mit Shrimps.«

»Oh ja, aber in Öl.«

»Okay, in Öl … mit Knoblauch und Salat dazu.«

Henry lächelt nachsichtig. Irgendwie bin ich stolz auf mich, weil ich ihm mit dieser Bemerkung wieder ein Lächeln abgerungen habe.

Gut gelaunt betreten wir das Lebensmittelgeschäft.

Ich bin erstaunt, als Henry echten Sachverstand beim Einkaufen zeigt und den Salat von unten besieht.

»Der ist zu dunkel an der Schnittfläche, nicht so frisch«, bemerkt er kritisch.

»Das ist bestimmt nur der alte von gestern, den die obendrauf gelegt haben. Nimm einen Kopf von unten. Die bekommen hier jeden Tag eine frische Lieferung.«

»Woher weißt du das? Vielleicht schneiden die den Strunk nochmal nach«, brummt er, während er einen anderen Kopf hervorkramt.

»Die Supermarktkette gehört zu unserem Konzern. Sie wirbt mit der Versorgung mit tagfrischem Gemüse in Städten. Das Gemüse vom Vortag wird an Bedürftige verteilt.«

Henry blickt auf. »Oh, wow. Dann hat es diesmal anscheinend nicht geklappt.«

»Offensichtlich ist da mal wieder eine Prüfung fällig. Ich werde mich morgen drum kümmern.« Ich seufze.

»Dieser ist besser. Welches Dressing? Ich kenne ein gutes, Honig-Senf«, schlägt er vor, während er einen anderen Salatkopf aus der Kiste nimmt.

»Du kannst kochen?«, frage ich.

»Kochen erdet, oder nicht?«, antwortet er augenzwinkernd. »Es ist auch für mich eine willkommene Ablenkung vom Stress.«

»Ich mag es gern mit Himbeeren. Hier, es gibt gerade frische aus den USA«, schlage ich vor und halte eine Schale in die Höhe.

»Gute Idee«, stimmt er zu.

Wir kaufen noch Shrimps und machen uns auf den Heimweg. Immer wieder sieht Henry sich aufmerksam um. Er hat dabei einen derart ernsten Gesichtsausdruck, dass mir selber langsam unheimlich wird. Diesmal braucht er mich nicht daran zu erinnern, dass ich alle Sicherheitsriegel vor die Eingangstür schiebe.

»Ich habe noch Weißwein im Kühlschrank. Möchtest du auch einen?«, frage ich, bevor wir mit dem Kochen anfangen.

»Nein, danke. Ich bin im Dienst.«

War ja klar. Innerlich verdrehe ich die Augen, entgegne aber nichts. Ich schenke mir ein Glas ein und nehme sofort einen großen Schluck. Der Weißwein trägt sicher dazu bei, dass ich Henrys spröde Art besser ertragen kann. Wir machen uns ans Kochen. Er überrascht mich, denn wir arbeiten zusammen, als wären wir ein eingespieltes Team. Ob es jetzt an dieser unerwarteten Harmonie liegt oder an der Wirkung des Weißweins, dass ich gelassener werde, ist mir mittlerweile egal.

Doch die Entspannung schärft meine Sinne für das erotische Knistern, das zwischen uns immer stärker wird. Berühren sich zufällig unsere Hände, ist es, als ziehe ein kleiner Stromschlag durch mich hindurch. Die Hitze, zusammen mit dem Geruch, die von seinem muskulösen Körper ausgeht, vernebelt meine Sinne. Dieser Mann ist pures *Eye-Candy*, von dem ich bei jeder Gelegenheit heimlich naschen muss. Verdammt. Ich kann regelrecht spüren, wie mein Unterleib immer deutlicher seine Ansprüche anmeldet.

»Ich decke schon mal den Tisch«, schlage ich eilig vor, damit ich einen halbwegs klaren Kopf behalte.

Henry nickt. »Wo hast du einen Durchschlag?«

Schnell nehme ich das Gewünschte aus dem Schrank, bevor ich auf die Toilette flüchte, um mir unbeobachtet kaltes

Wasser ins Gesicht zu schaufeln. Nachdenklich betrachte ich mein Spiegelbild, während ich Gesicht und Hände trockne. Was ist das nur wieder für ein Streich des Schicksals? Da sehne ich mich nach einem Mann in meinem Leben, und dann bekomme ich so einen Typen vor die Nase gesetzt. Supersexy und dabei rau wie Gusseisen. Warum auch immer er so ist, wie er ist, er ist kein Mann für mich. Wahrscheinlich will das Universum mich nur daran erinnern, das Ticken meiner biologischen Uhr nicht zu ignorieren.

Seufzend hänge ich das Handtuch wieder an seinen Haken und gehe zurück, um den Tisch zu decken. Henry ist gerade fertig, und ich helfe ihm beim Auftragen der Mahlzeit. So gut es geht, versuche ich mich auf meinen Teller zu konzentrieren. Doch ab und zu wage ich einen Blick auf mein Gegenüber, das sein Essen sichtlich genießt.

»Das Olivenöl ist fantastisch«, bricht er irgendwann sein Schweigen.

»Ja, nicht wahr? Wir importieren es aus Italien, ebenso wie den Wein. Dort haben wir hervorragende Einkäufer vor Ort. Willst du den Wein nicht doch probieren?«

»Ich weiß nicht. Aber neugierig gemacht hast du mich jetzt schon«, meint Henry lächelnd.

Mir war nicht klar, wie warm seine intensiv blauen Augen wirken können. Mein Atem stockt, und ich bete, dass er nicht bemerkt, wie mir das Blut ins Gesicht schießt. Immerhin könnte es auch vom Alkohol kommen.

»Ich hole dir ein Glas«, murmle ich, während ich eilig aufstehe. »Ein halbes Glas Wein ist schon erlaubt, denke ich.«

»Aber nur, wenn du mich nicht verpetzt«, antwortet Henry augenzwinkernd.

Ich muss grinsen. »Kommt darauf an, ob du dich entsprechend benimmst.«

Mir ist klar, dass ich zu hastig trinke, als ich wieder am Tisch sitze. Die Flasche ist mittlerweile fast leer, was mein Hirn nicht ignorieren kann.

Meine Hemmungen nehmen spürbar ab. »Sag mal ... Wir sind doch Freitag schon mal zusammengestoßen. Das war kein Zufall, oder?«

Henry schluckt seinen letzten Bissen herunter und wischt sich den Mund ab, bevor er aufschaut. Sekundenlang durchbohrt mich sein Blick, bis mein Atem stockt.

»Wir sind schon mal zusammengestoßen?«, fragt er mit erhobenen Augenbrauen.

Ich bin mir nicht sicher, ob sein überraschter Ausdruck echt ist.

»Sind wir, ist noch gar nicht lange her«, erwidere ich fest.

Henry scheint wenig irritiert. »Wo soll denn das gewesen sein?«

»Kurz vor *Sparks Steak House*, gegen Mittag.«

»Ach so ... Du warst das? Echt jetzt?«

Nun wirkt seine Reaktion überzeugend. Offensichtlich scheint er bei mir mehr Eindruck hinterlassen zu haben als ich bei ihm. Warum stört mich das?

»Warum warst du da?«, hake ich nach, obwohl ich mich sofort darüber ärgere. Er könnte es falsch interpretieren. »Du hast doch niemanden bewacht.« Fuck. Damit habe ich verraten, dass ich ihn beobachtet habe.

»Das Büro eurer *Security* ist da in der Straße. Schon vergessen?«

Jetzt ist er wieder merkwürdig. »Wieso *unsere Security*? Es ist doch *dein* Arbeitgeber, oder nicht?«

Ein Funken Unsicherheit huscht über Henrys Gesicht. »Ähm ... klar ... schon. Aber noch nicht lange ... Ich muss mich wohl noch daran gewöhnen.«

»Bin ich etwa dein erster Auftrag?«

»Bei dieser Firma schon.«

»Okay …«

Henry hat sich schon wieder gefangen. »Ich war noch nie in *Sparks Steak House.* Da ich schon mal in der Nähe war und die Gelegenheit günstig, wollte ich es unbedingt kennenlernen.«

Ich könnte jetzt fragen, warum ich mich von ihm beobachtet gefühlt habe. Aber irgendetwas in meinem Inneren sagt mir, dass ich keine ehrliche Antwort erhalten würde. Ich sollte mich vielleicht mit Ethan oder Paps unterhalten, ob Henry wirklich genügend überprüft wurde. Merkwürdig ist bei dieser Sache nur, dass ich mich in seiner Nähe vollkommen sicher fühle. *Am besten, ich lasse es gut sein*, denke ich und schiebe meinen leeren Teller ein Stückchen weg.

Als wir unser Geschirr zusammen in die Küche bringen, kann ich nicht widerstehen und versuche bei der Gelegenheit, ein wenig an seinem Arm zu schnuppern. Ich weiß nicht, was mich da geritten hat, denn Henry stößt dabei gegen meine Nase, als er das Geschirr auf der Spülmaschine abstellt.

»Oh, Verzeihung«, bittet er.

»Kein Ding. Ich habe nicht aufgepasst«, krächze ich verlegen und möchte am liebsten im Boden versinken.

Unsere Blicke finden sich, und mir stockt der Atem. Henrys Mund öffnet sich, als wollte er etwas sagen. Ich weiß, dass er weiß, warum wir zusammengestoßen sind. Fuck. Krampfhaft atme ich durch.

Diese Situation ist brenzlig. Keiner von uns beiden kann sich ihr entziehen.

Ich versuche meinen Blick woanders hinzulenken und bleibe an seinem geschwungenen Mund mit den vollen Lippen hängen, der mich geradezu hypnotisiert. Zu gerne würde ich ihn küssen. Henry scheint es ähnlich zu gehen, unsere Münder werden magisch voneinander angezogen.

Schon spüre ich seinen Atem auf meiner Gesichtshaut. Erwartungsvoll öffnet sich mein Mund leicht. Unsere entspannten Lippen berühren sich fast. Wie werden sie sich anfühlen? Wie wird er schmecken? Wie leidenschaftlich wird sein Kuss?

Instinktiv streichle ich seinen Arm, da schreckt er wie ertappt zurück. Ich bedecke den Mund mit meiner Hand. Henry sieht mich fast wütend an, bevor er sich herumdreht und die Küche verlässt. Frustriert beiße ich mir auf die Lippe und schlucke die Enttäuschung hinunter. Was ist da in uns gefahren? Gedankenverloren räume ich das Geschirr in die Spülmaschine, bevor ich mich setze und Löcher in die Luft starre.

»Wie hast du dir den weiteren Abend vorgestellt?«, fragt mich Henry, als er nach einiger Zeit durch den geöffneten Türspalt sieht. Er wirkt wieder gefasst, als wäre nie etwas gewesen.

»Wieso?«

»Wir sollten uns auf derselben Etage aufhalten.«

Diesmal versuche ich nicht, mein Augenverdrehen zu verbergen.

Henry beißt sich auf die Lippe. »Es tut mir leid. Mein Verhalten eben war völlig unprofessionell.«

Meine Antwort besteht aus einem ratlosen Blick. »Mir tut es auch leid. Ich war wohl auch … unprofessionell.«

Mein Bodyguard atmet tief durch. »Es wird nicht wieder vorkommen.«

Na prima. Das macht die Sache natürlich viel einfacher.

»Ich denke, ich werde gleich noch laufen gehen«, antworte ich.

»Das ist sicher keine gute Idee. Du hast zu viel Alkohol getrunken.«

Ich weiß, Daddy. Und wie soll ich dann meinen Kopf wieder frei bekommen? »Lass mich das doch bitte selbst entscheiden.«

»Spazieren gehen. Bitte, wir können doch langsam laufen«, fordert Henry nachdrücklich.

»Wir? Du willst mit mir spazieren gehen?«

»Das muss ich wohl.«

»Danke für das Kompliment.«

»Du weißt, wie ich das meine«, behauptet er verlegen.

»Nein. Wie meinst du das denn?«

»Es ist mein Job.«

Ich nicke. »Schon gut. Vielleicht gehst du etwas hinter mir, dann denken alle, du bist nur mein Stalker.«

»Sehr witzig«, brummt Henry und zieht den Kopf aus der Tür.

»Ich habe gerade sowieso keine Lust mehr. Ich werde gleich noch arbeiten«, rufe ich ihm seufzend hinterher und nehme mir vor, morgen auf jeden Fall laufen zu gehen – vor dem Essen.

# 8

## Ein ganz gewöhnlicher Morgen

Unter der Morgendusche werde ich nicht richtig wach. Gestern Nacht habe ich noch lange darüber nachgedacht, wie es nur so weit mit mir kommen konnte. Hatte ich auf der Uni wenigstens noch ab und an mal eine Affäre, so habe ich, seit ich in der Führungsspitze unseres Konzerns arbeite, gar keinen Mann mehr gehabt. Entsprechend ausgehungert ist mein Unterleib. Das ist ein Naturgesetz, und kein Mensch kann gegen die Natur.

Wenigstens bin ich bei meiner ganzen Grübelei doch noch zu einem Ergebnis gelangt. Es liegt an meinem ›Beuteschema‹. Die Art von Mann, in die ich mich immer verliebe, taugt absolut nicht dazu, eine Familie zu gründen. Dazu kommt, dass mich diese Typen auch nicht bei meiner Arbeit in unserem Konzern unterstützen würden.

Ich muss die Konsequenzen ziehen. Entweder gebe ich meinen Wunsch nach einer eigenen Familie auf und habe bedeutungslosen Sex mit attraktiven *Bad Boys*, oder ich suche mir einen ›Familienvater‹, den ich nicht liebe. Anders scheint es nicht zu funktionieren. Es muss jedenfalls ein Ende haben, dass ich diesem Holzklotz von Bodyguard hinterhersabbere.

Ich weiß zwar noch nicht, für welche Lösung ich mich entscheide, aber ich weiß, dass schnell etwas passieren muss. Zumindest so schnell, dass diese strenge Überwachung aufhört. Mit Henry im Nacken kann ich mir weder ein reines Sex-Date noch die Suche nach dem Vater meiner Kinder vorstellen.

Gedankenverloren steige ich aus der Dusche, als Henry mit einem Handtuch um die Hüften ins Badezimmer stürmt. Offensichtlich macht er sich keinen Kopf darüber, dass jemand hier drin sein könnte. Auch das noch!

»Hey! Das hier ist mein Badezimmer. Deins ist am Ende des Ganges«, rufe ich, während ich mir ein Handtuch schnappe und es eilig um meinen tropfnassen Körper wickle.

Henry schaut erschrocken auf, als hätte ich ihn aus den Gedanken gerissen. Als er mich nackt sieht, reißt er die Augen weiter auf.

»Oh, Verzeihung«, erwidert er und dreht sich eilig um.

Ich hasse mich dafür, es insgeheim zu bedauern, dass ich seinen athletischen Körper nur so kurz bewundern durfte. Eventuell sollte ich mir Debbies Rat doch zu Herzen nehmen und ihn mir für ein paar heiße Nächte schnappen? Vielleicht lässt er sich ja darauf ein, wenn ich ihm verspreche, dass es nur bedeutungsloser Sex sein wird?

Oh Mann, was denke ich da schon wieder?

Heute kommt mir die Garderobe, die ich sonst auf der Arbeit trage, wie Gefängniskleidung vor. Ich beschließe, eine besonders legere Hose und Bluse anzuziehen, denn ich habe keinen offiziellen Geschäftstermin. Es dauert etwas länger, bis ich die Ringe unter meinen Augen weggeschminkt habe. Meine Haare wollen auch nicht sitzen, genervt drehe ich sie zu einem Dutt. Jetzt sehe ich so streng aus. Zu streng für meinen Geschmack. Ich hasse mein Spiegelbild und strecke ihm die Zunge heraus.

Seltsamerweise hellt sich meine Laune etwas auf, als ich merke, dass Henry schon Kaffee gekocht hat.

»Handgefiltert, so hat ihn meine Mom immer gemacht.« Er streckt mir eine Tasse hin.

Ich nehme sie dankbar entgegen und lehne mich an die Arbeitsfläche, während ich an dem braunen Heißgetränk nippe. »Möchtest du auch etwas essen?«, frage ich. »Ich esse immer einen Toast mit Honig, oder Cornflakes. Ich habe aber auch Sandwich mit Erdnussbutter.«

»Erdnussbuttersandwich klingt gut. Wenn du mir sagst, wo was ist, kann ich es uns machen. Setz dich.«

Lächelnd stelle ich fest, dass es sich gut anfühlt, wenn man nicht allein frühstücken muss. Deshalb beschließe ich, sein Angebot anzunehmen.

»Die Frühstückssachen sind in dem Fach neben dem Kühlschrank«, erkläre ich, während ich mich auf einen Hocker an den Tresen setze und Henry beim Schmieren der Brote zusehe.

»Ich weiß, ich habe doch schon das Kaffeezeug zusammengesucht.« Henry hat eine Jeans an, die seinen sexy Hintern perfekt zur Geltung bringt. Über dem T-Shirt trägt er zwar schon den Waffenhalter, der später von der Lederjacke verdeckt wird, aber es ist Gott sei Dank noch keine Pistole darin.

»Wie schmeckt dir der Kaffee?«, fragt er, während er mir meinen Toast hinstellt.

»Gut«, antworte ich und beiße herzhaft in die noch warme Scheibe, auf der die Butter mit dem goldgelben Honig lecker verläuft.

»Nur gut? Kann er nicht mit deinem Schickimicki-Gesöff mithalten?«

Ich schlinge meinen ersten Bissen hinunter, ohne richtig gekaut zu haben.

»Gerade habe ich gedacht, dass du ja doch ganz nett sein kannst. Da habe ich mich wohl geirrt, entschuldige«, knurre ich genervt. Eigentlich will ich es gut sein lassen, aber mir läuft tropfenweise die Galle über. »Was habe ich dir bloß getan?«, mache ich meinem Herzen Luft.

Henry schluckt. »Entschuldige. Nein, du hast mir nichts getan. Ich habe diese Nacht nicht so gut geschlafen. Fremdes Bett, schätze ich.«

»Tatsächlich? Die Prinzessin auf der Erbse hätte ich dir gar nicht zugetraut.«

»Ich dir aber«, brummt er fast unhörbar.

»Das habe ich verstanden. Wieso bin ich eine Prinzessin?«

Henry seufzt. »Nein, bist du nicht. Ich hatte Vorurteile, okay?«

»Warum Vorurteile? Was meinst du damit?«, will ich wissen und hebe die Augenbrauen.

»Na ja, als ich von dir erfuhr, dachte ich …«

»… noch so ein reiches, verwöhntes Töchterchen?«, ergänze ich genervt.

»Ja … ja, so ähnlich«, grummelt Henry unwillig.

Ich hebe die Brauen. »Und jetzt? Was denkst du jetzt?«

»Weiß ich nicht. Ich kann dich nicht einschätzen. Okay?«, presst er gestresst hervor.

»Warum musst du mich einschätzen, wenn du mich nur bewachen sollst?«

»Nein, muss ich natürlich nicht. Ist es gut jetzt?«, schimpft er.

»Meinetwegen, aber nur wenn du mir verrätst, wie du mich siehst.«

»Wieso sollte ich das?«

»Weil es mir wichtig ist, wie ich auf andere wirke«, verteidige ich mich.

»Warum das?«

»Das ist bei sozial denkenden Menschen nun mal so. Sie möchten wissen, wie sie von anderen gesehen werden. Dir scheint es ja egal zu sein.«

»Wieso ist mir das egal? Was unterstellst du mir da?«, schnaubt Henry.

»Wirst du wahrscheinlich nie verstehen. Komm, der Fahrdienst ist jeden Moment hier.« Ich seufze und schnappe mir meinen Teller, um ihn in die Spülmaschine zu tun.

»Hast du gar kein Personal, das so was erledigen?«, fragt Henry überrascht.

Ich stutze und mustere ihn verwirrt. »Wieso? Bist du dir zu fein, deinen Mist selber abzuräumen?«

Er streicht sich verlegen durchs Haar. »Nein ...«

»Eine Prinzessin hat so was?«, provoziere ich ihn.

»Versteh mich bitte nicht falsch«, antwortet er mit erhobenen Händen.

»Keine Angst, ich versteh' dich überhaupt nicht«, erwidere ich. »Also, zu deiner Information: Ich habe hier gar keine Angestellten, nicht einmal eine Putzfrau.«

»Wieso nicht? Du hast doch so viel Arbeit.«

Ich sehe ihn aufmerksam an, bevor ich mich wieder setze. »Magst du nicht putzen?«

»Doch schon ... ähm ... Für mich war es nie ein Thema. Ich kenne das gar nicht anders, als selber zu putzen.«

»Ich schon. Meine Mom wäre nie auf den Gedanken gekommen, selbst zu putzen. Wir hatten immer Personal, selbst als wir noch nicht so reich waren.«

»Und dann hast du es dir selbst beigebracht, das Putzen?«, scherzt Henry.

»Nein, ich habe einen Kurs belegt«, antworte ich herausfordernd. »Im Ernst. Wenn man es nie gemacht hat, fragt man sich schon, wie es geht. Ich musste mich bei unserer Haushälterin erkundigen.«

»Und dir macht es tatsächlich Spaß?«

»Ja. Schräg, nicht wahr? Es hat etwas Meditatives. Und vielleicht mag ich es auch, weil es bei meiner Mutter verpönt war. So eine Art verspäteter Aufstand gegen sie.«

»Du kommst mit deiner Mutter nicht klar?«

»Nein, noch nie wirklich. Sie ist ein ziemlich egoistischer

und rücksichtsloser Mensch. Sie mochte mich zwar am liebsten von ihren drei Kindern, aber nur, weil ich immer so brav war. Ich hatte … wir hatten gleichzeitig immer das Gefühl, dass niemand richtig an sie herankommt.«

»Meinst du denn, du wischst ihr eins aus, indem du selber putzt?«

Ich muss auflachen. »Klingt nicht sehr erwachsen, oder? Tatsache ist, sie ist allergisch gegen alles Gewöhnliche.«

»Du willst aber bodenständig sein?«, bohrt Henry weiter.

Ungeduldig springe ich wieder vom Hocker. »Ich möchte ein ganz normales Leben, wie andere auch. Aber ich weiß, dass ich das wohl nie bekommen werde. Geld verschafft zwar gewisse Freiheiten, aber gleichzeitig nimmt es dafür andere. Komm jetzt, der Fahrdienst hat gerade gehupt.«

Henry nickt nachdenklich. Er hält mir seine flache Hand an den unteren Rücken, als wollte er mich unterstützen, während wir zur Tür gehen. Das fühlt sich nicht nur wahnsinnig gut an, sondern beschert mir ein Kribbeln, das direkt in den Unterleib zieht.

*Oh Mann, du bist verloren, Melissa.*

# 9

## So ein Mistkerl!

»Wo willst du hin?«, will Henry mit strengem Blick wissen, als ich nach Feierabend im Sportdress aus dem Büro komme.

»Zum Frisör, oder was glaubst du?«, antworte ich flapsig.

»Ist der *Frisör* hier im Gebäude?«, fragt er mit Gänsefüßchenfingern.

»Wir haben hier zwar Fitnessräume, aber ich laufe immer mit meinem *Personal Trainer* im Central Park. Gerald konnte nie mit mir mithalten, und mit dem Trainer bin ich ja auch nicht allein.«

»Ich kann aber mithalten. Warum hast du nichts gesagt?«

Tja, warum wohl? »Sorry, ich habe nicht dran gedacht. Ich habe hier immer Laufsachen deponiert, weil es sich durch die Nähe zum Central Park einfach anbietet, laufen zu gehen.«

»Warum habe ich das Gefühl, dass du mich abhängen willst? Du glaubst doch wohl nicht, dass ich mich so davon abhalten lasse, dich zu bewachen?«

»Aber natürlich nicht«, antworte ich seufzend. »Dann musst du eben ohne Sportsachen mitlaufen.« *Viel Spaß mit der Lederjacke*, füge ich in Gedanken hinzu.

Henry spurtet mir unbeeindruckt hinterher, als mich der Trainer abholt. Ein dunkelhaariger, echt heißer Typ – leider verheiratet. Allerdings weiß Henry das nicht. Deshalb bin ich gespannt auf seine Rektion, als er ihm begegnet. Ich kann seinen Kehlkopf auf- und abwandern sehen. Ob ich ihn doch nicht so kaltlasse, wie er tut?

Oh Mann, was denke ich da schon wieder?

Unser seltsames Gespann muss ein Bild für die Götter sein. Rechts neben mir läuft Henry und links der Trainer. Ich gebe alles. Doch das scheint Henry nicht sonderlich zu beeindrucken, er hält locker mit. Obwohl er ziemlich warm angezogen ist, zeigt sich auch nach zwanzig Minuten kein Tröpfchen Schweiß auf seiner Stirn. Ja, er schnauft noch nicht einmal. Das kann doch gar nicht sein, dass er mit der dicken Kleidung wirkt, als würde er spazieren gehen! Provokativ erhöhe ich das Lauftempo.

»Vorsicht, Melissa, achte auf deinen Puls«, warnt mich mein Trainer.

»Den hab' ich im Auge. Ich muss gerade mal etwas Dampf ablassen«, erkläre ich und beschleunige gleich noch ein bisschen mehr.

Leider kann ich das anspruchsvolle Tempo keine zehn Minuten halten, Seitenstiche bremsen mich aus. Ich kann nur noch gekrümmt weitergehen. Fuck! *Du bist eine Idiotin, Melissa.* Dabei ist Henrys Atemfrequenz nur geringfügig erhöht. Er ist verteufelt gut trainiert.

Ich frage mich, ob sein Lächeln eher spöttisch oder nachsichtig ist, als unsere Blicke sich begegnen. Ob er weiß, was in mir vorgeht?

Nachdem die Seitenstiche endlich verschwunden sind, trabe ich ziemlich langsam Richtung *Wyatt Tower.* Ich möchte mich nicht noch einmal so blamieren. Nie wieder. Unter der Dusche stelle ich mir vor, wie die ganze Blamage an mir hinabläuft – einfach herunterwaschen. Doch schon beim Abtrocknen stelle ich fest, dass das nicht funktioniert.

»Was machst du für Sport, dass du so fit bist?«, frage ich Henry auf dem Nachhauseweg.

»Ach, nichts Besonderes ... so dies und das.«

»Willst du mich verarschen? Kein Mensch bekommt mit *dies und das* so eine Fitness!«

»Ich habe mir in meiner Jugend diese Fitness erkämpft. Nun brauche ich sie nur zu erhalten«, brummt er.

»Erkämpft? Womit?«

»*MMA*.«

»*Mixed Martial Arts*? *Free Fight*?«

»Jupp.«

»Oh, wow! Ziemlich harter Sport, oder?«

»Es geht. Mittlerweile gibt es Regeln.«

»Wie bist du dazu gekommen?«, frage ich, obwohl Henrys letzte Antwort schon ein wenig unwillig klang.

»Ich hatte als Jugendlicher keine Lust mehr, mich verprügeln zu lassen«, knurrt er.

»Du bist verprügelt worden? Das kann man sich heute gar nicht mehr vorstellen. Warum?«, erwidere ich erstaunt.

Henry zuckt mit den Schultern und sieht betont interessiert aus dem Fenster. Er ist so undurchschaubar, dass ich manchmal sogar zweifle, ob er zu den Guten oder den Bösen gehört. Was wohl gerade in seinem Kopf vor sich geht? Gut, dass er vorne sitzt und ich auf der Rückbank. Da kann ich leichter den Impuls, ihn zu küssen, unterdrücken. Aber vor allem muss ich das Bedürfnis, ihn weiter auszufragen, unterdrücken.

Zurück in meinem Zuhause geht Henry zielstrebig nach oben, um zu duschen. Es wundert mich, dass er mich allein im Erdgeschoss lässt. Doch kurz vor der Treppe dreht er sich um. »Kommst du mit?«

Ich nicke und folge ihm, denn ich sehne mich nach bequemer Kleidung. Da es ziemlich warm ist, entscheide ich mich für Shorts und ein ärmelloses Top. Danach trete ich wieder den Weg nach unten an.

»Wo willst du hin?«, tönt es streng hinter mir, sodass mir ein Schauer über den Rücken läuft. Ich blicke mich um und sehe Henry mit einem Handtuch um die Hüften. Konzentriert klemmt er das Ende in den Wickel. Wassertropfen laufen aus seinem Haar über die breiten Schultern, die tätowierte Brust und verlieren sich in den Rillen des Sixpacks.

Ich muss schlucken.

»Ähm … ja. Du kommst doch sicher gleich nach … Wollen wir uns eine Pizza bestellen?«, stottere ich.

Henry nickt. »Pizza klingt gut.«

»Okay …« Ich drehe mich weg, damit mein Herzklopfen weniger wird. Dieser Anblick macht mich wuschig. Doch dann wende ich mich ihm noch einmal zu. »Ähm … irgendwelche Wünsche?«, füge ich schnell hinzu, bevor er in seinem Zimmer verschwindet.

»Oh … ja … Salami und Käse.« Zu meiner Überraschung wirkt Henry selbst ein wenig durcheinander. »Ich … komme gleich … Muss mir noch die Haare trocknen.«

»Okay.« *Wäre ich nicht drauf gekommen. Wieso fällt mir nur ›okay‹ ein?* Ich atme tief durch, während ich die Treppe hinuntergehe.

Ich bestelle die Pizza und überlege, dass es schön wäre, die Abendsonne auf meiner Terrasse zu genießen. Da die bewachsene Mauer am Ende des kleinen Gartens höher ist als die Häuser dahinter, müsste ich Henry die Gefahr von Sniper-Angriffen ausreden können. Die Gärten der Reihenhäuser selber sind meistens mit niedrigen Hecken voneinander getrennt, damit die Grundstücke nicht allzu klein wirken. Bei der Abgrenzung zu Debbies Grundstück habe ich mich mit ihr sogar für eine Rosenreihe entschieden, weil wir beide den Duft so lieben.

Die Tochter meiner Nachbarin tobt in ihrem kleinen Pool, als ich in den Garten hinaustrete, um Polster auf die Möbel zu legen. Das Baby sitzt im Sportwagen und sieht zu. Mein Steinbrunnen plätschert die Hintergrundgeräusche. Abendsonne streichelt meine Haut. Eine leichte Brise weht den Geruch der Blumen in meine Nase, der sich mit dem vom

Grillgut mischt. Debbies Mann Brent ist verrückt nach Barbecue. Ich bekomme Hunger. Nach Wein zur Pizza brauche ich wohl nicht zu fragen, deshalb stelle ich Wasser auf den großen, massiven Teak-Holztisch, den ich von den Vorbesitzern übernommen habe. Ich liebe die romantische Patina meiner Gartenmöbel, die so perfekt unter den efeuberankten Sonnenschutz passen.

Kaum habe ich alles aufgebaut, klingelt es auch schon an der Tür. Schnell eile ich hinein und sehe, wie Henry die gesicherte Haustür öffnet und den Pizzaboten bezahlt. Ich will hingehen, aber er gibt mir ein Zeichen, dass ich zurückbleiben soll. Er trägt wieder ein enges T-Shirt, unter dem man die Muskeln spielen sehen kann, während er die Tür sorgfältig verriegelt. Seine Shorts geben den Blick auf die kräftigen Beine frei. Dieser Kerl ist einfach unerträglich sexy.

Ich gehe auf ihn zu, um die Pizza entgegenzunehmen. »Jetzt kann ich aber kommen, oder? Soll ich dir das Geld wiedergeben? Wie viel ist es?«,

»Das kann ich gerade noch bezahlen. Immerhin ist hier Kost und Logis nicht inklusive«, brummt er.

»Nicht?«, frage ich augenzwinkernd.

»Ich habe eine eigene Wohnung. Wenn der Job hier vorbei ist, gehe ich wieder dorthin zurück.«

»Ich wette, du kannst es gar nicht mehr abwarten«, provoziere ich ihn. »Bei mir ist es jedenfalls so.«

Doch Henry lässt sich nicht drauf ein, er behält die Pizza und macht sich auf in Richtung Küche.

»Ich habe die Terrasse fertig gedeckt. Ich dachte, es wäre schön, dort in der Abendsonne zu essen.«

Henry sieht mich streng an und öffnet den Mund.

»Bevor du etwas sagst, der Garten ist sicher«, erkläre ich, während ich ihm die Hände entgegenstrecke, um ihm die Pizza abzunehmen.

»Man ist nirgends sicher.«

Genervt verdrehe ich die Augen.

»Stimmt. Nicht mal im goldenen Käfig.« *Und schon gar nicht vor dir*, füge ich in Gedanken hinzu. »Ich weiß ja nicht, wo du essen willst, ich werde es auf der Terrasse tun. Wenn du mich schützen willst, wirst du mitkommen müssen«, knurre ich und zerre ihm den Karton aus der Hand. Unbeeindruckt drehe ich mich um, gehe vor, Richtung Terrasse, und lächle heimlich triumphierend, als ich merke, dass Henry mir folgt, ohne ein weiteres Wort zu verlieren.

Seine Gesichtszüge werden sofort entspannter, als er nach draußen tritt. Hier ist es einfach zu schön, um brummig zu bleiben. Wir setzen uns, und Henry öffnet den Karton. Ein paar Minuten lang können wir ungestört kauen, dann kommt Debbies Tochter an die Rosenhecke.

»Was esst ihr da?«, fragt die kleine Katy und schiebt ihr nasses Haar aus dem Gesicht. »Boah, Pizza! Lecker! Kann ich auch was davon abhaben?«

»Katy! Komm her und lass Melissa in Ruhe!«, höre ich Debbies Stimme von der Terrasse nebenan. »Das Fleisch wird kalt.«

»Ich will das nicht, das muss ich so kauen«, mault die Kleine. »Und es quietscht dabei so blöd.«

Henry und ich lächeln uns an. Wahrscheinlich fühlen wir uns beide an unsere eigene Kindheit erinnert. Wir nicken uns einvernehmlich zu.

»Debbie, wenn du nichts dagegen hast, können wir ihr ein Stück abgeben. Es ist genug da«, rufe ich hinüber.

»Kommt nicht infrage«, schallt es von Brent zurück.

»Es macht uns nichts aus, wirklich. Wahrscheinlich haben wir sowieso zu viel«, erwidere ich.

»Okay, dann kommt ihr aber zu uns rüber. Wir haben nämlich auch zu viel. Brent hat anscheinend immer Angst, dass wir verhungern könnten.«

»Ich weiß nicht«, antworte ich zwar, bedeute Henry aber gleichzeitig, dass es mir sehr wohl recht ist. Der Aufenthalt bei meiner fröhlichen Nachbarin erscheint mir deutlich attraktiver als diese merkwürdig verkrampfte Stimmung zwischen Henry und mir.

So ignoriere ich lächelnd sein aufgeregtes Gestikulieren, wobei er mit der flachen Hand quer vor dem Kehlkopf entlangzieht. Ungerührt stehe ich auf und schnappe mir den Pizzakarton.

»Hey, ich habe die Pizza bezahlt«, zischt Henry empört. Er greift meinen Arm und versucht ihn wieder herunterzudrücken.

Ich lege den Finger auf meine Lippen, obwohl Debbie es wahrscheinlich nicht hören konnte.

»Dann bleib doch hier«, flüstere ich und öffne den Karton, damit er ein Stück herausnehmen kann.

Der Gartenstuhl schrammt über die Terrassenfliesen, als sich Henry widerwillig erhebt. Debbie steht mit strahlendem Gesicht an der Hecke und biegt einen Rosenzweig beiseite, damit wir unbeschadet hindurchschlüpfen können. Oh Mann, es ist nicht zu übersehen, dass mein Bodyguard ihr gefällt.

Debbie hat ausgefallene, bunte Plastik-Designersessel auf ihrer Terrasse, die Gott sei Dank bequemer sind, als sie scheinen. Dabei hat sie es so geschickt arrangiert, dass sie neben Henry sitzt. Der ist darüber gar nicht erfreut, ich kann beobachten, wie seine Kaumuskeln zucken.

»Ich bin Debbie, und der Brummbär am Grill ist Brent, mein Ehemann«, stellt sie Henry mit ausgestreckter Hand vor. Brent winkt für einen Brummbären überraschend freundlich herüber. Ob da dicke Luft herrscht zwischen den beiden? Vielleicht war es doch nicht so klug, sich einladen zu lassen.

»Wein?«, fragt Debbie, während Katy schon über die Pizza herfällt.

»Ja, danke«, antworte ich. Die familiäre Stimmung scheint doch nicht so angespannt, wie ich vermutet habe. Vorsichtig wage ich einen Blick zu Henry, der seine schlechte Laune ebenfalls überwunden hat. Er lässt sich sogar von Brent zu einem Bier überreden.

»Sie sind also der Bodyguard von Melissa?«, fragt Debbie, als er sich setzt.

»Jupp, ich bin Henry.«

»Na, dann brauchen wir heute Abend ja keine Angst zu haben.«

Henry zieht müde einen Mundwinkel hoch. Debbie wird sich etwas anderes einfallen lassen müssen, wenn sie die Aufmerksamkeit auf sich lenken will.

Der Hausherr lässt uns nicht eher in Ruhe, bis wir seine Spareribs probiert und gelobt haben. Dazu gibt es Maiskolben, Röstbrot und Salat, an dem sich vor allem Debbie gütlich tut. Das Essen ist köstlich und wir lassen es uns schmecken.

Nicht zuletzt durch Katy wird es eine ungezwungene Unterhaltung. Das Baby schläft mittlerweile im Wagen. Debbie deckt es fürsorglich zu. Ich mag Kinder einfach, wünsche mir ja schon lange welche, und Henry scheinen sie ebenso zu gefallen. Aber auch der Wein, den Debbie aufmerksam nachschenkt, lockert die Stimmung. Ich fühle mich wohl, als die Dämmerung hereinbricht. Henry ignoriert die schmachtenden Blicke, die Debbie ihm immer wieder zuwirft. Allerdings scheint es Brent gar nicht zu gefallen, dass seine Frau so offensichtlich auf meinen Bodyguard steht.

»Wir müssen jetzt wieder rüber. Morgen früh ruft die Arbeit«, entschuldige ich mich nach einiger Zeit.

»Och, bitte, Melissa. Es ist nur noch ein kleiner Rest in der Weinflasche. Lass ihn uns teilen.«

»Ich weiß nicht. Ich glaube, ich habe genug.«

»Henry, du musst unbedingt unseren sechzig Jahre alten Whiskey probieren. Er kommt aus einer kleinen Brennerei in unserem Heimatort und ist was ganz Besonderes«, lockt Debbie.

»Vielen Dank, aber ich denke, wir sollten tatsächlich gehen«, antwortet er höflich.

»Nur einen ganz kleinen Schluck. Du verpasst wirklich etwas. Außerdem muss Melissa mir noch beim Rest Wein helfen. Brent, hol doch die Flasche und schenk unserem Gast ein«, weist Debbie ihren Mann an und lächelt zuckersüß. »Und die liebe Katy geht jetzt ins Bett.« Verwundert stelle ich fest, dass die Kleine sofort gehorcht.

Brent möchte tatsächlich ein guter Gastgeber sein und tut, was ihm aufgetragen wurde. Ich nicke Henry beschwichtigend zu, als er seinen Unwillen stumm zum Ausdruck bringt. Sein Gesichtsausdruck wird böse, aber ich schüttle den Kopf. Er soll sich bloß nicht anstellen, es ist wirklich nur noch ein halbes Glas Wein.

Womöglich ist es eine Trotzreaktion von Henry, als er sich das Glas von Brent ziemlich vollschenken lässt. Doch nicht nur das. Ich fühle Eifersucht in mir bohren, als Henry sich plötzlich angeregt mit Debbie unterhält.

»Du siehst so sportlich aus, Henry. Was hast du vor deinem Dasein als Bodyguard eigentlich gemacht?«, fragt sie, während sie ihn unverhohlen mustert.

»*MMA, Mixed Martial Arts.* Ist dir das ein Begriff?«

Debbies Blick hellt sich auf, sie nickt. »Ach, das ist ja spannend. Erzähl doch ein bisschen mehr von dem Sport.« Fehlt nur noch, dass sie in die Hände klatscht.

»Ursprünglich ging es darum, wer besser kämpft, der Boxer oder der Ringer. Dann hat sich daraus eine effektive Mischung entwickelt«, erklärt Henry mit einer Prise Großspurigkeit.

Debbies Augen werden groß. »Eine *tödliche* Mischung, oder?«

»Nein, es ist nicht mehr so gefährlich, weil es jede Menge Regeln gibt.«

»Und bei dir? Du warst sicher erfolgreich, so, wie du aussiehst, oder?«, fragt sie ehrfurchtsvoll.

Ich unterdrücke den Impuls, mir mit der flachen Hand vor den Kopf zu schlagen. Brent folgt dem Gespräch mit zusammengepressten Lippen.

»Da gibt es nicht viel zu erzählen. Ich habe nur eine Handvoll Amateurkämpfe bestritten. Sie haben gereicht, um mir Respekt vor dem Leben beizubringen.«

Debbie hängt immer schmachtender an seinen Lippen.

»Und dann hast du aufgehört?«

Henry nickt. »Ich habe keinen Sinn mehr in den Kämpfen gesehen. Es gibt Wichtigeres zu tun.«

»Dafür bist du aber noch gut in Form geblieben«, bemerkt meine Nachbarin bewundernd.

Er lächelt geschmeichelt. »Man tut, was man kann.«

»Darf ich mal anfassen? Ich wollte immer schon mal so einen muskulösen Arm berühren«, flötet sie und streckt die Hand nach Henrys tätowiertem Bizeps aus. Ehrfürchtig streichelt sie darüber, was er sich auch noch gefallen lässt.

Ich muss schlucken. Das geht eindeutig zu weit! Sie geht eindeutig zu weit! So kenne ich Debbie gar nicht. Ein Blick hinüber zu Brent sagt mir, dass es ihm genauso wenig gefällt. Sofort fällt mir ein, wie Debbie sich über die Vernachlässigung durch ihren Mann beschwert hat, als ich die neuen Schlüssel herübergebracht habe. Womöglich möchte sie ihren Mann nur eifersüchtig machen. Allerdings hat sie damals auch betont, wie heiß sie Henry findet. Was wird das hier? Und spielt Henry etwa mit mir? Missmutig kippe ich den Rest aus dem Weinglas in meinen Mund.

»Jetzt müssen wir aber wirklich«, verlange ich und versuche, möglichst gelassen zu bleiben. Doch es scheint mir nicht zu gelingen, denn ein spöttisches Lächeln blitzt über Henrys Gesicht, als ich zu ihm hinüberschaue.

Mistkerl!

Mit einem provokativen Grinsen trinkt er seinen restlichen Whiskey in einem Zug, während er langsam aufsteht. Er weiß, dass er mich damit geärgert hat.

Verdammter Mistkerl!

# 10

## Fast …

»Was sollte das eben? Du hast dich unmöglich benommen«, fauche ich, kaum dass die Terrassentür hinter uns geschlossen ist.

»Hab' ich das? Ich habe doch nur das gemacht, was du wolltest«, antwortet Henry mit süffisantem Grinsen. »Gehörst du etwa zu den Frauen, denen man es nie recht machen kann?«

»Gehörst du etwa zu den Männern, die Frauen ständig provozieren müssen?«

»Wieso habe ich dich provoziert?«, fragt er mit Unschuldsblick. Oh Mann, der hat es faustdick hinter den Ohren!

»Wolltest du etwa Brent reizen? Hast du nicht gemerkt, dass Debbie dich nur benutzt hat, um ihren Mann eifersüchtig zu machen?«, gebe ich ungehalten zurück.

Henrys Grinsen wird breiter. »Sind wir etwa eifersüchtig?«

Das Blut rauscht in meinen Schläfen. »Davon kannst du nur träumen! Ich muss noch länger mit diesen Nachbarn auskommen. Da kann ich es mir nicht leisten, dass mein Bodyguard ihre Ehe aufmischt.«

»Ist ja schon gut, reg dich nicht auf«, beschwichtigt er mit erhobenen Händen.

Ich atme tief durch.

»Und du bist doch eifersüchtig«, stichelt Henry.

Gleich platzt mein Schädel. »Was soll das?«

Wütend trommle ich auf Henrys Brust herum. Doch

er ist wie ein tonnenschwerer Boxsack, der sich nicht bewegt und an dem alles abprallt. Gut so! Dann kann ich ohne schlechtes Gewissen all meinen Frust an ihm auslassen.

Eine Weile lässt er sich das sogar gefallen, doch dann packt er energisch meine Hände.

»Jetzt ist aber langsam mal gut«, bemerkt er seelenruhig.

»Lass mich los!«, poltere ich, so wütend, wie ich kann. Ich versuche mich seinem festen Griff zu entziehen. Die Rangelei dauert einige Zeit. Ich habe keine Chance gegen ihn, was mich wahnsinnig frustriert.

»Hör endlich auf«, fordere ich.

Da merkt auch Henry, was Sache ist. Sofort lässt er los, und ich sinke ein Stückchen in mich zusammen. »Warum tust du das mit mir?«

»Fuck! Tut mir leid«, entschuldigt er sich leise. »Merkst du denn gar nicht, was *du* mit *mir* machst?« Sanft hebt er mein Kinn mit dem Zeigefinger an. Sein Blick ist so liebevoll, dass meine Knie noch weicher werden.

»Was ich mit dir mache?«, frage ich.

Henry lächelt unsicher, während er die Feuchtigkeit auf meiner Wange mit dem Daumen verreibt. Mein Herz schlägt noch ein bisschen schneller, und in meinem Magen führt irgendetwas wilde Tänze auf. Schmetterlinge können so was auf jeden Fall nicht veranstalten.

Ich kann nicht anders, schlinge die Arme um Henrys Hals und ziehe ihn für einen Kuss heran. Diesmal soll er sich nicht davonstehlen. Zu meiner Überraschung lässt Henry es nicht nur geschehen, sondern antwortet sogar zögerlich. Eine Geste, die die wild tanzenden Tiere bis in meinen Unterleib schwirren lässt.

Unsere Lippen berühren sich, und ich öffne bereitwillig meinen Mund, um seine Zunge hereinzulassen. Die ganzen unterdrückten Gefühle entladen sich in einem atemberaubend wilden Kuss, der mir einen heißen Schauer nach dem anderen durch den Körper jagt.

»Fuck! Ich bin so scharf auf dich.« Er keucht, als er den Kuss unterbricht. Seine Hand schlüpft unter mein Shirt und lässt Hitze in meinem Unterleib entstehen.

»Dann lass es uns tun«, flüstere ich atemlos.

»Das geht nicht.«

»Das geht nicht, es ist nicht professionell«, äffe ich ihn nach.

»Bitte, Melissa«, fleht er und weicht einen Schritt zurück. »Das kann ich nicht machen.« Unter seinen Shorts zeichnet sich eine deutliche Beule ab, die meinen Blick gefangen nimmt.

»Sieht aber nicht so aus. Hast du mal daran gedacht, dass ich es genauso wenig machen kann?« Immerhin ist mein Herz in beträchtlicher Gefahr.

»Ja, habe ich. Und deswegen gehe ich jetzt kalt duschen.« Damit wendet er sich ab.

Meine Knie zittern. »Du kannst mich doch hier nicht so stehen lassen!« Ich möchte endlich einmal wieder Sex, wissen, wie er sich anfühlt, mit so einem heißen Mann. Möglich, dass der Wein von Debbie daran nicht unschuldig ist.

Ich halte ihn am Shirt fest.

Henry dreht sich wieder um und beißt sich auf die Unterlippe. »Bitte, Melissa, sei vernünftig!«

»Und wenn ich dir genau das verspreche? ... Hinterher.«

»Was meinst du?«, fragt er. Seine Augen funkeln, als wollten sie mich verschlingen.

»Nur ein einziges Mal ... Bitte ...« Ich greife nach seiner Hand und hasse mich für die Bedürftigkeit, die ich zeige. Wenn er jetzt nicht anspringt, gebe ich mich geschlagen.

Er schluckt schwer, während er hilflos meine Hand betrachtet.

»Kannst du das denn?«, stammelt er ungläubig.

Wahrscheinlich nicht, wie die Erfahrung zeigt, aber das ist mir in diesem Moment egal. Ich will ihn ganz dicht bei mir spüren. »Danach wird es nie geschehen sein … Bitte … Wir werden es vergessen.«

»Nie geschehen?«, flüstert Henry. Er atmet schnell, während er wieder mit den Händen unter mein Shirt schlüpft und mit dieser einfachen Berührung meinen Unterleib endgültig in Flammen setzt. Er riecht so verdammt gut. In diesem Moment würde ich alles tun, um mit ihm zu schlafen.

*Du bist verloren, Melissa*, denke ich seufzend.

Egal, selbst schuld. Irgendetwas muss doch an dem Spruch ›Einmal ist keinmal‹ dran sein. Zielstrebig schiebe ich sein Shirt hoch und genieße dabei die harten Muskeln unter der weichen Haut. Henrys Blick wird leidenschaftlich. Ungeduldig zerrt er sich selbst das Kleidungsstück vom Leib. Ich halte den Atem an. Fast kann ich es nicht glauben. Wenn ich es jetzt nicht verderbe, werde ich gleich Sex haben – mit einem Bild von einem Mann.

Mit einem geschickten Griff öffnet Henry meinen BH und streichelt über meine Brust. Sein heißer Atem streift keuchend meinen Hals. Meine Gedanken versiegen, als er mir das Shirt mitsamt dem losen BH vom Körper streift. Unsere nackten Oberkörper reiben aneinander und die Berührung elektrisiert mich. Die abstrahlende Hitze lässt meine Lust auf diesen Mann fast bis ins Unendliche wachsen. Seine Hände packen meinen Hintern und lassen Feuchtigkeit zwischen meine Schenkel sickern.

Entfesselt springe ich hoch, schlinge Arme und Beine um seinen Körper. Henry unterstützt mich dabei, indem er mich anhebt. Unser stürmischer Kuss erinnert mich an die dramatischen Liebesszenen aus einschlägigen Hollywood-Schinken. Voller Leidenschaft durchwühle ich sein Haar, während meine Zunge seinen Mund erforscht. Dabei trägt er mich sicher nach oben in sein Zimmer, als wäre ich ein Federgewicht. Mit einem gekonnten Kick öffnet er die Tür.

»Hast du etwas dabei?« Ich keuche, bevor er mich auf das Bett wirft.

Henry lehnt sich zurück und sieht mich verwirrt an. »Was?«

»Na, zur Verhütung.« Ich werde nervös, denn dieser Satz scheint ihn in die Realität zurückzubringen.

»Ich ... nein ... Ich glaube ...«, stammelt er und lässt mich herunter. »... es ist ein Fehler.«

Mir stockt der Atem. Was habe ich da nur gemacht?

»Spinnst du? Komm mit in mein Zimmer«, fordere ich ihn auf und greife nach seiner Hand.

Henry rührt sich nicht. »Nein ... Wieso?«

»Ich hab' Kondome im Nachtschrank.«

»Dazu möchte ich lieber nichts sagen«, grummelt er.

Was ist das für eine Antwort? Mein Mund ist staubtrocken. Ich muss schlucken.

»Hältst du mich jetzt für eine Schlampe?«, frage ich verunsichert.

»Blödsinn. Du bist eine tolle Frau. Es ist ... leichtsinnig ... nicht sicher genug ... Du kannst doch keine fremden Männer ...«

»Also hältst du mich doch für eine Schlampe, weil du denkst, dass ich fremde Männer mit in mein Haus nehme.«

»Quatsch!« Er steckt zärtlich eine vorwitzige Haarsträhne hinter mein Ohr.

»Lass das!« Ich schiebe seine Hand weg. »Ich bin keine Schlampe. Du kannst ja nachsehen. Ich meine, die Dinger sind bestimmt schon abgelaufen. Ich ... ich wollte es ... früher ... Aber ich hab' es nie ... verdammt ... Ich habe einfach kein Glück mit Männern.«

»Nochmal zum Mitschreiben. Du bist für mich keine Schlampe. Glaube mir bitte. Es liegt an mir.«

Verächtlich entlasse ich die Luft aus meinen Lungen. »So plötzlich?«

»Du musst mir glauben. Mein Verstand hat kurzfristig ausgesetzt«, beharrt er nachdrücklich. Es kommt verdammt aufrichtig rüber.

Er wirkt mal wieder so rätselhaft, als er das sagt. Was weiß ich schon von ihm? »Bist du vielleicht verheiratet?«

»Nein!«, schnaubt er entrüstet.

»Ja, was dann? Eben war doch alles kein Problem. Einmal ist keinmal. Und jetzt, wo ich dir gestanden habe, dass ich Kondome im Nachtschrank habe, ist alles auf einmal anders?« Verzweifelt fange ich an, seinen Hals zu küssen. Henry hält den Atem an.

»Es ist ein Fehler, weil ich ... wir wahrscheinlich danach unsere Gefühle nicht mehr unter Kontrolle bringen, okay?«, sagt er sanft und schiebt mich entschlossen weg.

»Warum klingt das jetzt nach billiger Ausrede? Wenn ich das Thema Verhütung nicht eingebracht hätte, würden wir jetzt ...«

»Ich weiß. Tut mir leid.« Henry stöhnt und reibt sich mit Daumen und Zeigefinger über die Augen. Dann holt er tief Luft und nimmt mein Gesicht in beide Hände. Wir sehen uns so tief in die Augen, dass ich das Gefühl habe, wir verlieren uns darin. »Ich benutze keine billigen Ausreden. Niemals.«

Seine eindringlichen Worte gehen mir durch Mark und Bein. Tiefe Enttäuschung durchflutet meinen Körper. Ernüchtert lehne ich meinen Kopf an seine nackte Brust. Verdammt, er riecht immer noch so gut! Tränen steigen auf und ersticken das eben noch lodernde Feuer der Leidenschaft in einer salzigen Flut.

Henry streichelt über meinen Kopf. »Es tut mir leid. Es liegt nicht an dir ... wirklich. Ich wollte dir nicht wehtun ... Ich hätte das nicht tun dürfen ... Ich bin ein Arschloch.«

»Stimmt«, bestätige ich mit einem zynischen Lacher.

»Ich ... ich darf ... kann das einfach nicht. So sehr ich mir das auch wünsche«, tröstet er mich erfolglos.

»Schon klar. Du musst mich jetzt nicht totstreicheln. Es wäre schließlich nur ein nichtssagender Fick gewesen, oder nicht?«, grummle ich schulterzuckend und schiebe ihn weg.

Henry schluckt, als ich mich mit nacktem Oberkörper vor ihm aufbaue.

»Schlaf gut.« Winkend gehe ich hocherhobenen Hauptes aus dem Zimmer. Mein Abgang wäre noch grandioser, wenn ich nicht beim Umdrehen fast das Gleichgewicht verlieren würde. Bloß raus hier! Der Typ macht mich wuschig.

Henrys Abfuhr war eine derart kalte Dusche, dass ich kurze Zeit später tief erschöpft im Bett liege. Ich bin wirklich bescheuert! Ich war mir doch schon heute Morgen sicher, was das Richtige ist. Warum habe ich mich nicht daran gehalten?

Finger weg von tätowierten *Bad Boys* – auch wenn sie noch so gut riechen!

# 11

## Mit Wurm drin

*Ich würde mich heute Morgen definitiv fitter fühlen, wenn ich besser geschlafen hätte*, denke ich, als ich in die Küche komme. Henry ist bereits fertig. Kaffeeduft empfängt mich.

»Was möchtest du frühstücken?«, erkundigt er sich, liebevoll wie ein Ehemann.

»Du musst jetzt nichts wiedergutmachen. Ich habe heute keinen Hunger«, knurre ich ungnädig.

»Bitte, Melissa. Es tut mir wirklich leid, dass ich gestern die Kontrolle verloren habe. Aber es ist besser so, wie es gelaufen ist. Glaub mir«, sagt er sanft.

»Ich hab' trotzdem keinen Hunger.«

»Weißt du, was ich mich frage?« Henry setzt sich zu mir an den Tisch.

»Nein. Aber ich will es auch nicht wissen.«

»Wie kann so eine tolle Frau wie du immer noch Single sein?«

Meine Augen werden groß, als ich von meinem Kaffee aufsehe, den ich mit beiden Händen fest umklammere. »Versuchst du mich jetzt mit Klischeefragen zu trösten?«

»Nein, ich meine es ernst. Du bist wahnsinnig hübsch, klug, leidenschaftlich ...«

»Und reich. Da müsste doch jemand anbeißen, oder?«

Henry presst die Lippen zusammen.

»Ich kann dir den Grund nennen. Der Grund sind so Typen wie du. Kerle, die einfach alles versprechen. Liebe,

Leidenschaft, Sicherheit. Und wenn sie bekommen haben, was sie wollen, dann lassen sie einen fallen wie eine heiße Kartoffel.«

»Ich hab' dich nicht fallen lassen. Im Gegenteil.«

»Schon klar«, schnaube ich verächtlich.

»Glaub mir. Ich wollte dich nur schützen. Das mit uns darf nicht sein, da musst du mir einfach vertrauen.«

»Warum denn nicht? Weil du nur mein Bodyguard bist? Ich hab' keinen Standesdünkel.«

Er schüttelt den Kopf. »Nein, ich weiß, so schätze ich dich auch nicht ein.«

»Soll ich mir lieber einen Kerl aus meiner Gesellschaftsschicht suchen, oder was? Ich will dich doch nicht heiraten.«

»Sagen wir so: Es ist nicht gut für meinen Job, wenn ich zu viele Gefühle für dich entwickle. Okay?«

»Kannst du das denn überhaupt? Gefühle entwickeln?«, entgegne ich spöttisch.

Henry antwortet mit einem todernsten Gesicht. Sein durchdringender Blick zwingt mich dazu, tief durchzuatmen. Er scheint zu wissen, was in mir vorgeht, und zieht mich zu einer tröstenden Umarmung heran.

Ich lasse mich besänftigen und versuche, den Kloß in meinem Hals herunterzuschlucken. Es lässt sich nicht leugnen, es passiert schon wieder etwas zwischen uns. Erschrocken entziehe ich mich seiner Berührung.

»Komm, ich glaube, der Fahrdienst hat gerade gehupt«, sage ich, obwohl ich nichts gehört habe.

Henry nickt und kippt den Rest seines Kaffees hinunter. Ich leere meinen Rest in den Ausguss und stelle die Tassen in die Spülmaschine.

»Hast du gar nichts gegessen?«, frage ich verwundert.

»Nein, ich hatte auch keinen Hunger.« Henry presst die Lippen zusammen.

Gott sei Dank sehe ich die Limousine gerade ankommen, als wir zur Haustür gehen. So bleibt uns wenigstens das peinliche Schweigen beim Warten erspart.

»Sind das deine Sportsachen in der Tasche? Ich will nach der Arbeit wieder laufen«, sage ich während der Fahrt.

»Ja, sind es. Ich habe es mir schon gedacht. Fast hätte ich die Sachen in der ganzen Aufregung vergessen«, murmelt er.

»Dann hättest du wieder in voller Montur joggen müssen.«

»Ist mir klar.«

Im Büro kann ich mich nicht richtig konzentrieren, dabei haben wir ausgerechnet heute unseren Jour fixe. Der Tag, an dem mein Vater hier ist. Seit ich mit in die Geschäftsleitung eingestiegen bin, hat er sich zunehmend aus dem *Wyatt Tower* zurückgezogen, um mehr Freizeit zu haben.

»Was ist los? Du bist heute überhaupt nicht bei der Sache«, fragt er mich nach dem Treffen besorgt.

»Ach, nichts. Ich habe heute nicht sehr gut geschlafen.«

»Manchmal habe ich den Eindruck, dass ich dir eine zu große Last auf die Schultern lade«, sagt er, während er sich nachdenklich übers Kinn streicht. Mein Vater regelt viel von zu Hause aus, bevorzugt auf seinem eigenen Golfplatz neben seinem Haus in den Hamptons. Er ist nicht oft hier in New York. Das heißt aber nicht, dass er sich nicht einbringt. Er ist immer noch das Gesicht unserer Firma, hält mich aus Öffentlichkeit und Verhandlungen weitgehend raus. Ich liefere ihm die Grundlagen für unsere Entscheidungen. Ich bin froh darüber, brauchte es doch einige Zeit, sich einzuarbeiten. Trotzdem werde ich ihm die nächsten Jahre mehr Verantwortung abnehmen müssen.

»Nein, Paps. Mach dir keine Sorgen. Mir geht es gut. Es ist nur gerade ein bisschen viel Aufregung, wegen der Security.«

»Verstehe. Aber ich habe sowieso schon länger überlegt, ob wir nicht doch noch einen Geschäftsführer zur Verstärkung einstellen sollten. Schließlich will ich auch irgendwann mal kürzertreten.« Paps streicht seine grauen Strähnen nach hinten. Trotz seines Alters hat er noch erstaunlich volles Haar, das ihn dynamisch wirken lässt. Ich habe nie wirklich darüber nachgedacht, dass er irgendwann einmal ganz aus dem Unternehmen scheiden will.

»Und schließlich muss ich auch irgendwann einen Konzernerben zur Welt bringen«, antworte ich zwanghaft, obwohl ich weiß, dass es zickig wirkt. Im Moment kann ich mit keiner Art von Druck, dem ich mich ausgesetzt fühle, umgehen.

»Blödsinn. Dafür bist du nicht allein zuständig. Wir haben doch eine große Familie.«

Ich nicke mit gesenktem Kopf. Wenn Paps nur wüsste, was seine Worte anrichten. Trösten können sie mich jedenfalls nicht. Immerhin scheint mein Vater kapiert zu haben, dass es gerade nicht der Moment für das Thema *Geschäftsführer* ist. Er geht schweigend aus dem Raum.

Ich bleibe erschöpft zurück und sehe frustriert aus dem Fenster, an dem dicke Tropfen herablaufen. Es passt zu dem verflixten Tag, dass mir ein massives Regengebiet das Joggen im Central Park verderben wird. So muss ich im Fitnessraum der Firma bleiben. Auch Henry nutzt die Möglichkeit, zu trainieren. Der Anblick seines athletischen Körpers trägt nicht gerade dazu bei, dass ich mich besser fühle. Immerhin hat er den Anstand, möglichst nicht in meiner direkten Nähe Sport zu treiben.

Die Stimmung ist deutlich unterkühlt, als wir schweigend nach Hause fahren.

»Ich ziehe mich schnell um, und dann gehe ich in den Pub um die Ecke, etwas essen«, verkünde ich, als wir angekommen sind. Zur Unterstreichung meiner Worte lege ich meine Aktentasche entschlossen auf der Kommode im Flur ab. »Heute werde ich bestimmt nichts mehr arbeiten.«

Henry nickt.

»Mach dich schon mal auf einen langen Abend gefasst«, ergänze ich mürrisch, als ich die Treppe hochgehe. »Ich werde auf jeden Fall danach noch etwas trinken.«

Neugierig auf Henrys Reaktion sehe ich nach hinten. Er öffnet den Mund, als ob er etwas sagen wolle.

»Auf einen gemütlichen Fernsehabend habe ich jedenfalls keine Lust«, komme ich ihm zuvor.

»Ist ja schon gut«, brummt er und schickt einen Seufzer hinterher.

Da es immer noch nicht aufgehört hat, zu regnen, laufen wir kurz darauf mit Schirm zum Pub.

»Warum können wir kein Taxi nehmen?«, knurrt Henry.

»Weil ich weiß, dass ich dich so ärgern kann«, antworte ich triumphierend.

»Ist das nicht etwas kindisch?«

»Es lohnt sich nicht, ein Taxi zu nehmen. Sieh mal, wir sind schon da«, beschwichtige ich ihn.

Trotz des großen Schirms sind wir etwas nass geworden. Henry hilft mir aus der Jacke und hängt sie an die Garderobe. Doch er muss seine Lederjacke anlassen, weil der Revolvergurt darunter versteckt ist. Ich esse Hähnchen-Tacos, Henry *Chili con Carne.* Sein Essen ist ziemlich scharf und heizt ihm ordentlich ein. Schweißperlen stehen auf seiner Stirn, doch er isst tapfer weiter.

Auf den Kellner müssen wir wirken wie ein Ehepaar, das zerstritten ist. Schweigend schaufeln wir unser Essen in uns hinein. Henry hält sich an Wasser, während ich mir eine Flasche Weißwein genehmige. Darum sind wir auch unterschiedlicher Stimmung, als wir wieder aus dem Pub kommen. Der Regen hat endlich aufgehört, und es ist schon fast dunkel.

»Ich will jetzt noch ein bisschen Spaß haben«, stelle ich mit schwerer Zunge klar.

»Hast du nicht schon genug *Spaß* gehabt?«, fragt Henry mit Gänsefüßchenfingern.

»Spaß kann man nie genug haben, besonders wenn man mit einer Spaßbremse unterwegs ist. Komm schon«, fordere ich und ziehe an seinem Ärmel.

Widerwillig setzt Henry sich in Bewegung, und ich gehe voran in eine Bar, die ganz in der Nähe ist. Dort gibt es kein Essen, nur Getränke. Bisher habe ich mich nicht hineingewagt, denn sie ist als übler Anmachschuppen verschrien. Für heute Abend genau das Richtige, zumal ich ja meinen Wachhund dabeihabe.

»Du verziehst dich bitte ein paar Plätze weiter. Wir kennen uns nicht, klar?«, fordere ich, bevor wir die Bar betreten.

Henry verdreht die Augen. »Wie du meinst.«

Es riecht ein bisschen nach abgestandenem Bier, als wir hineingehen. Die wenigen Tische sind mit Pärchen besetzt, während sich an der Theke einige Männer tummeln. Ich suche mir einen Platz ohne direkten Nachbarn. Das wirkt sonst zu offensiv, womöglich würde der noch auf falsche Gedanken kommen. Henry setzt sich ganz nah am Eingang an die Theke. So, dass er mich gut im Auge behalten kann. Prima, dann kann die Show ja beginnen. Ich werde ihm beweisen, dass er nicht der einzige Mann auf diesem Planeten ist. Andere Mütter haben auch schöne Söhne.

Der Barkeeper kommt, und ich bestelle, passend zum mexikanischen Essen, einen *Margarita.* Während der dünne, dunkelhaarige Mann hinter der Theke routiniert meinen Drink mixt, wage ich einen Blick zu Henry. Der bekommt schon von der noch dünneren weiblichen Thekenkraft ein Wasser hingeschoben. Wie zufällig berühren ihre dürren Spinnenfinger Henrys Hände. Es widert mich an, wie sie meinem Bodyguard schöne Augen macht.

Doch ich will mich darüber nicht ärgern und konzentriere mich auf meinen Drink, der mittlerweile vor mir steht. Der Geschmack erinnert mich an meinen Mexiko-Urlaub gegen Ende des Studiums. Ich hatte ihn mit Rudy, meinem damaligen Freund und Studienkollegen, gemacht. Und obwohl ich die Reise für uns bezahlt habe, hat es ihn nicht davon abgehalten, mich mit einer temperamentvollen Mexikanerin zu betrügen. Immerhin habe ich mich dafür gerächt und bin allein nach Hause geflogen. Später habe ich dann erfahren, dass Rudy Schwierigkeiten hatte, seine Rückreise zu finanzieren. Damals schmeckte die Rache ja noch süß. Wenn ich es heute betrachte, hat sie nur noch einen bitteren Nachgeschmack.

Nachdenklich drehe ich das Glas auf der Theke. Wenn ich diesen Drink geleert habe, werde ich nach Hause gehen und mich ins Bett legen – und nie wieder aufstehen.

»Trinkst du mit mir einen *Mezcal*?«, fragt mich eine männliche Stimme.

Ich sehe auf und blicke in das runde Gesicht eines untersetzten Mannes mit Halbglatze.

»Ich bin Hector«, ergänzt er und streckt mir die Hand entgegen.

»Danke, das ist wirklich nett von dir. Aber ich weiß nicht … Ich wollte gerade gehen.«

»Oh … Ich wollte dir nicht zu nahe treten, aber du sahst mir so aus, als ob du eine Aufmunterung gebrauchen könntest«, antwortet er lächelnd und blickt mich mit warmen braunen Augen an.

Ich lächle zurück. »Alles okay. Ich bin nur müde.«

»Wirklich? Mir scheint es eher Liebeskummer zu sein. Dagegen wirkt ein *Mezcal* wahre Wunder.«

»Ich weiß nicht. Ich habe schon genug getrunken.« Vorsichtig linse ich zu Henry hinüber. Der wird gerade von einer jungen, tätowierten Frau mit gefärbten, kurzen grauen

Haaren angegraben. Einen Wettkampf, wer von uns beiden schneller angeflirtet wird, würde ich so was von verlieren … »Na gut. Vielen Dank … Hector. Ich bin Britney.«

Hector winkt dem Bartender und bekommt, ohne eine Bestellung aufzugeben, zwei Schnapsgläser mit einer braunen Flüssigkeit eingeschenkt. Er bedankt sich mit einem »Gracias.« Der Barkeeper antwortet mit: »De nada.«

»Du scheinst hier ja bekannt zu sein«, bemerke ich.

Hector nickt eifrig. Er sieht aus wie ein Verkäufer, der seine Feierabende an der Bar zubringt. »Ja, seit ich von meiner Frau geschieden bin, kannst du mich hier öfter finden.«

Okay … dann weiß ich ja Bescheid. Ich glaube allerdings nicht, dass mir das Wissen etwas nützen wird.

Hector erhebt sein Glas. *»Salud!«*

»Bist du etwa Mexikaner?«, wundere ich mich.

»Nein, aber ich bin Einkäufer für mexikanische Spirituosen … beim *Wyatt*-Konzern. Sagt der dir was?«

Unser Handelskonzern. Ich muss mir ein Lachen verkneifen, denn offensichtlich hat er mich nicht erkannt. Auf den offiziellen Fotos, die entstanden sind, als ich in die Firma kam, hatte ich noch kürzere Haare. »Hab' schon mal was davon gehört, ja.«

»Und du?«, fragt er neugierig.

»Mein Mann nennt das immer *Büromaus*«, flunkere ich. Besser, man hält sich den Typen etwas auf Abstand.

Hectors Augen leuchten auf. »Klingt nicht sehr respektvoll. Ehekrach oder Rosenkrieg?«

»Das weiß ich noch nicht so genau.«

»Okay, dann lass uns darauf einen trinken.« Er erhebt sein Glas nochmal.

*»Salud.«* Ich stoße mit ihm an und mache mich auf ein Brennen gefasst, doch die braune Flüssigkeit schmeckt überraschend mild.

»Gut, nicht wahr?«

»Ja, wirklich angenehm. Du scheinst tatsächlich etwas von deinem Fach zu verstehen. Es ist übrigens der erste *Mezcal,* den ich trinke«, lobe ich ihn. »Bisher war mexikanischer Schnaps für mich immer nur gleichbedeutend mit Tequila.«

»Jeder Tequila ist ein *Mezcal,* aber nicht jeder *Mezcal* ist ein Tequila. *Mezcal* ist nur der Oberbegriff für Agavenschnaps«, textet er mich zu.

Ohne Frage kennt er sich aus. Mein Kopf wird schwer, und ich stütze ihn mit dem Arm auf der Theke.

»Einheimische in Mexiko kennen den Spruch: *›Para todo mal, Mezcal! Para todo bien, también!‹* Übersetzt bedeutet das so viel wie: ›Geht etwas schief, trink Mezcal! Ist alles gut, dann auch!‹«, klärt Hector mich weiter auf. »Hast du schon einmal einen mit einem Wurm probiert?«

»Ähm … nein.«

»Musst du unbedingt.«

»Ich weiß nicht.«

»Doch, komm schon. Hier haben die einen der besten.« Hector winkt wieder dem Barkeeper. »In Wahrheit ist es gar kein Wurm, sondern eine Schmetterlingsraupe der Art *Aegiale hesperiaris,* aus der Familie der Dickkopffalter. Oder auch schon mal *Hypopta agavis,* aus der Familie der Holzbohrer, in der Flasche.«

»Aha«, antworte ich und sehe dabei zu, wie der Wurm in der Flasche schwimmt, während uns der Schnaps eingeschenkt wird.

»Es handelt sich dabei um einen Marketinggag, der 1950 durch Jacobo Lozano Páez eingeführt wurde. Er fand heraus, dass *Mezcal* aus raupenbefallenen Agavenblättern einen etwas anderen Geschmack hatte als der von den unbefallenen Blättern. Daher kam ihm der Gedanke, aus Marketinggründen eine Raupe in die Flasche einzuführen.«

»Soso.«

»Aber ich rede zu viel. Sag du mal was.«

Oh, ein Blitzmerker. »Salud, sage ich mal«, antworte ich und stelle dabei fest, dass ich ganz schön einen in der Kiste habe.

»Noch einen?«, fragt er mich.

»Ich weiß nicht. Meinst du?«

»Ja, du musst ihn noch authentisch probieren.«

»Muss ich?«

»Unbedingt«, bestätigt Hector wichtig.

»Gib uns doch bitte Limetten und das Spezialsalz dazu«, bittet er den Barkeeper. »In Mexiko wird *Mezcal* üblicherweise mit einem bestreuten Limettenstück serviert. Bei dem Gewürz handelt es sich entweder um Chilisalz oder um Chilisalz mit Pulver der getrockneten und zerstampften Raupe.«

»Klingd llecker.« In meinem Kopf dreht es sich immer stärker.

»Dieses hier ist aber reines Chilisalz mit Limettenpulver«, klärt mich Hector auf, während er mir das Salz auf ein Limettenviertel streut. »Sallluuud.«

Klingt seine Stimme bis dahin wie durch Watte, wird sie etwas klarer, als ich in die Limette beiße. Der Schnaps hinterher ist eine Wohltat.

»Ich will jetzt nach Hause, und du kommst mit«, knurrt es plötzlich laut hinter mir. Ich zucke zusammen und drehe mich um. Zwei Henrys. Das ist eindeutig zu viel des Guten.

»Du hassst hier nichts zu befehl'n«, lalle ich entrüstet.

Henry wirft Hector einen vernichtenden Blick zu.

»Sie möchte nicht. Haben Sie das nicht verstanden?«, beklagt sich Hector vorsichtig.

»Halt's Maul, du Wurm!«, poltert Henry.

Hector zuckt zusammen. »Ist das etwa dein Mann?«, fragt er mich heiser. »Der, der dich *Büromaus* nennt?«

»Wwer weiß das schoon sso genau«, antworte ich dümmlich grinsend. Trotz meiner vielen Promille nehme ich amüsiert wahr, wie Henry innerlich kocht.

Henrys Augen werden groß.

»Was erzählst du für Quatsch? Du kommst jetzt mit«, presst er mit unterdrückter Wut hervor. Hastig zieht er einen Fünfzig-Dollar-Schein hervor und pfeffert ihn auf die Theke.

»Ich habe die Lady eingeladen«, entrüstet sich Hector.

»Das hat die Lady nicht nötig«, faucht Henry zurück und hievt mich vom Stuhl. Natürlich nicht, ohne mich dabei zu stützen, was ich durchaus nötig habe.

»Ich wünsche dir den Rosenkrieg«, wirft Hector hinter mir her, als Henry mich aus der Bar schleift.

»Was faselt der da?«, fragt mich Henry.

»Ich glaub', er meinnnt, dass ich mich von dir ssscheid'n lassen soll.«

# 12

## Die Einladung

»Was soll das? Lass mich los!«, schimpfe ich auf der Straße. »Wenn hier irgendjemand sagt, wo's langgeht, dann bin ich das!«

»Du kannst dir ja nicht mal selbst sagen, wo's langgeht.«

»Das hättess du wohl gernn!«

Henry lässt mich kurz los und stützt mich wieder, als ich ins Schwanken gerate.

»Siehst du?«, triumphiert er.

»Oh Mann, du bisss echt 'ne Spaßbremse. Warumm hass du mich weggezerrt? Esss fing gerade an, nett zu werd'n«, beklage ich mich, während Henry meinen Arm über seine Schulter zieht.

»Hast du denn nicht gemerkt, dass der Typ dich abfüllt?«

»Hass du etwa Angst umm mich, oder bissu eifersüchtig? Hass denn nicht gemerkt, dass die grauhaarige Sschlampe dich anbaggert?«

Henry seufzt tief. »Glaub mir, ich habe das unter Kontrolle.«

»Ahhaa. Unn ich etwa nich'?«

»Dafür bist du zu betrunken.«

»Ich bin schstocknüchternn. Ich kannn 'ne Menge ab.«

»Schon klar. Aber du musst morgen arbeiten.«

»Das war fass wie Arbeit. Der Typ kauft für uns Schnapss in Mexiko. Ich habe aalless über *Messscal* gelernt.«

Henry stutzt und hält an. »Für euch? Schnaps in Mexiko?«

»Wwas dagegen?«, lalle ich. Da höre ich mein Handy klingeln. Umständlich fummle ich mit einer Hand das Telefon aus meiner Tasche. Henry lehnt mich an die Wand und fixiert mich, während ich tief Luft hole, damit meine Mutter meine Promille nicht merkt.

»Mom?«

»Hallo, mein Engelchen«, flötet es am anderen Ende der Leitung.

»Was willss du?«

»Deine Schwester ist aus Texas zurück. Bertoldo und ich wollten mit ihr die Verlobung mit einem Essen nachfeiern. Am Freitag. Kommst du auch?«

»Mein Schwesterlein ist wieder da? Iss sie nich' mit ihrem Cowboy in den Sonn'nuntergang geritten?«

»Hast du was getrunken?«

»I wooo ... nur einn winzigen Schluck Wein zum Essen.«

Meine Mutter brummt unwillig am anderen Ende der Leitung. »Was ist jetzt? Kommst du auch dazu?«

»Ffieeleicht. Wer kommt noch?«

»Niemand, nur noch ein anderer Neffe von Bertoldo, nicht dein Tischgenosse vom letzten Mal.«

»Wwillss du mich etwa schon wieder verkuppeln?«

»Was redest du da? Du bist ja völlig betrunken!«

»Wwenn schonnn. Ich lasss mich nicht verkuppeln! Ich bring' meinen neuen Freund mit. Ein echter *Bad Boy*, über und über tätowiert.«

Henry dämmert wohl, wen ich da meine. Er schnappt nach Luft, während er mich entsetzt ansieht.

»Melissa, reiß dich zusammen!«, kreischt meine Mutter durchs Telefon.

»Wie soll das gehen? Man kann sich nich' mal sselbst auseinanerreißen.«

»Schon gut. Ich rufe morgen noch einmal an.«

»Sschreib mir lieber, wo das Essen schtattfindet. Ich werd' euch mein'n neuen Freund vorstellen, ob du willss oder nicht. Er wird dir garantiert nich' gefallen«, lalle ich selbstbewusst.

»Tschüss, Melissa«, zischt es aus dem Telefon.

»Bye, Mom.«

»Ach … wenn Bertoldo dabei ist, nennst du mich bitte Cynthia«, maßregelt sie mich.

»Wwer weiß, ffielleicht kann ich dich ja bald Granny nenn'n«, ärgere ich sie.

»Himmel! Jetzt bist du völlig übergeschnappt. Ich lass mich nicht provozieren«, schimpft sie und legt auf.

Zufrieden grinsend lasse ich das Handy wieder in der Tasche verschwinden.

»Deine Mutter?«, fragt mich Henry, während er meinen Arm wieder über seine Schulter zieht.

»Du bist nich' sehr gut im Kombinieren, oder? Ich denke, du hass nichts getrunken?«

»Kombiniere ich denn richtig, dass du mich ihr als deinen neuen Freund vorstellen willst?«

»Alss ich lez'n Freitag bei ihrer Verlobungsfeier war, wollte sie mich mit einem ffürchterlichen Typen verkuppeln. Immer wenn ich mich mit ihr treffe, ffühlt es sich an, als wolle sie mich noch einmal in eins von diesen ffürchterlichen Kleidern mit Puffärmeln stecken. Sso, wie sie es immer gemacht hat, als wir klein waren … meine Schwester und ich.«

»Wieso verkündest du, dass ich dein Freund bin? Woher weißt du, dass ich mitspielen werde?«

»Wweil ich dich dafür bezahlll?«

Henry schüttelt ernst den Kopf. »Ich bin nicht käuflich.«

»Aaberrr du muss' mich doch sowieso bewachen. Da kannss' du doch auch meinen Freund schpiel'n. Büütteee!«, schmolle ich. »Du kannss' mich nich' im Stich lass'n, wenn ich dich am mmeist'n brauche.«

Wie kleine Geschosse prasseln plötzlich dicke Tropfen herab. Innerhalb weniger Sekunden fängt es an, wie aus Eimern zu regnen.

»Mach 'n Schirm auf!«, rufe ich entsetzt und halte mir die freie Hand über den Kopf.

»Den haben wir in der Bar vergessen«, murmelt Henry und zieht mich energischer voran.

»Du hass' ihn vergess'n!«, schimpfe ich.

»Wieso ich?«

»Du musss' mich beschütz'n, das gilt auch für Reg'n. Ich könnte mir den Tod hol'n.«

»Du bist anstrengend. Weißt du das?«

»Du auch. Ooder ist dir das bisher entgang'n? Wir müss'n zuurück, den Schirm holen. Ich werd' ja ganz nass.«

»Das lohnt sich nicht mehr. Wir sind gleich da.«

»Mein schööner Schirm«, jammere ich.

»Wir holen ihn morgen.«

»Okayyy.« Langsam freunde ich mich mit dem Regen an, denn er kühlt so herrlich meinen heißen Kopf. Ich bleibe stehen und strecke mein Gesicht in den Himmel. Beruhigend trommelt es auf mich ein. Ich liebe dieses Gefühl, denn es macht mich klarer. Mir ist egal, ob meine Schminke dabei verläuft.

»Komm jetzt, du bist schon ganz nass!«, fordert Henry und zieht mich weiter.

»Lasss mich.«

»Bitte, Süße!«, fleht er.

Ich bleibe stehen. »Wie hass du mich eb'n genannd?«

»Kratzbürste«, antwortet er lächelnd.

»Ach so ... ich dachde schon.«

Ich bin froh, als wir mein Haus erreicht haben. Für Henry ist es noch einmal ein gutes Stück Arbeit, mich die

Treppe heil hinaufzubringen. Fast wäre ich hinuntergekullert.

Fürsorglich zieht er mir die durchweichte Kleidung aus, während ich mich zwischendurch auf mein Bett fallen lasse. Es ist nicht einfach, mir die nasse Jeans abzustreifen.

»Die hassu mir noch nnie ausgezog'n. Wir machen Ffortschridde«, lalle ich.

»Wo ist dein Nachtzeug?«

»Hab' ich nicht. Ich schlafe immer nackt. Ich liebe das Gefühl«, flunkere ich in der Hoffnung, dass sich bei Henry etwas regt.

Er lächelt nachsichtig, ignoriert aber offensichtlich meine Nacktheit. »Warte.« Er nimmt das Handtuch, das noch von der Dusche heute Morgen über dem Stuhl liegt, hebt meinen Kopf an und fängt an, mein Haar zärtlich trocken zu rubbeln. »Ich glaube, es ist besser, wenn du es noch föhnst.«

»Ich will nicht. Ich will schlafen«, murmle ich und rolle mich ein.

»Okay.« Henry deckt mich zu und will sich umdrehen.

»Duhu, Henry?«

»Ja?«

»Mir is' kalt.«

»Soll ich dir die Wanne einlaufen lassen?«

»Is' das nicht zu gefährlich? Ich könnte einschlaf'n, oder? Außerdem will ich nich', dass du mich nackt siehst.«

»Das habe ich doch gerade schon.«

»Na und?«

»Dann föhne wenigstens deine Haare.«

»Keine Lust. Mach du doch. Ich bin zu müüde.«

»Das geht nicht. Hast du eine Wärmflasche?«

»Ja«, antworte ich lächelnd.

»Wo ist die?«

»Hier, schteht vor mir. Lebene Wärmfflasche.«

»Was?«

»Bissu schwer von Begriff?«

»Eher du.«

»Wwieso ich?«

»Du zeigst mir, was ich nicht haben kann.«

Das war ja auch der Sinn. »Aber ich bin doch nich' daran schuld, dassu unglücklich bist.«

»Habe ich das gesagt?«

»Ich kann auch nich' alles haben.«

»Du kannst so viel.«

»Siehsuu? Du hast es immer noch nicht verstan'n. Ein'n Scheiß kann ich hab'n! Gar nichs kann ich hab'n, was ich mir wünsche.«

»Schlaf jetzt. Morgen sieht die Welt wieder anders aus.« Sanft streichelt er über meine Wange.

»Tut sie nich'. Morg'n hab ich ein'n Kater und ffielleicht sogar eine Erkäldung. An der bis' du auf jeden Fall schuld.«

»Na ja, sagen wir nicht ganz unschuldig. Was stellst du dir vor, Melissa?«, fragt er, während er mich krault.

»Bitte. Sei du meine Wwärmflasche. Ich bün einsam, ich brauch menschliche Wwärme. Nuur heudde Abend«, jammere ich.

»Aber dann ziehst du dir etwas über«, verlangt Henry entschlossen.

»Dann funkschioniert das doch nich'. Es funkschioniert nur Haut auf Haut.«

»Ich weiß nicht, ob ich das kann.«

»Natürlich kanns' du. Komm jetzt. Du has' was wiederguzzumach'n.«

»Warum?«

»Muss ich dir das wirklich erklären?«, frage ich und kann meine Enttäuschung nicht verbergen. »Ich weiß, ich bettele um Zsuneigung, un' ich hasse mich dafür. Aber heudde brauch ich wirklich jeman'n, der mich trööstet.«

Seufzend legt Henry seine Kleidung ab und schlüpft unter meine Decke. Zufrieden spüre ich ihn an meinem Rücken. Obwohl er auch nass geworden ist, strahlt sein muskulöser Körper eine enorme Wärme ab. Ich nehme seine Hand und lege sie auf meine Brust.

Henry zieht seine Hand zurück, als hätte er sich verbrannt. »Was wird das? Es läuft nichts, damit das klar ist. Ich schlafe nicht mit betrunkenen Frauen. Nie.«

»Abber ich mit nüchtern'n Männern«, kann ich mir die Antwort nicht verkneifen. »Du weissst ja gar nich', was dir entgeht. Ich bin gaanz wild, wenn ich was getrunk'n hab'.«

»Das glaube ich dir. Trotzdem, ich kann das nicht machen. Ich muss wieder gehen, wenn du das nicht lässt«, antwortet er sanft.

»Nein, büütte. Ich kenn die Regl'n nich', abber bin trossdem brav.« Dafür fühlt es sich gerade viel zu gut an. »Weissu eigentlich, dass es mindestens schon swei Jahre her ist, dass ich mit ein'm Mann im Bett gelegen habe?«

»Das ist nicht dein Ernst.«

»Dooch, leider. Sseit ich bei uns im Konzern abeite.«

»Warum?«

»Kein Zseit.«

»Klingt nach Ausrede. Wie gesagt, die Kerle müssten dir scharenweise hinterherlaufen.«

»Ffielleicht. Aber ich glaub, ich bin einfach zuu blöd.«

»Du bist nicht blöd … ganz bestimmt nicht«, flüstert er.

»Ich lern nich' aus mein'n Fehlern. Alles Scheißkerle. IImmer die Falsch'n. Reißen ein'm das Herz raus un' trampeln drauf rum.«

Henry holt tief Luft, während er mir beschwichtigend übers Haar streichelt.

»Du bis' auch so einer, oder?«

»Ich will dir bestimmt nicht wehtun, glaub mir.« Er seufzt und zieht mich dichter an sich. Geborgenheit entspannt meinen Körper. Ich schwelge in Henrys Wärme, fühle die Berührung seiner Haut, lausche seinen Atemzügen, die mich beruhigen. Als das Heben und Senken seines Brustkorbs regelmäßiger wird, drehe ich mich um, damit ich seinen Geruch besser genießen kann. Perfekt.

# 13

## Schwiegermutters Schrecken

Das erste Mal werde ich wach, als Henry aus dem Bett schlüpft. Er klaubt seine Sachen zusammen und geht leise aus dem Raum. Der Versuch, meine Augen zu öffnen, scheitert. Was habe ich da gestern nur wieder angestellt? Lieber nicht drüber nachdenken!

Intensiv bemühe ich mich weiterzuschlafen, doch das ungeliebte Katertier greift mit seinen dumpfen Pranken nach Kopf und Bauch. Fuck, ist mir übel!

Ganz langsam steigt der gestrige Abend in meinen Kopf auf. Zwar habe ich nicht so viel Alkohol getrunken, dass ich die Erinnerung verloren habe, aber trotzdem kann ich mich nicht über mein halbwegs intaktes Gedächtnis freuen. Mein Auftritt war einfach nur peinlich. Henry muss mich für extrem bedürftig halten, so hemmungslos, wie ich mich ihm an den Hals geworfen habe. Ob er jetzt endgültig weiß, was in mir vorgeht, wenn er in meiner Nähe ist? Geahnt hat er es sicher bereits, denn ich bekomme meine Gefühle immer noch nicht in den Griff.

Es klopft. Oh Mann, kann ich mich nicht in Luft auflösen? Nachdem ich ein undefinierbares Brummen von mir gegeben habe, öffnet sich die Tür, und Henry steckt seinen Kopf herein.

»Guten Morgen. Alles klar? Geht's dir gut?«

»Glänzend. Wie sonst?«, knurre ich und lege den Arm über meine Augen.

»In einer Stunde kommt der Fahrdienst. Du musst aufstehen. Möchtest du einen Kaffee?«

Die Vorstellung, aufzustehen und die dynamische Chefin zu mimen, lässt meine Übelkeit zunehmen. »Ich kann nicht, mir fehlt die Kraft. Mir ist übel. Ich bin krank. Kannst du nicht in der Firma anrufen?«

»Ich? Nein. Ich denke, das machst du besser selbst.«

»Ich kann nicht. Mir ist sooo übel«, krächze ich schwach.

»Das geht vorbei, es ist doch nur ein Kater. Soll ich dir meinen berühmten *Bloody-Mary-Spezial* mixen? Der wirkt Wunder und hat schon manch einem geholfen, wieder auf die Beine zu kommen.«

Ich richte mich auf und sehe in Henrys grinsendes Gesicht. »Klingt gefährlich.«

»Ist es aber nicht. Ist ohne Alkohol.«

Kraftlos lasse ich mich wieder in die Kissen zurücksinken. »Ich weiß nicht. Ich glaube, ich versuche es lieber mit Kaffee und Aspirin.«

»Bringe ich dir. Wo hast du die Kopfschmerztabletten?«

»Danke, das ist wirklich nett. Meine Tabletten sind im Badezimmer, oben im Hängeschrank. Und könntest du noch das Telefon mitbringen?«

»Kommt sofort, Ma'am.«

»Danke.« Erleichtert schließe ich die Augen. Dafür, dass ich gestern ziemlich anstrengend gewesen sein muss, ist Henry wirklich nett. Doch ich denke nicht, dass er mein Benehmen auf sich beruhen lässt, und mache mich auf einen Einlauf gefasst.

Nach einiger Zeit bringt er mir ein kleines Tablett. Darauf sind nicht nur der gewünschte Kaffee, Schmerzmittel und Handy, sondern auch ein Toast, auf dem die Butter verläuft. »Hier. Du solltest etwas essen, bevor du die Sachen nimmst. Das ist besser für den Magen.«

Die Vorstellung, jetzt etwas zu essen, ist gar nicht gut, doch Henry hat leider recht. Bevor ich mich aufsetze, klemme ich die Decke unter die Achseln, damit mein nackter Oberkörper verhüllt ist.

»Kannst du mir das T-Shirt vom Stuhl geben, bitte?«

Er reicht es mir. »Hier.«

»Drehst du dich bitte um?«

»Warum auf einmal so tugendhaft?«, spottet er, macht aber, was ich sage.

»Ich möchte mich für gestern entschuldigen. Ich habe viel zu viel getrunken. Das ist mir so peinlich. War ich sehr schlimm?«, frage ich, während ich das Shirt überstreife.

»*Anstrengend* trifft es vielleicht eher«, erklärt er in spöttischem Ton.

»Ich tu' so was normalerweise nicht. Habe ich mich irgendwie danebenbenommen?« Ich gebe ihm zu verstehen, dass er sich mir wieder zuwenden kann, ehe ich zaghaft in den Toast beiße.

Henrys Augenbrauen heben sich. »Du meinst den Striptease auf der Theke?«

Ich höre auf zu kauen. Habe ich etwa doch Erinnerungslücken? Dann sehe ich sein süffisantes Grinsen. Er nimmt mich auf den Arm.

Ich schlucke den mühsam gekauten Toast herunter. »Boah! Fast hätte ich dir geglaubt. Nein, sag schon.«

»Was willst du hören? Du warst unmöglich und hast mich als Ehemann ausgegeben«, erklärt er nüchtern, während er sich auf den Bettrand setzt.

Auweia, das hatte ich fast verdrängt.

»Echt jetzt? Oh Mann. Tut mir leid«, krächze ich und überlege, ob es nicht besser wäre, so zu tun, als hätte ich einen Blackout.

Auf Henrys Gesicht erscheint ein breites Grinsen. »Erinnerst du dich nicht mehr?«

»Nur noch, wie wir in die Bar gegangen sind.«

»Tatsächlich? Auch nicht daran, wie du mit einem eurer Einkäufer geflirtet hast?«

»Ich? Woher weißt du, dass es ein Einkäufer von uns war?«

»Weil du es mir erzählt hast. Du erinnerst dich wirklich nicht?«

»Doch, dunkel«, gebe ich zu.

»Wie kommt es dann, dass er dich gar nicht erkannt hat?«

»Ich habe ihm vorgeschwindelt, ich heiße Britney. Und ich halte mich in der Firma lieber im Hintergrund, damit ich nicht so schnell in der Öffentlichkeit erkannt werde. Du weißt ja, ich möchte ein möglichst normales Leben. Bisher ist mir das auch gelungen. Noch ist mein Vater der offizielle Boss, macht die Auftritte vor der Presse und die Einkaufsleitung. Ich bin für die Zahlen zuständig und erarbeite vielleicht ein paar Strategievorschläge. Der Kreis, an den ich berichte, ist klein, aber fein. Ich denke, mich kennt nicht jeder im Haus, und das ist auch gut so.«

»Trotzdem seltsam. Findest du nicht?«

»Warum interessiert dich das so?« Ich beiße noch einmal vom Toast ab. Er schmeckt wie Pappe.

»Mich interessieren alle Leute, die sich seltsam benehmen.«

»Weil alle potenzielle Entführer oder Attentäter sind?«, frage ich mühsam kauend. Wenn meine Mutter diese Szene beobachten könnte, würde sie sich zu Tode schämen. Sie hasst schlechtes Benehmen. Meins wäre ihr auf jeden Fall nicht damenhaft genug.

»Genau. Die Gefahr lauert überall. Glaub mir, meistens ist etwas besonders gefährlich, wenn es harmlos wirkt.«

»Dann müsste dieser Hector aber ein ziemlich grandioser Schauspieler sein. Er kam überzeugend unwissend rüber.«

»Ich dachte, du erinnerst dich gar nicht mehr genau?«, fragt Henry überrascht.

»An den Anfang in der Bar schon«, rede ich mich heraus. »Er kannte mich nicht. Denkst du etwa, er hätte mir dort aufgelauert?«

»Wer weiß? Es soll ja durchaus gute Schauspieler geben.«

»Das grenzt jetzt an Verfolgungswahn. Wenn sie jemanden auf mich ansetzen, dann sicher nicht so einen glatzköpfigen, unsportlichen Mann. Die Bar ist ein bekannter Anmachschuppen, und ich war vorher noch nie da. Wieso sollten potenzielle Entführer oder Mörder plötzlich damit rechnen, dass ich da auftauche?«

Henry reibt sich nachdenklich am Kinn. »Stimmt auch wieder.«

»Hast du schon mal überlegt, dass die komische Tante von gestern dich vielleicht ablenken sollte?«

Ein Mundwinkel von Henry zieht sich spöttisch hoch. »Du hast mich beobachtet? Glaubst du das wirklich, oder bist du nur eifersüchtig?«

»Deine Fantasie geht mit dir durch. Du hast dich später eher benommen, als ob du eifersüchtig bist!«, gebe ich gereizt zurück.

»Ich und eifersüchtig? Lächerlich! Aber interessant, dass du dich doch an den Abend erinnerst«, triumphiert Henry mit einer wegwerfenden Handbewegung.

Mist. Erwischt. Ich schnappe nach Luft.

»Keine Angst, die graue Tante hatte ich im Griff«, fügt er spöttisch hinzu.

»Ja, klar. So, wie du alles im Griff hast!«

»Immerhin mehr als du«, brummt Henry mürrisch. »Weißt du denn noch, dass ich für deine Mutter deinen Freund spielen soll?«

»Ach, du Scheiße!«, dämmert es mir, obwohl ich es am liebsten weiter verdrängen würde. »Natürlich musst du das nicht. Entschuldige«, erkläre ich und reibe verlegen über meine Stirn.

»Es schien mir, als wolltest du deine Mutter nur provozieren. Du meintest, sie wolle dich verkuppeln?«

»Ja. Wie gesagt, meine Mutter ist ... anstrengend. Sie hat schon immer genaue Vorstellungen von unserem Leben beziehungsweise ihren Schwiegersöhnen gehabt.«

Henry grinst breit, während er den Kopf schüttelt. »Verstehe ich das dann richtig, dass ich als eine Art Schwiegermutterschreck herhalten soll?«

»Das ist jetzt vielleicht etwas hart formuliert. Aber deine Tattoos und die unkonventionelle Kleidung wären ihr sicher ein Dorn im Auge.«

»Und du möchtest sie quälen?«

»Das ist jetzt wieder etwas hart formuliert. Sagen wir, ich wäre froh, wenn sie sich aus meinem Leben raushalten würde.« Ich fahre mir durch die Haare. Oh je, das fühlt sich an wie eine Filzdecke.

Henry scheint zu wissen, was in meinem Kopf vor sich geht.

»Ich hatte dir gestern geraten, sie noch trocken zu föhnen, aber du wolltest unbedingt schlafen«, erklärt er schulterzuckend.

»Oh Mann. Habe ich etwa auch noch Schminke im Gesicht?« Ich reibe mir vorsorglich unter den Augen.

»Nein, das hat der Regen gestern für dich erledigt«, beruhigt er mich lächelnd.

»Mir ist das so peinlich«, raune ich heiser.

»Das muss es nicht. Wir sind doch alle mal ein bisschen ... nervös.«

»Sagt Mister Eisblock persönlich.«

Seine Augen sehen mich weich an, streicheln mich fast – ganz und gar nicht wie ein Eisblock. Mein Bauch wird warm.

»Ich ein Eisblock? Glaub mir, das scheint nur so«, flüstert er.

»Nicht? Du bist so diszipliniert. Warst du überhaupt schon einmal betrunken?«

»Soll das ein Witz sein? Mit fünfzehn habe ich meine Gefühle mit Alkohol betäubt. Was denkst du, was ich da alles angestellt habe?«

Meine Augen werden groß. »Mit fünfzehn?«, frage ich entsetzt. »Wie bist du da denn überhaupt rangekommen?«

»Oh, in unserer Gegend war das kein Problem«, schnaubt Henry.

»Und deine Eltern? Haben die nichts gesagt?«

Er senkt den Kopf. »Die hatten mit sich selbst genug zu tun.«

Man merkt ihm an, dass es ihm schwerfällt, darüber zu reden. Deshalb streichle ich mitfühlend über seinen Unterarm. »Das tut mir leid.«

Sofort richtet Henry sich auf. »Das muss dir nicht leidtun. Das ist Vergangenheit. Und zwei Jahre später hatte ich mit Sport ein viel besseres Werkzeug, meine Wut in den Griff zu bekommen. Aber jetzt trink deinen Kaffee, der wird sonst kalt.«

Nachdenklich befolge ich, was er sagt. Der Kaffee wird von meinem Magen problemlos akzeptiert. Immerhin.

»Das mit dem Toast war eine gute Idee, auch wenn es mühsam war, ihn zu essen«, bedanke ich mich lächelnd bei Henry.

»Wenn du trotzdem nicht zur Arbeit willst, solltest du jetzt anrufen.«

»Nein. Ich habe mir überlegt, dass ich den Fahrdienst eine Stunde später anfordere. Aber das muss ich auch sofort machen.« Die Vorstellung, einen ganzen Tag mit der Versuchung persönlich aufeinanderzuhocken, scheint mir gerade anstrengender, als zu arbeiten.

# 14

## Katerstimmung

Ich bin erleichtert, als ich endlich den PC herunterfahren kann. Natürlich war ich heute in der Firma nicht so produktiv, aber das war auch kaum zu erwarten.

»Nach Sport ist mir noch nicht zumute, aber ich würde gerne ein bisschen im Park spazieren gehen. Wir könnten dort einen Hot Dog essen. Ich kenne einen Stand, der von sich behauptet, die besten zu haben. Das kann ich zwar nicht beurteilen, aber die Dinger schmecken dort gut«, schlage ich Henry vor. »Nach dem anstrengenden Tag ist es genau das, was ich brauche.«

Er nickt. »Wie du willst.«

Die relativ frische Luft der grünen Lunge New Yorks tut mir gut. Der Regen von gestern ist durch eine laue Brise abgetrocknet. Die Wahl der Strecke fällt mir schwer. Immerhin gibt es hier annähernd hundert Kilometer Spazierweg zur Auswahl. Doch dann laufen wir, wie abgesprochen, den direkten Kurs auf das Zentrum des Parks, den großen See, zu.

Schweigend gehen wir nebeneinander, als wären wir ein altes Paar, das sich nicht mehr viel zu sagen hat. Die Sonne blitzt durch die rauschenden Blätter der Bäume. Eins der über zweitausend Eichhörnchen des Parks springt um uns herum. Tief sauge ich den belebenden Sauerstoff in meine Lungen, und langsam beruhigen sich meine dauerangespannten Nerven.

»Bleibt es dabei, dass ich beim Essen morgen deinen Freund spielen soll?«, fragt mich Henry irgendwann.

»Ich hatte doch schon heute Morgen gesagt, dass du das nicht musst, wenn du nicht willst.«

Henry senkt den Kopf. Er kickt einen kleinen heruntergefallenen Zweig beiseite, bevor er antwortet. »Du hast mich aber noch nicht wirklich gefragt, ob ich will.«

Ich sehe ihn von der Seite an. »Würdest du das doch tun?«

Sein Gesicht ist überraschend ernst. »Warum nicht? Wie du schon sagst, ich kann es mit meinem Job verbinden.«

»Aber dann müsstest du auf deine Waffe verzichten, das wäre sonst zu auffällig. Der Verlobte meiner Mutter hat eigenes Sicherheitspersonal.«

»Ich denke, das ist kein Problem.«

»Und wir müssten das schwer verliebte Paar spielen, sonst nimmt es uns keiner ab«, warne ich, obwohl mir der Gedanke irgendwie gefällt.

Henry bleibt stehen und bewirkt damit, dass ich dasselbe tue. Er sieht mich nachdenklich an, während er über seinen Bart streicht.

Ich werde unsicher.

»Das verliebte Paar zu spielen, könnte schon schwieriger werden«, murmelt er.

Was heißt das? Dass er mich nicht ausstehen kann? Bin ich ihm doch zu sehr auf die Nerven gegangen, als ich betrunken war? Für einen kurzen Moment verbinden sich unsere Blicke. Es fällt mir schwer, mich nicht in seinen geheimnisvollen, blauen Augen zu verlieren. Meine Knie werden weich, ich muss sofort durchatmen.

*Reiß dich zusammen, Melissa.*

Angespannt beiße ich mir auf die Lippe.

»Auch für mich ist es nicht leicht, mit dir ein Paar zu spielen«, antworte ich möglichst gelassen, denn meine Gründe dafür sind genau das Gegenteil von seinen.

»Verstehe«, brummt er.

»Aber noch schlimmer wird es wahrscheinlich werden, wenn ich wieder einen Heiratskandidaten meiner Mutter abwehren muss.«

»Präsentiert sie dir denn schon länger Heiratskandidaten?« Henrys Tonfall kann ich dabei nicht richtig einordnen. Was ist das jetzt zwischen uns? Oder besser gefragt: Ist überhaupt etwas zwischen uns? Womöglich bilde ich mir das alles nur ein, mit meiner verdammten Torschlusspanik.

»Nein, das erste Mal auf ihrer Verlobung. Aber sie hat schon immer bestimmt, in welchen Kreisen wir uns bewegen sollten, damit unsere Partner nach ihrem Geschmack ausfallen. Meine Schwester Vivienne hat sich dem elegant entzogen. Sie hat ihr eigenes Modelabel gegründet und mit dem Konzern nichts mehr zu tun. Ihre Treffen mit Mom sind auf das Nötigste beschränkt.«

»Deine nicht?«

»Doch, eigentlich auch … mittlerweile.«

»Aber du hast dir nicht erlaubt, dein eigenes Ding zu durchzuziehen?«, hakt Henry nach.

»Das habe ich mich schon viele Male gefragt. Aber im Grunde macht mir die Arbeit im Konzern Spaß, und es hängen ja auch viele Jobs daran. Viele Familien, die unsere Firma ernährt. Für die fühle ich mich auch verantwortlich.«

»Aber der Preis dafür ist dir zu hoch?«, spekuliert er weiter.

»Ich weiß nicht. In letzter Zeit wird mein Wunsch nach einem ganz normalen Leben immer stärker. So ein friedliches Nest, wo ich geliebt werde und entspannen kann.«

»Ich kenne aber schon jetzt eine Menge Leute, die sofort mit dir tauschen würden.«

»Vielleicht klingt es blöd, aber ich frage mich oft, ob die Männer sich für mich oder mehr für mein Geld und den Konzern interessieren.«

Henry bleibt stehen und hält mich am Arm fest. »Du klingst wie ein alter Mann, der sich ein junges Ding angeln will.«

»Daran ist meine Mom nicht ganz unschuldig. Sie hat immer dafür gesorgt, dass ich von einem Umfeld aus überheblichen, reichen Pinkeln und geldgeilen Ehrgeizlingen umgeben war. Ich bin völlig unsicher, wenn es um die Frage geht, ob es jemand ehrlich mit mir meint.« Ich wundere mich, dass mir das so leicht über die Lippen geht. Trotz seines merkwürdigen Verhaltens scheine ich Vertrauen zu Henry zu haben. Dennoch entziehe ich ihm meinen Arm und gehe weiter.

»Und du hast deinen Protest gegenüber deiner Mutter ausgedrückt, indem du dich nur in *Bad Boys* verliebt hast?«

Jetzt bleibe ich stehen, und Henry tut es mir gleich.

»Ja, möglicherweise ist das der Kern meines Problems. *Bad Boys* wären keine *Bad Boys*, wenn sie nett wären. Leider mag ich aber diese netten, aalglatten Typen nicht«, antworte ich nachdenklich. Irgendwie erwarte ich jetzt, dass er mich fragt, ob ich mich deswegen in ihn verknallt habe, aber Henry geht weiter. Ich folge ihm und überlege, ob ich enttäuscht bin. Meine Gefühle sind verwirrt, wie ein Wollknäuel, mit dem eine Katze gespielt hat.

»Bist du skeptisch, wenn jemand nett zu dir ist?«, will er nach einiger Zeit wissen.

»Was soll die Fragerei?«, erwidere ich gereizt und laufe schneller.

»Nichts, ich möchte dich nur besser verstehen«, sagt er sanft.

»Wozu? Du machst hier deinen Job und gut.«

Henrys Miene verzieht sich für eine Sekunde schmerzvoll. »Ich dachte nur ...«

»Du spielst den Seelenklempner? À la *armes reiches Mädchen*?«

»Blödsinn.«

»Dann ist ja gut. Meine Männerwahl kannst du getrost mir überlassen«, grummle ich.

»Ich wollte nicht …«

»Es ist wirklich gut, Henry. Schwamm drüber. Ich komm schon zurecht.«

»Du kommst zurecht, wenn ich für deine Mutter den Freund spiele«, stellt er fest.

»Genau. Wie gesagt, du musst es nicht. Auch das werde ich überleben. Ich habe meine Mutter schon mein ganzes Leben überlebt.«

Er hebt die Hände. »Ich hab es kapiert! Okay?«

Hoffentlich.

Gerade sind wir an einer Wiese angekommen, auf der etliche Leute das schöne Wetter genießen, indem sie faul in der Sonne liegen. Darauf hätte ich jetzt auch Lust. Zusammen mit meinem Liebsten im Schatten das Blätterspiel betrachten und den Tag ausklingen lassen …

»Warum seufzt du?«, fragt Henry.

»Ach, nichts. Ich habe Hunger.«

»Komm, da vorne ist ein Imbisswagen. Ich gebe einen aus.«

»Hast du gestern nicht schon die Getränke bezahlt?«, fällt mir siedend heiß ein.

»Na ja«, wiegelt er ab, während er ein paar Dollars hervorkramt.

»Dann bin ich jetzt dran«, sage ich bestimmt.

»Ist schon okay. Ich denke nicht, dass Logis im Gehalt inbegriffen ist. Du bist mir also nichts schuldig.«

Ärger steigt in mir hoch, ich versuche ihn herunterzuschlucken. Wieso bezieht er sich schon wieder auf die Arbeit, wo es sich doch gerade privat angefühlt hat?

»Stimmt was nicht?«, fragt Henry, während er mir meinen Hot Dog reicht.

»Nein, schon gut. Alles okay. Den zweiten bezahl' ich dann aber.«

»Wie du willst«, antwortet er und schüttelt dabei verständnislos den Kopf.

Die Bank neben dem rollenden Imbiss wird gerade frei, und wir setzen uns. Vom Mittagessen war mein Magen noch nicht so begeistert, jetzt hat er sich wieder vollständig erholt, und ich verzehre mit großem Appetit erst einen und kurze Zeit später einen zweiten Hot Dog.

»Jetzt möchte ich nur noch nach Hause auf meine Terrasse, die Abendsonne genießen«, sage ich, während ich die Serviette zerknülle und in den Mülleimer werfe.

»Okay, dann lass uns zurückgehen.« Henry steht auf. »Wie heißt eigentlich das Label deiner Schwester?«, fragt er mich kurze Zeit später auf dem Rückweg.

»*Viviennes.* Kennst du es?« Irgendwie wundert es mich, dass ihn das interessiert. »Meine Freundin Madison hat dort gerade angefangen. Übrigens werde ich ... Wir werden ihr Samstag beim Umziehen helfen.«

Henry sieht mich mit großen Augen an. »*Viviennes*? Nie gehört, aber will nichts heißen.«

Aha, reine Höflichkeitskonversation. »Bald gibt es auch eine Herrenlinie. Logan Raker, der Footballer, wird dafür werben. Den kennst du aber, oder?«

»Ja, natürlich. Er ist ...« Henry stockt erschrocken.

»Was ist er?«

»Sehr bekannt«, stammelt Henry abwesend.

Ob er etwas mit dem zu tun hat? »Kennst du ihn privat?«

Henry presst die Lippen zusammen. »Nein, nicht wirklich ... Er wuchs in unserer Gegend auf.«

Oh je. Das östliche Brooklyn, die Gegend ist immer noch eine der übelsten von ganz New York. Da herauszukommen und ein normales Leben zu führen, ist nicht so einfach.

Henry wird es nicht einfach gehabt haben. Dazu passt auch, dass er mit *MMA* angefangen hatte, um sich zu wehren.

»Was ist? Warum starrst du mich so an?«, erkundigt er sich irritiert.

Ich bleibe stehen. »Du hattest eine schwere Kindheit, oder?«

»Es geht. Ich hab's ja überlebt, oder?«

Fragt sich bloß, wie. Mein Verständnis für seine spröde Art wird etwas größer. »Möchtest du mir davon erzählen?«

Henry gibt ein verächtliches Geräusch von sich. »Was wird das? Willst *du* jetzt den Seelenklempner spielen? À la *armer, armer Bad Boy*?«

Das sitzt. »Tut mir leid … Nein, natürlich nicht. Dein Privatleben geht mich nichts an.«

Bis zur Firma reden wir kein Wort mehr. Schon zweifle ich daran, dass Henry in der Lage sein wird, morgen den verliebten Lover zu mimen.

»Wir müssen noch bei meiner Wohnung vorbeifahren, damit ich mir einen Anzug für morgen holen kann«, sagt er, als sich die Limousine in Bewegung setzt.

»*Bad Boy* im Anzug? Ich dachte, du wolltest Schwiegermamas Schrecken sein? Erzähl ruhig von der Gegend, aus der du kommst, und dass du mein Bodyguard bist. Ich glaube, das reicht ihr schon. Meine Mom ist die Mutter der Vorurteile.«

»Aber provozierst du dann nicht genau die Reaktion, die du nicht haben willst? Sie wird erst recht versuchen, dich in die richtige Richtung zu dirigieren.«

»Nicht, wenn wir überzeugend genug sind. Sie darf keinen Angriffspunkt finden.«

»Ich weiß nicht, mir wäre das Risiko zu hoch. Außerdem wäre es doch eine normale Reaktion von mir, wenn ich mich anpassen will«, brummt Henry.

»Okay, dann ziehst du dir aber irgendwann das Jackett

aus und krempelst die Ärmel hoch, damit sie deine Tattoos sieht.«

Ein Grinsen blitzt über sein Gesicht, bevor er den Mund öffnet, als wollte er etwas erwidern.

»Dass du tätowiert bist, habe ich ihr schon versprochen. Du erinnerst dich?«

»Erstaunlich, woran du dich so erinnerst.«

»Ja, es hat ein bisschen gedauert, aber es kam wieder«, antworte ich abgeklärt.

Gerade sind wir am *Wyatt Tower* eingetroffen und steigen direkt in eine Limousine, die uns erst zu Henrys Wohnung und dann nach Hause bringt.

Während der ganzen Fahrt versuche ich meine Gefühle zu entwirren. Was für ein Mensch ist Henry wirklich? Empfindet er etwas für mich? Merkt er überhaupt etwas?

»Macht es dir etwas aus, wenn du heute nicht mehr auf die Terrasse gehst?«, fragt er mich, als wir zu Hause angelangt sind.

»Warum soll ich das nicht?«

»Weil ich dich sonst begleiten muss, und ich habe keine Lust auf die Nachbarn.«

»Warum das?«, will ich wissen und kann mir ein Grinsen nicht verkneifen.

»Im Gegensatz zu dir habe ich heute Nacht nicht sehr gut geschlafen. Ich bin ziemlich kaputt und möchte früh ins Bett.«

»Warum hast du nicht gut geschlafen? Habe ich geschnarcht?«

Henry sieht mich durchdringend an. Wieder bekomme ich weiche Knie und fühle mich wie ein Teenager.

»Nein. Aber kannst du dir das nicht denken? Ich war nicht betäubt vom Alkohol.«

Was sollen diese kryptischen Worte? Wäre sein Verhalten nicht genauso rätselhaft, würde ich jetzt denken, er hätte am liebsten mit mir … Aber nein, das kann doch gar nicht sein.

»Keine Angst. Heute habe ich auch keine Lust auf die Nachbarn, versprochen. Vielleicht sind sie ja auch gar nicht draußen.«

»Bitte. Meinetwegen bleib unten, allein. Aber nicht draußen. Ich habe kein gutes Gefühl.«

»Okay, wir waren heute ja schon lange im Park, und ich bin auch ziemlich kaputt«, lenke ich seufzend ein.

»Danke«, sagt Henry leise. »Ich verziehe mich schon mal nach oben.«

Ich nicke. »Okay. Ich check' nochmal meine Mails, dann komme ich auch ins Bett. Vielleicht sehe ich mir nachher noch einen Film an.«

Er hebt die Hand, bevor er die Treppe hochgeht. Mein Gott, was für ein Knackarsch!

Als ich einige Zeit später selbst auf den letzten Treppenstufen bin, dringt Henrys Stimme aus seinem Zimmer. Wollte er nicht längst schon schlafen? Neugierig schleiche ich mich zu ihm hin. Die Zimmertür ist nur angelehnt. Henry scheint zu telefonieren oder zu skypen.

»Nein. Das glaube ich nicht. Sie möchte keinen Kontakt zu der Familie«, höre ich ihn sagen.

Welche Familie? Um wen geht es? Mich?

»Sie ist viel zu bescheiden und nicht der Typ, den man so leicht manipulieren kann«, erklärt er weiter.

Mein Herz klopft stärker. Ich glaube, er meint tatsächlich mich.

»Ja, sicher. Das macht Sinn, aber ich denke nicht, dass etwas dabei herauskommt, ehrlich gesagt.«

Wobei? Irgendetwas stimmt da nicht!

»Sir, wenn ich das hinter mir habe, ist der Fall für mich erledigt«, faucht Henry.

Was will er hinter sich haben? Den Fall? Wer ist der Fall? Etwa ich?

»Wie Sie meinen. Wiederhören, Sir«, knurrt er unwillig.

Ich schlucke. Statt ihn besser kennenzulernen, wird Henrys Verhalten immer rätselhafter. Es klingt fast so, als ob er mich ausspioniert. Ich rufe mir einige Szenen wieder ins Gedächtnis und bin mir plötzlich nicht mehr sicher, ob er ehrlich ist. Aber warum sollte er das tun? Mein Kopf weiß nicht einmal mehr, ob ich ihm vertrauen kann. Dabei hatte ich bei dem Spaziergang doch so ein gutes Bauchgefühl. Unsere Vertrautheit wächst. Aber wenn er mich doch nur ausgehorcht hat?

Fuck!

Ich muss endlich aufhören, Männern zu vertrauen. Um meine eigene kleine Familie zu gründen, brauche ich keinen Mann!

# 15

## Blick in den Spiegel

Innerhalb von ein paar Tagen hat sich mein Leben von langweilig zu anstrengend gewandelt. Henry macht mich kribbelig bis in die letzte Nervenfaser und raubt mir den dringend benötigten Schlaf. Wie gerädert schlurfe ich morgens in die Küche, selbst eine ausführliche Dusche kann da nichts retten.

In der Küche empfängt mich Kaffeeduft. Der Geruch lässt meine Lebensgeister wenigstens ein bisschen erwachen. An Henrys handgefilterten Kaffee könnte ich mich gewöhnen – sollte ich aber besser nicht.

»Guten Morgen«, begrüßt er mich mit dunkler Stimme. »Möchtest du auch einen?« Er schenkt mir ein, ohne meine Antwort abzuwarten.

»Danke«, sage ich, setze mich an die Theke und nehme die Tasse entgegen. Unsere Finger berühren sich, und es fühlt sich an, als ob die knisternde Energie zwischen uns immer stärker würde.

»Toast?«, säuselt Henry unbeeindruckt.

Ich nicke stumm und lächle dankbar, bevor ich an meinem heißen Kaffee nippe.

Henry werkelt weiter, und ich genieße das Muskelspiel der breiten Schultern. Trotz des kräftigen Körperbaus hat er schöne Hände mit schlanken Fingern. Das ist fast ein Widerspruch zur restlichen Erscheinung. So, wie auch sein Charakter voller Widersprüche ist. Versonnen stelle ich mir vor, wie diese Hände mich berühren.

»Mit Honig?«, fragt Henry lächelnd, als die Brotscheiben

aus dem Toaster springen. Seine Augen funkeln so warm, als könnte er kein Wässerchen trüben.

»Gerne«, antworte ich, ebenso lächelnd, pfeife mich aber innerlich zurück. Bei der nächsten Gelegenheit muss ich mehr über das Gespräch erfahren, das er gestern auf seinem Zimmer geführt hat. Bloß wann und wie fange ich das an? Wenn ich ihn direkt darauf anspreche, wird er denken, ich spioniere ihm nach.

»Alles klar? Du wirkst so abwesend«, holt Henry mich aus meinen Gedanken.

»Ja, danke«, brumme ich.

»Woran denkst du? Wie das Treffen mit deiner Mutter heute verlaufen wird?«

»Auch.«

Er schiebt mir den Teller hin. »Okay. Iss deinen Toast, sonst wird er kalt.«

»Danke«, antworte ich leise und beiße hinein. Das Kauen knuspert überlaut in den Ohren.

»Ich kann mir nicht helfen. Du wirkst auf mich so trübsinnig. Liegt es an mir? An dem Gespräch gestern im Park?«

Jetzt oder nie. Ich schlucke und atme durch, bevor ich anfange. »Ich frage mich, inwieweit ich dir vertrauen kann.«

Henry zieht die Augenbrauen hoch und setzt sich auf den Hocker neben mich. »Wie kommst du darauf?«

»Du bist so heiß und kalt. Und gestern hast du auf deinem Zimmer so ein merkwürdiges Gespräch geführt«, erkläre ich und beiße mir auf die Lippe, während ich gespannt seine Reaktion erwarte.

Er entlässt seinen Atem mit einem Stoß, bevor er sich die Stirn reibt. »Merkwürdiges Gespräch? Auf meinem Zimmer?«

»Versteh mich nicht falsch, ich habe es nur zufällig mitbekommen ... und wahrscheinlich auch nicht ganz.«

Henry wirkt sekundenlang erwischt, hat sich aber schnell

wieder im Griff. »Ja, es ging um dich – falls du das meinst. Es war mein Chef. Ich weiß nicht, ob es dir klar ist, erwähnt habe ich es am Anfang mal. Ich erledige Spezialaufträge … Wenn sich die Sachlage ändert, übernimmt wieder jemand anders. Das heißt, dass ich dann weg bin. Darum ging es in dem Gespräch.«

Ich nicke. Irgendwann habe ich mal in einem Bericht gesehen, dass sich der Lidschlag von Menschen erhöht, wenn sie lügen. Deshalb habe ich bei Henry extra darauf geachtet, aber er scheint die Wahrheit zu sagen. Trotzdem habe ich das Gefühl, er verschweigt mir etwas.

»Beeil dich, sonst sind wir nicht fertig, wenn der Fahrdienst kommt«, drängt er.

Ich nicke und schiebe mir den Rest vom Toast in den Mund, bevor ich aufstehe.

»Guten Morgen, Tracy. Dann mal auf in den Endspurt zum Wochenende«, begrüße ich meine Assistentin.

»Guten Morgen, Melissa. Du siehst wirklich aus, als könntest du das Wochenende dringend gebrauchen.«

»Danke«, gebe ich grinsend zurück. »Ich dachte mir, ich geh' mal mit gutem Beispiel voran und lasse alle sehen, wie viel ich arbeite.«

»Oh, dann pass auf, dass nicht alle denken, du würdest die Nächte durchmachen«, erklärt Tracy augenzwinkernd, bevor sie mit mir meine Termine durchgeht.

Als Henry während unserer Besprechung zur Toilette verschwindet, kommt sie mit verschwörerischem Gesichtsausdruck näher.

»Falls du es noch nicht mitbekommen hast, die Gerüchteküche über euch brodelt«, raunt sie mir zu.

»Blödsinn. Das kann ich mir nicht vorstellen.«

»Oh, doch. Und ich kann es verstehen. Ich meine, mit so einem heißen Typen Tag und Nacht zusammen … Da muss doch was passieren.«

Ich lehne mich mit ebenso verschwörerischem Blick über die Theke. »Leider hat der heiße Typ einen Stock im Arsch. Glaub mir, der ist überkorrekt. Da läuft nichts.«

»Glaub mir. Eure Blicke sagen etwas anderes.«

Also bilde ich mir doch nichts ein? Gut, dass ich meiner Assistentin nichts von dem Essen heute Abend erzählt habe. Sie würde mir kein Wort mehr glauben.

»Findest du? Wirklich?«, frage ich möglichst cool.

Tracy nickt wichtig.

»Jupp. Hier, die Unterschriftenmappe«, antwortet sie und schiebt mir den Sammler rüber.

Nachdenklich nehme ich ihn an und verschwinde in meinem Büro. Dort verschanze ich mich den ganzen Tag, lasse mir von Tracy Essen und Trinken servieren. Ich möchte die Gerüchte schließlich nicht zum Überkochen bringen.

»Kannst du eine Krawatte binden?«, fragt mich Henry, als wir uns am Abend für das Essen fertig machen.

Vor Schreck vertusche ich mich beim Lidstrich. Er sollte doch mein *Bad Boy* sein. »Ein *Bad Boy* mit einem Schlips? Du willst eine Krawatte tragen? Echt jetzt?«

»Ja, das macht doch sicher Eindruck bei deiner Mutter. Leider gehört die Fähigkeit, sie zu binden, zu den Dingen, gegen die ich bei meiner Mutter rebelliert habe«, klärt er mich schulterzuckend auf. »Ich habe auch eine fertig gebundene, doch es sollte schon eine selbst gebundene sein, oder?«

»Diese Art von Eindruck hatte ich aber nicht im Kopf«, stammle ich.

»Ich denke, du triffst sie mehr, wenn du subtiler rebellierst.«

Ich nicke. »Warte einen Moment.« Ich versuche, mein Malheur mit dem Lidstrich möglichst gut zu korrigieren. »Du kannst mir ja schon mal den Reißverschluss zumachen.«

Kaum ausgesprochen, bereue ich den unbedachten Vorschlag. Denn Henry kommt von hinten auf mich zu und schiebt meine Haare beiseite. Das allein genügt, um mir eine Gänsehaut zu verschaffen.

»Du hast wunderschön glänzendes Haar«, murmelt er fast unhörbar, während er es langsam durch seine Finger gleiten lässt.

Ich fühle die Berührung am Hals, was mein Herz schneller schlagen lässt, und schließe die Augen, als ich seinen Atem auf der Haut spüre. Insgeheim wünsche ich mir, dass er meinen Nacken küsst.

Der Ratsch des Reißverschlusses holt mich wieder zurück in die Realität.

»Verdammt!« Nochmal vermalt! Wie konnte ich ihm solch einen Vorschlag machen? Henry hat im Badezimmerspiegel gesehen, dass er mich aus dem Konzept gebracht hat.

»Hör auf, so blöd zu grinsen«, fluche ich. Genervt lege ich den Kajalstift ab und drehe mich zu ihm um.

Seine Augen funkeln amüsiert und die Lachfältchen, die ich mittlerweile liebe, sind noch da. Sein Gesichtsausdruck wird ernster, als unsere Blicke sich verbinden. Mein Atem stockt. Halbherzig versuche ich mich abzuwenden und werde von seinen geschwungenen Lippen hypnotisiert.

Ohne weiter zu überlegen, schnappe ich mir die losen Enden der Krawatte, die zu beiden Seiten seines Halses baumeln, und ziehe seinen Kopf zu mir herunter. Er wehrt sich nicht, sondern kommt mir sogar entgegen. Unsere Münder verschmelzen so leidenschaftlich, dass mein ganzer Körper in Aufruhr gerät.

Fuck, ich bin so scharf auf ihn!

Und diesmal kann er es auch nicht leugnen, will er es nicht leugnen. Seine Hand streicht durch mein Haar und fixiert meinen Nacken, während er immer gieriger meinen Mund erobert. Es braucht nicht viel, um meinen Unterleib vor Verlangen brennen zu lassen, nur seine andere Hand, die langsam den Rücken hinunterwandert und mich noch fester an ihn zieht.

Als ich die Härte in seiner Hose spüre, kann ich ein Stöhnen nicht unterdrücken. Henrys Atem wird schneller. Es ist mir egal, ich will dieser allgegenwärtigen Versuchung jetzt endlich nachgeben. Zielstrebig öffne ich den Knopf seiner Anzughose, zerre den Reißverschluss herunter und fasse hinein, bevor er sich wehren kann.

Zu meiner Überraschung entzieht er sich meiner Attacke nicht, als meine Hand sich auf die Unterhose legt. Er ist bereits knallhart. Leugnen zwecklos. Er ist genauso scharf auf mich wie ich auf ihn.

Plötzlich unterbricht Henry den Kuss.

»Tu das nicht. Ich kann nicht mehr«, keucht er.

»Hast du dich vielleicht schon mal gefragt, ob ich noch kann?«

»Aber es darf nicht sein«, raunt er, während er meinen Hals mit Küssen bedeckt. Heiße Schauer laufen meinen Rücken hinunter. Was ist das für ein Widerspruch? Witzknoten.

»Ich weiß. Bald bist du wieder weg. Aber soll ich dir was sagen? Gerade ist es mir egal«, hauche ich aufgewühlt.

»Aber …«

»Wir zwei sind erwachsen, oder?« Entschieden schiebe ich die flachen Hände die Hüfte entlang zum Rücken bis zu seinen Shorts und greife beherzt an den knackigen Po, bevor ich mit den Daumen darunter schlüpfe und sie zusammen mit der Hose herunterschiebe.

Sein Glied springt hervor, und Henry krümmt sich keuchend. »Melissa, bitte.«

»Ja … bitte, lass es uns tun«, antworte ich erregt. Ich kann an nichts anderes mehr denken, als endlich einmal wieder einen Schwanz in mir zu fühlen. Seinen Schwanz. Ich spüre den Puls in meinen Ohren, als meine Finger den samtigen Schaft umschließen und die zarte Haut auf und ab bewegen.

»Wir … dürfen …«, stammelt er.

»Ja, wir dürfen, weil es niemand erfahren wird. Bitte, nur ein einziges Mal«, flüstere ich.

Henry knurrt, bevor er meinen Kopf in beide Hände nimmt und seine Zunge gierig meinen Mund erobert. Hungrig wühlt sie sich hindurch und vollführt einen wilden Tanz mit meiner. Meine Knie werden weich, und der ganze Körper fühlt sich schon nach ein paar Sekunden wie Gummi an.

Ich spüre ihn an meinem Po, den er kurz knetet, bevor er mein Kleid hochschiebt. Ein aufregendes Kribbeln zieht durch meinen Leib, lässt meinen Atem schneller gehen. Feuchtigkeit sickert zwischen meine Schenkel.

Henry zupft an meinem Rock und befreit meinen Leib bis zur Hüfte. Nun sieht er sie, meine Vorliebe für halterlose Strümpfe, und kommentiert sie mit einem gefälligen Laut. Als ich den Luftzug an den entblößten Körperteilen fühle, setzt es mich endgültig in Flammen. Im Stoß entlasse ich meinen Atem, während Henry mich gegen das Badezimmerschränkchen drängt. Wie in Trance öffne ich die Schublade, in der sich eine Packung mit Kondomen befindet. Fieberhaft entsiegle ich die Schachtel und fummle eines heraus, das ich ihm reiche. Doch er legt es auf die Ablage, dreht mich entschlossen um und beugt mich nach vorn. Aufgekratzt beiße ich auf meine Unterlippe, als mir klar wird, dass er mich von hinten nehmen wird. Genussvoll schließe ich die Augen, während Henry meinen Po ganz freilegt.

Ich genieße es, ihm ergeben meinen Hintern zu präsentieren. Voller Vorfreude stelle ich die Beine etwas auseinander. Er schiebt den Steg des Slips beiseite und dringt mit den Fingern ins heiße Fleisch. Ächzend stütze ich mich aufs Schränkchen, während er geschickt meine Muschi lüstern zucken lässt. Das facht mein Feuer noch mehr an, aufgekratzt hebe ich den Kopf.

Im Spiegel sehe ich Henrys Augen erregt funkeln. Wir sind wie zwei aufgestaute Vulkane, die sich unweigerlich entladen müssen. Doch er zögert. Nein! Nicht schon wieder unterbrechen. Auf ein weiteres Vorspiel muss ich verzichten, wenn ich zum Zuge kommen will.

Zitternd richte ich mich auf, schiebe meinen Slip herunter, lasse ihn auf den Boden fallen und steige mit einem Bein heraus. Henry beißt sich auf die Lippe, während er mich beobachtet. Schweigend drücke ich ihm ein Kondom in die Hand. Er schluckt, während er es annimmt.

Ungeduldig präsentiere ich mich ihm erneut und höre zufrieden das Rascheln der Kondomverpackung, als er sie öffnet. Ich schließe die Augen, während er sich das Gummi überstreift. Ein leises Keuchen entfährt mir, als ich ihn am Eingang spüre. Henry fackelt nicht lange und versenkt sich spielend leicht in mir. Ich kann nicht anders und beobachte seinen Gesichtsausdruck im Badezimmerspiegel. Er wirkt wie erlöst, als er in mich eindringt.

Dann konzentriere ich mich wieder mit geschlossenen Augen auf die köstliche Dehnung, die sein langersehntes Glied verursacht. Gierig fasst Henry meine Hüften und stößt mit einem Ruck bis zum Anschlag. Durch den bittersüßen Schmerz reiße ich die Augen wieder auf. Unsere Blicke finden sich im Spiegel, während Henry anfängt, mich zu ficken.

Seine vorsichtigen Bewegungen werden immer leidenschaftlicher, sein Gesichtsausdruck immer entrückter. Fasziniert beobachte ich seine wachsende Lust, was auch meine befeuert. Wir verlieren uns in unserer Leidenschaft, keuchen, seufzen sehnsüchtig und ächzen.

Immer gieriger kommt mein Unterleib ihm entgegen, immer versessener treibt er seinen harten Schwanz in mich hinein. Meine Pussy umklammert ihn zuckend, als der Höhepunkt meinen ganzen Körper mit warmen Schauern flutet. Laut stöhne ich die Erlösung heraus, bevor ich seine letzten harten Stöße genieße, die auch ihm den Orgasmus bescheren.

Die Anspannung weicht aus meinem Körper, während Henry seinen Kopf keuchend auf meinen Rücken legt und sich zurückzieht.

»Oh Mann, das war so gut«, erkläre ich, als ich etwas zu Atem komme.

Henry sieht nicht so glücklich aus, als er das Kondom herunterzieht, mit einem Knoten versieht und in den Kosmetikeimer wirft.

»Komm schon«, muntere ich ihn auf, während ich über seine Wange streichle. »Einmal ist keinmal.«

Henry nickt und zerrt die Hosen schnell wieder hoch. Ratlos beobachte ich, wie er seine Hände einseift, als könnte er damit die Schuld wegwaschen.

Ich schlucke. »Du hast doch kein schlechtes Gewissen, oder?«

»Du?«, fragt er mich mit ernstem Gesicht.

»Wir haben doch nichts Verbotenes getan«, erkläre ich schulterzuckend.

Doch Henry senkt den Kopf und verlässt schweigend den Raum.

Mir bleibt ein schaler Geschmack im Mund, als ich wieder in meinen Slip steige und ebenfalls die Hände wasche. Habe ich ihn jetzt gegen seinen Willen verführt, also faktisch vergewaltigt?

Ich stelle den Hahn auf kalt, forme die Hände zu Schaufeln und schlage mir frisches Wasser ins erhitzte Gesicht. Das tut gut, auch wenn ich mich jetzt noch einmal schminken muss.

Doch schon als ich das Badezimmer verlasse, spüre ich, dass mich das Gefühl der Befriedigung wieder verlässt. Der Akt hat mich nicht erlöst, eher hat er schlafende Hunde geweckt.

Fuck!

# 16

## Über die Hutschnur

Henry steht unschlüssig im Wohnzimmer, als ich die Treppe herunterkomme. Seine ungebundene Krawatte trägt er immer noch um den Hals. Wir stehen meterweit voneinander entfernt, doch schon jetzt merke ich, dass der Vorfall etwas mit uns gemacht hat. Leugnen zwecklos.

Die Hilflosigkeit, die ich in Henrys Augen erkenne, berührt mich tief. Wortlos tauschen wir Blicke. Tausend Gedanken schießen durch meinen Kopf, ohne dass ich auch nur einen davon fassen kann.

»Tut mir leid«, bricht Henry das Schweigen.

»Nein, mir tut es leid. Ich habe dich überrumpelt. Ich wollte nicht, dass du dich unwohl fühlst.«

Henrys Kiefermuskeln zucken.

Ob seine Zusage noch gilt, dass er meinen Freund spielt?

»Soll ich dir doch noch die Krawatte binden?« Ohne auf eine Antwort zu warten, gehe ich auf ihn zu. Wenn er jetzt nicht mehr mit will, wird er sich zurückziehen.

Er weicht nicht zurück. Erleichtert entlasse ich die Luft aus meinen Lungen. Konzentriert mache ich mich daran, das Stoffstück zu binden. Darüber, dass ich das Tragen einer Krawatte für private Anlässe ein wenig überholt finde, verliere ich kein Wort mehr.

»Und du hattest keine Lust, es zu lernen?«, frage ich, während ich die Stoffenden miteinander verschlinge.

»Nein, ich sah keinen Sinn darin. Na ja, eine Zeitlang sah ich überhaupt keinen Sinn in den Dingen, die meine Mutter für wichtig hielt«, erklärt er mit nach oben gestrecktem

Kopf. Sein Adamsapfel wandert dabei auf und ab, die dunkle Stimme vibriert bis in meinen Bauch. Der Geruch seines Aftershaves vernebelt meine Sinne. Oh Mann, ich denke schon wieder nur an eins.

Mein Verstand verabschiedet sich schleichend. Nachdem ich den Kragen heruntergeklappt habe, nehme ich sein Gesicht in beide Hände und streichle seine Wange mit den Daumen. Henry genießt die Berührung und atmet durch. Einen Moment habe ich das Gefühl, durch seine unergründlichen Augen ganz tief in seine Seele blicken zu können. Ich erkenne das unsichere Kind, bevor er die Lider schließt.

Ohne weiter darüber nachzudenken, versuche ich ihn zum Küssen herunterzuziehen, aber Henry hält gegen. Dafür nimmt er mein Gesicht in seine Hände.

»Lass es, bitte. Ich kann dir nicht geben, was du brauchst. Ich würde dich nur enttäuschen«, raunt er heiser.

Für einen Moment stockt mein Atem. »So? Woher weißt du denn so genau, was ich brauche?«

»Du bist eine tolle Frau. Schön, klug und sensibel. Du hast das nicht verdient.«

Ich schlucke. »Was habe ich nicht verdient? Dich?«

Henry nickt fast unmerklich. »Wir sind schon viel zu weit gegangen. Ich bin es nicht wert.«

»Was bist du nicht wert?«

»Dass du Gefühle investierst. Du darfst dich nicht in mich verlieben«, flüstert er eindringlich.

Ich muss schlucken und beiße mir auf die Unterlippe. Dieser Hinweis kommt zu spät – viel zu spät.

»Die Entscheidung, ob du es wert bist, musst du schon mir überlassen. Aber ich glaube, du überschätzt deine Wirkung auf mich«, erkläre ich so gelassen wie möglich.

Henry mustert mich aufmerksam. Trotzig halte ich seinem Blick stand. Er nickt. »Danke.«

»Wofür?«

»Fürs Krawattebinden …« Er wendet sich ab.

Ich komme mir stehen gelassen vor. Henry ist nach wie vor ein Buch mit sieben Siegeln. Ich frage mich, ob er sich überhaupt einem Menschen öffnen kann.

Der Fahrdienst hält vor dem Haus und holt mich aus den Gedanken. Henry greift zu seinem Jackett.

»Kein Jackett«, bitte ich ihn.

»Wieso so plötzlich? Soll ich etwa Lederjacke und Schlips anziehen?«

»Genau. Sieht doch cool aus. Ich war immer gegen den Anzug. Die Jacke ist so schön abgewetzt.« Flüchtig berühre ich seinen Arm. »Bitte … vertrau mir.«

»Meinetwegen«, antwortet Henry schulterzuckend.

Auf dem Weg zur Limousine läuft er hinter mir, hält wieder die Hand an meinen unteren Rücken. *Darauf möchte ich nicht mehr verzichten*, schießt es mir durch den Kopf. Ich seufze, denn es geht nicht danach, was ich möchte. Aus Gewohnheit will Henry vorne einsteigen.

»Hey, steig hinten zu mir ein. Vergiss nicht, du kommst als mein Freund mit, nicht als mein Bodyguard.«

Ein flüchtiges Lächeln huscht über sein Gesicht, bevor er wieder ernst wird. »Sorry. Reine Gewohnheit.«

»Ich muss dich noch warnen«, sage ich, als wir sitzen.

»Oha. Was kommt jetzt?«, fragt er grinsend.

»Meine Mutter kann ziemlich …«

»Anstrengend sein? Hab' ich schon mitbekommen.«

»Nein, herablassend. Sie ist sehr herablassend. Besonders zu Leuten, von denen sie meint, dass sie ihrem Stand nicht entsprechen. Sie fühlt sich als Oberschicht, und daraus macht sie keinen Hehl.«

»Tatsächlich? Soweit ich weiß, habt ihr mit eurem Konzern doch klein angefangen.«

»Sie ist zwar geborene Amerikanerin, aber sie behauptet, dass es in ihrer Familie adelige Europäer gibt.«

Henrys Augen werden groß. »Aufregend, oder? Das hat dich nie interessiert?«

Ich winke ab. »Findest du das komisch, dass es mir egal ist?«

Er zuckt mit den Schultern. »Normalerweise interessiert man sich doch für seine Wurzeln.«

»Hm, ich nicht«, antworte ich nachdenklich. »Womöglich liegt es daran, dass meine Mutter sich immer nur wenig für ihre Kinder interessiert hat. Überhaupt interessiert sie sich nicht viel für andere, und schon gar nicht für deren Leid. Wenn, dann war es nur vorgeschoben. Sie kennt nur sich, deswegen hat mich ihre Wichtigtuerei immer abgestoßen.«

»Weil sie mehr die Oberfläche poliert hat, als sich um euch zu kümmern?«

»Genau.«

»Also ist die Sache mit mir als Freund mehr als nur spätpubertäre Rebellion? Meinst du das?«

»Lass dich nicht von ihr verletzen. Das meine ich. Ich will nicht, dass sie dir wehtut, weil ... sie so rücksichtslos ist.«

»Ich weiß.«

»Wieso weißt du das?«

»Narzissten nennt man solche Menschen, die sich immer nur um sich selbst drehen. Ihr Herz ist kalt. Aber mach dir keine Sorgen, sie kann mir nichts anhaben.«

»Wirklich?«

»Bestimmt. Darf ich dich mal was fragen?«

»Natürlich.«

»Hat sie dich damit sehr verletzt?«

»Als Kind schon, aber ich habe im Laufe der Zeit eine Art Schutzschild gegen sie aufgebaut. Leider bleibt sie trotzdem meine Mutter.«

Henry holt tief Luft. »Leider?«

»Ja. Irgendwie bin ich abgestumpft, weil sie mich so oft enttäuscht hat.«

»Tut es sehr weh?«, erkundigt er sich mitfühlend.

»Nicht mehr ... wirklich nicht«, stelle ich erleichtert fest.

»Wie hast du es so problemlos überstanden?«

»Was meinst du?«

»Deine Kindheit.«

»Wir hatten liebe Kindermädchen, dafür hat unser Vater gesorgt. Er war immer für uns da.«

»Das hat er gut gemacht«, sagt er und tätschelt meinen Arm.

»Warum fragst du all das?«, erkundige ich mich, während ich nachdenklich über seinen Handrücken streichle.

»Na ja, als dein Freund sollte ich schon ein wenig über eure Familie wissen, oder? Wie haben wir uns zum Beispiel kennengelernt?«

»Warum nicht bei der Wahrheit bleiben? Mom wird es hassen, wenn ich mich mit dem Personal einlasse.«

Henry grinst. »Jetzt bin ich echt gespannt auf den Drachen.«

»›Drachen‹ ist gut«, meine ich kichernd.

Bertoldos Penthouse ist zweistöckig und ziemlich weitläufig. Jedes der Zimmer, die ohne Türen ineinander übergehen, hat eine andere spektakuläre Aussicht. Allein im unteren Teil verfügt es über sage und schreibe drei echte Kamine. Vor denen gibt es jeweils Sitzplätze, mal gemütlich, mal elegant, mal rustikal.

Wir setzen uns in einen größeren Raum mit einer ganzen Fensterfront. Über ein paar Hochhäuser hinweg erkennt man den Hudson River, der in der Abendsonne glitzert.

Die luxuriös ausgestatteten Räume tragen eindeutig die Handschrift meiner Mutter. Wahrscheinlich wäre sie sonst nicht hier eingezogen. Trotz der vielen Schnörkel und Brokatkissen auf den weißen Polstermöbeln wirkt die Wohnung irgendwie kalt, was sicherlich an ihrer erdrückenden Perfektion liegt.

»Da bist du ja, Darling«, begrüßt mich meine Mutter wie immer mit angedeutetem Küsschen-Küsschen.

»Hallo Mom.« Ihren Abstand von zwanzig Zentimetern zu meinem Gesicht nehme ich gar nicht richtig wahr. Es ist für mich Normalität, dass meine Mutter echte Berührungen mit ihren Kindern vermeidet. Erst als Henry die Szene aufmerksam beobachtet und kurzzeitig das Gesicht verzieht, als ob es ihm wehtut, fällt mir auf, wie unnatürlich das ist.

»Mom, das ist mein Freund, Henry.« Ich deute auf ihn.

»Henry Jones«, stellt er sich daraufhin mit ausgestreckter Hand bei meiner Mutter vor, die sie natürlich ignoriert.

Es kommt ihr gelegen, dass zur selben Zeit meine Schwester mit ihrem Freund Aiden eintrifft. Auch sie wird so unterkühlt begrüßt wie ich. Nur als sie Aiden willkommen heißt, hellt sich ihr Gesichtsausdruck etwas auf. Kein Wunder, denn Aidens Familie ist steinreich. Doch auch der bodenständige Gefährte meiner Schwester zeigt sich von Mom nur wenig beeindruckt. Vivienne wird ihm von ihr erzählt haben.

Meine Begrüßung mit Vivienne fällt dafür umso herzlicher aus.

»Musstest du für deinen Freund eigentlich einen Waffenschein beantragen?«, flüstert sie mir augenzwinkernd zu.

Ich lächle zufrieden und genieße für einen kurzen Moment die Bewunderung meiner kleinen Schwester, die in meinen Augen ihr Leben mit bemerkenswerter Entspanntheit meistert.

Vivienne und Aiden begrüßen Henry, als ob er schon immer zu mir gehört hätte.

Der Händedruck von Bertoldo, der kurz darauf zu uns kommt, fällt für alle gleich herzlich aus. Er trägt einen Anzug mit Fliege – wahrscheinlich auf ausdrücklichen Wunsch meiner Mutter.

»Entschuldigt, ich musste noch dringend etwas regeln«, begründet er seine Verspätung. »Darf ich euch noch meinen Neffen Jerry vorstellen?«

Mit gekünsteltem Lächeln nehme ich Jerrys übermäßig festen Händedruck entgegen. Jerry grinst überfreundlich und zeigt dabei eine Reihe unnatürlich weißer Zähne. Mit seinen dunklen, kurzen Haaren und dem markanten Gesicht ist er zwar attraktiv, aber für meinen Geschmack eine Spur zu gelackt.

Ob das jetzt der zweite Verkupplungsversuch meiner Mutter ist, nachdem die Sache mit Sesto gescheitert ist?

»Jerry konnte damals leider nicht zu unserer Verlobungsfeier kommen. Deshalb haben wir ihn jetzt dazu geladen«, erklärt meine Mutter.

Aha, klingt zwar logisch, macht mich aber skeptisch. Warum sollte sie einen für uns Fremden zu einem Familienessen bitten?

Wahrscheinlich liege ich richtig, denn sie versucht mich neben Jerry zu platzieren, während Henry ganz am Ende der Tafel sitzen soll. Wie kommt sie bloß darauf, dass ich das mitmache? Demonstrativ setze ich mich neben meinen Fake-Freund, was meine Mutter mit einem angestrengten Lächeln quittiert.

»Ich hoffe, das Menü sagt euch zu. Es sind die erlesensten Meeresfrüchte unseres großartigen Landes«, erklärt sie, bevor sie ihr Champagnerglas zum Toast erhebt.

Die Glocken werden vom Personal von den Vorspeisentellern gehoben, und ein Meeresfrüchteteller vom Feinsten wird freigelegt. Oh je, so was muss man essen können. Vorsichtig wage ich einen Blick zu Henry hinüber, doch der scheint unbeeindruckt. Er lächelt mir beruhigend zu.

Kurze Zeit später weiß ich, warum. Henry isst, als wäre er mit einem silbernen Löffel im Mund geboren worden. Nicht nur, dass er seine Serviette routiniert auf dem Schoß platziert und überhaupt nicht unsicher wirkt, auch geht er souverän mit Hummerzange und Schneckengabel um.

Ein Tischgespräch kommt nicht auf, alle essen andächtig. Dafür ist meine Mutter im Angebermodus und erzählt die ganze Zeit von ihrem Vermögen. Sie ist bei der Scheidung von meinem Vater großzügig abgefunden worden, und Bertoldo ist auch nicht gerade arm. Ich finde es traurig, wenn man im Reichtum seinen Lebenssinn sieht, und bemitleide sie im Stillen.

Aiden hat mit seinem Essen am meisten zu kämpfen. Meeresfrüchte scheinen nicht zu seinen Favoriten zu gehören. Konzentriert fummelt er das Fleisch aus den Schalen, doch man sieht ihm an, dass ihm ein ordentliches Steak lieber wäre.

Obwohl sie viel mit sich beschäftigt ist, kann meine Mutter ihre Überraschung über Henry nicht verbergen.

»Wie schmeckt Ihnen der Wein?«, fragt sie ihn neugierig.

Henry tupft sich die Lippen ab, bevor er vom Weißwein probiert. Kompetent rollt er ihn im Mund herum, bevor er schluckt. »Nicht schlecht. Prinzipiell ist es nicht einfach, einen passenden Wein zu einer Meeresfrüchtemischung zu finden. Hier ist man mit einem vollmundigeren Weißwein oder einem Rosé gut beraten. So ein kräftiger Riesling ist da durchaus eine gute Wahl.«

Super! Ich kichere still in mich hinein. Diese Frage hat meine Mutter nur gestellt, um Henry zu blamieren. Es freut nicht nur mich, sondern auch meine Schwester, mit der ich amüsierte Blicke tausche, dass ihr das nicht gelungen ist.

»Ja, es ist einer der besten Rieslinge aus Deutschland. Die besten Weißweine kommen aus Deutschland. Finden Sie nicht?«, setzt meine Mutter nach.

»Oh, ich finde, dass die französischen Roséweine ebenfalls wie geschaffen für dieses Essen sind. Aber wir sollten auch das Licht unserer amerikanischen Weine nicht unter den Scheffel stellen. Ich denke da an ein paar neue Winzer aus dem Santa Barbara County, die wirklich kreativ sind. Ein ziemlich perfektes Beispiel dafür, wie beim Chardonnay mehr Traubengeschmack, feiner Schmelz und Würze zur Geltung kommen. Der Wein ist perfekt gereift und daher ein genialer Essensbegleiter«, antwortet Henry mit höflichem Schmunzeln.

Jetzt bleibt auch mein Mund kurze Zeit offen. Woher weiß er das alles?

»Sie nehmen Ihren Job als Goldgräber aber verdammt ernst. Die Ausbildung hat sicher einiges gekostet«, lässt meine Mutter mit einem säuerlichen Lächeln ihre Maske fallen.

Alle anderen am Tisch sehen sich verlegen an, die Stimmung ist endgültig gekippt. Wenn sich die Dinge nicht so entwickeln, wie sie sich das vorstellt, kann meine Mutter sehr verletzend sein. Ich hatte Henry ja gewarnt, aber der scheint auch nicht überrascht.

»Die Ausbildung hat gar nichts gekostet, Ma'am. Meine Mutter hat immer großen Wert darauf gelegt, dass wir uns auch in der so genannten Upperclass sicher bewegen können«, erklärt er trocken.

Mom lächelt unsicher. »So? Ihre Mutter hatte wohl Großes mit Ihnen vor?«

»Es hat mich nie interessiert, was meine Mutter mit mir vorhatte. Ab einem gewissen Alter habe ich mich an die Gegebenheiten angepasst.«

Henry beendet das Essen und krempelt demonstrativ die

Ärmel hoch. Seine tätowierte Haut kommt zum Vorschein. Es herrscht eine Atmosphäre wie vor einer Schießerei im Western. Niemand traut sich, etwas zu sagen.

»Das sieht mir aber nach den Gegebenheiten eines Gettos aus«, antwortet meine Mutter mit gerümpfter Nase, während sie Henrys Arme mustert.

»Das sieht nicht nur so aus, aber *Getto* ist vielleicht etwas übertrieben«, antwortet er ungerührt.

»Sie sind von Ihrer Mutter zum Goldgräber erzogen worden?«, kreischt meine Mutter.

»Da muss ich Sie leider enttäuschen. Ich bin auf den besten Schulen erzogen worden ... Bis ich fünfzehn war und mein Vater sich an der Börse verspekulierte. Wir waren gezwungen, in eine schlechte Gegend zu ziehen.«

»Und dort sind Sie dann zum Rüpel geworden?«

Henry schnappt nach Luft. Jetzt scheint es mit seiner Gelassenheit vorbei zu sein. »Woher wissen Sie denn, dass ich ein Rüpel bin? Ich denke, der Rüpel sind eher Sie.«

»Bodenlos unverschämt sind hier nur Sie. Was sind Sie schon, dass Sie sich hier so aufspielen?«

»Bodyguard. Er ist mein Bodyguard. Und ganz und gar kein Rüpel«, werfe ich ein.

»Bodyguard ... Was sonst? Na ja, du musst schon verstehen, dass ich ihm auf den Zahn fühle, wenn er sich so ungeniert in unserer Familie einnistet ...«

»Mom! Es reicht!«, unterbreche ich sie und pfeffere meine Serviette auf den Teller. »Anscheinend willst du, dass ich gehe!«

Beruhigend legt Henry seine Hand auf meine.

Ein triumphierendes Lächeln erscheint auf dem Gesicht meiner Mom. »Entschuldige mal, aber irgendjemand muss dir ja klarmachen, dass du in dein Unglück rennst. Was habe ich bloß falsch gemacht? Sagt dein Vater überhaupt nichts dazu?«, schießt sie weiter.

»Nein, denn er möchte, dass ich glücklich bin!«, fauche ich. Dieser Standesdünkel bringt mich so in Rage, als ob Mom meinen echten Freund attackiert hätte.

»Kindchen, siehst du denn nicht, dass dieser Kerl hier nichts für dich ist? Du brauchst jemanden, der das Familienunternehmen später unterstützt, wenn du Kinder bekommst. Jemanden mit Geschäftssinn.«

»Ich hätte aber auch eine Mutter gebraucht, die mich unterstützt und nicht immer nur Forderungen stellt!«, platzt es aus mir heraus.

»Egal. Dir kann man sowieso nichts recht machen, Mom«, steht meine Schwester mir zur Seite.

»Seht ihr? Merkt ihr denn nicht, wie dieser Abschaum hier jetzt schon unsere Familie zerstört?«, entrüstet sich meine Mutter, während sie auf Henry zeigt. Selbst Bertoldo sitzt fassungslos dabei. So unkontrolliert hat er meine Mutter sicher noch nicht erlebt.

»Jetzt bist du aber wirklich zu weit gegangen«, presse ich hervor. »Ich bin weg!«

»Mutter, du bist unmöglich«, bestätigt Vivienne und steht auf. »Kannst du dich nicht einmal zurücknehmen?«

»Komm, Henry. Für mich ist das Essen zu Ende«, schnaube ich.

»Soll ich dir den Fahrdienst rufen?«, fragt Bertoldo verunsichert.

»Nein, danke, wir nehmen ein stinknormales Taxi, wie stinknormale Leute!«

»Sei doch vernünftig, es ist zu gefährlich«, kreischt meine Mutter.

»Gefährlich bist höchstens du! Ich habe ja meinen Bodyguard immer dabei«, blaffe ich zurück.

»Wir gehen auch. Die Stimmung ist hin«, lenkt meine Schwester von mir ab.

Jetzt schaltet meine Mutter in den Dramaqueen-Modus.

»Ich weiß nicht, womit ich das verdient habe. Ich habe doch alles für euch getan und mich immer für euch eingesetzt. Da kann man doch ein bisschen Dankbarkeit erwarten. Stattdessen tretet ihr alles, was ich mit eurem Vater zusammen aufgebaut habe, mit Füßen. Ich weiß nicht, ob *ich* euch das so schnell verzeihen kann«, zischt sie bösartig.

Zwanzig Jahre früher hätte sie mich mit dem Tonfall beeindruckt, jetzt bestimmt nicht mehr.

»Schnell raus hier«, flüstert meine Schwester mir zu.

Wir winken nur kurz zum Abschied, vorwiegend für Bertoldo und Jerry, die die Szene fassungslos verfolgt haben.

»Das werde ich euch nicht vergessen!«, wirft unsere Mutter uns hinterher.

Wir seufzen im Gleichklang und rennen fast zum Ausgang.

»Tut mir leid, dass ich euch das Essen verdorben habe«, entschuldige ich mich bei meiner Schwester und Aiden, bevor wir in die Autos einsteigen.

»Mach dir keinen Kopf, das hast du nicht. Die Frau geht einem ja über die Hutschnur. Du hast uns eher den Abend gerettet. Wir werden jetzt erst mal was Ordentliches essen«, antwortet Aiden lächelnd.

»Ich wünsche euch eine wunderschöne Zeit, habt Spaß«, verabschiedet sich meine Schwester.

Ich winke ihr noch einmal zu. »Ihr auch.«

# 17

## Echt jetzt?

Diesmal muss ich Henry nicht auffordern, auf dem Rücksitz Platz zu nehmen. Er setzt sich ganz von alleine neben mich. Fürsorglich legt er seinen Arm um meine Schulter und zieht mich an sich. Vertrauensvoll schmiege ich meinen Kopf an seine Brust und spüre seinen regelmäßigen Atem. Seine Hand streichelt sacht über mein Haar. Das gibt mir ein Gefühl von Geborgenheit, das ich schon ewig nicht mehr erlebt habe.

»So ganz gleichgültig scheint dir deine Mutter ja nicht zu sein«, flüstert er.

»Doch, ist sie«, beharre ich. »Es tut mir leid, wie sie dich behandelt hat.«

»Mach dir keinen Kopf. Ich komme damit klar. Sie ist schließlich nicht meine Mutter.«

Ich schluchze, und er zieht mich noch fester an sich.

Während des ganzen Weges reden wir kein Wort mehr. Ich genieße einfach nur die Zärtlichkeit, die ich schon lange vermisse, und wünsche mir, dass die Fahrt nie endet.

Als wir zu Hause angekommen sind, bin ich völlig entspannt, fast glücklich. Und ich möchte, dass dieser schöne Moment noch nicht vorbei ist.

»Trinken wir noch eine Flasche Rotwein zusammen? Und was hältst du von einer Tüte Chips? So als Abendbrotersatz?«, frage ich Henry.

»Warum nicht?«, antwortet er schulterzuckend.

Er holt die Gläser, während ich den Wein und die Chips besorge.

»Wollen wir uns einen Film ansehen?«, schlage ich vor, obwohl ich gar keine Lust dazu habe. Lieber würde ich mit ihm auf der Couch kuscheln oder reden oder beides.

Zum Glück schüttelt er den Kopf. »Mir wäre es lieber, wenn wir uns noch ein bisschen unterhalten. Ich glaube, das brauchst du jetzt.«

»Musst du nicht auch etwas loswerden? Ich kenne meine Mutter schließlich schon ein Leben lang. Aber so verletzend habe ich sie noch nie erlebt«, antworte ich leise.

»Ja, es war schon krass, aber so leicht verletzt man mich nicht.«

»Ich denke, ihr Plan ist es eher, *mich* zu verletzen. Sie wertet nicht nur dich, sondern auch meine Menschenkenntnis ab. Sie will mich verunsichern.«

»Vielleicht durchkreuze ich tatsächlich ihre Pläne.« Henry reibt sich nachdenklich am Kinn.

»Dieser angebliche Neffe, Jerry ... hat mich die ganze Zeit so angesehen. Hast du das auch bemerkt?«, frage ich, während ich den Wein einschenke.

Henry nickt.

»Er war gar nicht auf der Verlobungsfeier, was ich merkwürdig finde. Könnte sie einen neuen Kandidaten erkoren haben, nachdem ihre erste Wahl, Sesto, versagt hat?« Ich stelle die Flasche beiseite.

»Hm, möglich.«

»Ich weiß nicht, meine Mutter hatte zwar schon immer ihre Vorstellungen, aber so extrem wie in der letzten Zeit hat sie sich noch nie eingemischt«, grüble ich und setze mich neben ihn.

Wir stoßen an und sehen uns dabei in die Augen. Ein warmes Kribbeln zieht in meinen Bauch.

»Sag doch auch mal was«, fordere ich ihn auf.

»Ich hatte ja so meine Vorurteile ... Vorstellungen von deiner Mutter. Aber ich muss zugeben, dass die noch übertroffen worden sind«, murmelt Henry und nimmt einen Schluck.

»Mir ist das früher nie so aufgefallen, wie ... kalt sie ist.«

»Du bist ihr Kind. Kinder nehmen ihre Eltern so, wie sie sind. Aber wenn ich es nicht gewusst hätte, würde ich nicht denken, dass ihr Mutter und Tochter seid, so distanziert verhält sie sich.«

»Ja, stimmt.« Nachdenklich drehe ich das Glas mit der tiefroten Flüssigkeit in meinen Händen und rufe mir den Abend noch einmal ins Gedächtnis. »Sie schien ziemlich verwundert, dass du so gut mit den Meeresfrüchten umgehen konntest. Sicher wollte sie dich damit blamieren, denn sie mag das Zeug gar nicht so gern. Es hat mich gefreut, dass ihr das nicht gelungen ist. Und als du dann derart lässig die Ärmel hochgekrempelt hast, um die Tattoos freizulegen, hat mich das geradezu begeistert. Danke dafür.«

Henry grinst und greift noch einmal zum Glas. »Ja, erst wollte ich es ja nicht, fand es kindisch, aber irgendwann musste ich das einfach tun.«

Wir lächeln uns an, wie zwei Verschworene, die dem Feind eins ausgewischt haben. Sofort gehen die Blicke tiefer, Henrys Gesichtsausdruck wird wieder ernst. Ich will diese Verbindung, die nicht mehr zu leugnen ist. Er soll sich nicht schon wieder von mir abwenden.

»Erzähl mir von dir. Du hast gesagt, dass du aus reichem Haus in eine Arme-Leute-Gegend kamst.«

Henry schluckt. »Ja, es war hart. Und es war hart, dass meine Mutter sich trotzdem weiter krampfhaft als etwas Besseres fühlen wollte.«

Meine Augen werden groß. »Hat sie verlangt, dass du das auch solltest?«

»Jupp. Du kannst dir vorstellen, dass das absolut nicht funktionierte.« Ernst schaut Henry auf sein Glas und schwenkt den Wein darin. Es muss eine schlimme Zeit gewesen sein.

»Deswegen bist du gemobbt und verprügelt worden«, ergänze ich.

Er sieht auf. »Logisch, oder? Auch wenn du nicht in solch einer Gegend groß geworden bist.«

Ich nicke. »Ich glaube, ich kenne das Gefühl, das du damals hattest.«

Henry schaut mich nachdenklich an. »Na ja, ich weiß nicht, ob man es vergleichen kann. Immerhin warst du nie arm.«

»Aber ich war die Unschuld vom Lande, die die affektierten Städter nicht mochte. Und umgekehrt.«

»Ich dachte, es war nur, um deiner Mutter eins auszuwischen?«, fragt er mit gekrauster Stirn.

»Was war zuerst da? Das Huhn oder das Ei? Ihr waren meine Freundinnen und Freunde noch nie gut genug.«

»Und wie war es bei deiner Schwester?«

»Die war schon immer kreativ, hat viel gemalt ... ein Künstlertyp, hatte ihren eigenen Kopf. Sie hat sich nie einengen lassen.«

»So schätze ich sie auch ein, ein bisschen verrückt. Ich mag Leute, die sich nicht verbiegen lassen«, meint Henry lächelnd.

»Oh ja, ein bisschen verrückt, das ist sie. Sie bringt Leben in die Bude, hat Paps immer gesagt«, erkläre ich versonnen. »Aber weißt du was? Trotz meiner anstrengenden Mutter hatte ich keine schlechte Kindheit. Vor allem nicht in Vermont.«

»Warst du neidisch auf deine Schwester?«

»Seltsamerweise nicht. Das, was sie macht, hätte ich nicht machen wollen. Ich bin anders.«

Henry schüttelt den Kopf. »Auf ihre Freiheit, meine ich?«

»Hm ... neidisch nicht direkt. Aber mein kleiner Bruder hat seine Ella … Und dann fand Vivienne ihren Aiden praktisch auf der Straße … Paps heiratet seine Geliebte. Da dachte ich: Und ich? … Also ja, schon irgendwie neidisch.«

Er schluckt. Meine Bemerkungen hinterlassen offensichtlich unangenehme Gefühle.

»Es tut mir leid … Ich wollte nicht …«, stammle ich und beiße mir auf die Lippe. »Wie war das bei dir? Ich meine, hast du auch Geschwister? Wie hast du dich so gefühlt?«

Henry holt tief Luft. »Mein Vater verschwand, er war ein ähnlicher Typ wie deine Mutter. Meine Mutter versank irgendwann in Depressionen … Weil sie sich mit dem sozialen Absturz nicht abfinden wollte. Sie ist dem Alkohol verfallen.«

Mitfühlend lege ich meine Hand auf Henrys Arm. »Tut mir leid.«

Er sieht mich ernst an. »Ja, mir auch.«

»Weißt du, wo dein Vater jetzt ist?«

»Nein, der ist für mich gestorben. Er hat sich so rücksichtslos verhalten, allen gegenüber«, erklärt er traurig.

»Es darf nur nicht zu sehr unser Leben bestimmen. Du klingst so verbittert.«

Henry richtet sich auf. »Dich lässt das natürlich alles kalt. Hab' ich vorhin gesehen«, erklärt er bissig. Was ist denn jetzt schon wieder?

Energisch nehme ich sein Gesicht zwischen meine Hände und zwinge ihn, mich anzublicken. »Ich weiß, was du meinst. Aber ich versuche sie einfach nicht so nah an mich herankommen zu lassen. Etwas anderes bleibt mir sowieso nicht übrig. Ich lasse mich nicht für ihre Zwecke einspannen, das kann sie vergessen.«

Jetzt nimmt auch Henry mein Gesicht zwischen seine Hände.

»Du ahnst ja nicht, wie froh ich darüber bin«, sagt er so eindringlich, dass ich schlucken muss.

Auf einmal werden seine Züge weich. In seinen Augen funkelt Liebe. Er gibt nach, als ich meine Hände in seinen Nacken gleiten lasse, um ihn zu mir herunterzuziehen. Kurz öffnet er den Mund, als wollte er etwas sagen. Ich lege meinen Zeigefinger auf seine Lippen.

»Alles kommt so, wie es kommen muss«, flüstere ich, bevor sich unsere Münder finden. Sein Geruch, sein Geschmack, die Berührung seiner Lippen lassen in meinem Bauch einen kleinen Aufruhr entstehen. Glück durchströmt mich warm bis in die letzte Zelle, als auch Henry sich dem Kuss hingibt.

Zärtlich erforschen und streicheln wir uns, bis unser schneller werdender Atem die steigende Erregung verrät. Henrys Zunge dringt energischer vor, ich kralle mich in sein Haar. Seine Hände laufen den Rücken hinunter und hinterlassen eine Feuerspur. Mein Atem stockt, als ich ein Ziehen im Unterleib spüre. Diesmal wird es anders werden. Diesmal wird keiner von uns den Sex bereuen.

Aufgeregt beginne ich sein Hemd aufzuknöpfen. Henry keucht leise, als ich Küsse auf seine muskulöse Brust setze. Verdammt, er riecht einfach unfassbar gut. Ungeduldig zerre ich das Hemd aus der Hose.

Doch plötzlich bremst er mich und schiebt mich weg.

»Das kannst du nicht machen! Nicht schon wieder«, presse ich hervor. »Was habe ich dir getan, dass du so etwas mit mir machst?«

Henry bedeckt sein Gesicht mit den Händen. »Wir überschreiten immer wieder die Grenze. Es tut mir leid. Ich kann und darf das nicht. Ich werde den Fall abgeben.«

Meine Kehle blockiert, ich ringe nach Luft.

»Was heißt das?«, stammle ich.

Er sieht mich traurig an. »Ich werde meinen Chef bitten, dass jemand anders meinen Job übernimmt«, antwortet er leise.

»Aber warum tust du das? Warum tust du mir immer weh?«

»Ich weiß, es ist schwer zu verstehen. Wir dürfen uns nicht lieben.« Henry wendet sich ab und reibt sich mit Daumen und Zeigefinger über die Augen.

»Schwer zu verstehen? Überhaupt nicht zu verstehen«, ereifere ich mich. »Es gibt so viele Beziehungen von Prominenten mit ihren Bodyguards. Schau in die Presse, die Nachrichten sind voll davon. Was faselst du da die ganze Zeit von verbotener Liebe?«

»Das ist etwas anderes.«

»Weil du verheiratet bist? Mir fällt kein anderer Grund ein. Du machst mir auf jeden Fall nicht weis, dass du nichts für mich empfindest. Das merke sogar ich.«

»Sicher empfinde ich etwas, aber das ist rein körperlich«, antwortet Henry rau. Seine Stimme ist kalt, seine Augen sind leer.

Ernüchterung rieselt wie ein eisiger Schauer durch meinen Körper. Tränen steigen auf.

»Merkst du überhaupt nicht, dass du mir wehtust?«, krächze ich.

»Doch, deshalb muss ich den Job hier auch beenden.«

Es ist zu spät, um noch eine Mauer um mein Herz zu bauen. Wie konnte ich nur so unvorsichtig sein? Warum falle ich immer wieder auf dieselben Typen herein? Aber so blind wie dieses Mal bin ich noch nie auf einen Abgrund zugelaufen. Die Dämme brechen, ich kann meine Enttäuschung nicht mehr zurückhalten.

Ergriffen zieht Henry mich an sich und umarmt mich fest.

»Schschscht.« Mit seinem Oberkörper wiegt er mich wie ein Baby.

Ich drücke ihn weg. »Ich glaube dir nicht, dass du nichts für mich empfindest!«

Henry schluckt und seufzt. »Selbst wenn es so wäre, es ändert nichts.«

Blanker Hass durchfährt meinen Körper wie ein Blitzschlag. Wütend trommle ich auf seine Brust. »Warum hast du es dann so weit kommen lassen?«

Henry hält meine Hände fest. »Weil ...«

»Du ein Arschloch bist! Ein verdammtes Arschloch! Wie alle anderen Männer auch!«, fauche ich, während ich versuche, mich zu befreien. »Lass mich los.«

Henry gehorcht, sein Körper erschlafft. »Ja ... ja, ich bin ein Arsch.«

»Ein egoistischer Arsch.«

»Ja, verdammt«, antwortet er mit brechender Stimme. Blitzschnell steht er auf und rennt die Treppe hinauf, indem er zwei Stufen auf einmal nimmt.

Ich schaue mich aufgebracht um, ob ich nicht etwas finde, das ich dramatisch gegen die Wand pfeffern kann. Doch leider sehe ich nur ein Sofakissen. Das durch die Gegend zu schmeißen, ist nicht sehr befriedigend. So schenke ich mir noch einmal großzügig nach und leere das Glas in einem Zug.

Wieso trinke ich schon wieder? Der Typ ist es doch gar nicht wert!

Besser, ich sammle mich, atme tief durch und stecke den Korken auf die Flasche. Ich habe keine Lust, das Zeug noch wegzuräumen. Morgen, am Samstag, ist mein Putztag, und Henry wird mir helfen. Schließlich hat er auch Dreck gemacht.

Offensichtlich telefoniert er schon wieder, als ich nach oben komme. Ich widerstehe dem Drang, mich anzuschleichen und zu lauschen. Das wäre ja noch schöner. Ich klopfe.

»Konnte ich nicht ... Nein ... Da bin ich mir ganz sicher, Sir«, raunt er gerade, als ich meinen Kopf zur Tür hereinstecke. Erwischt schaut er mich an. »Wie gesagt. Montag.

Vielen Dank und einen schönen Abend«, beendet er schnell das Gespräch.

»Ich wollte dich nur informieren, dass wir morgen früh aufstehen müssen«, krächze ich kühl.

»Okay? Was liegt an? Willst du arbeiten?«

»Schon, aber nicht im Büro. Samstagmorgens putze ich immer die Wohnung.«

Henry nickt. »Alles klar, bin dabei.«

»Danach habe ich versprochen, meiner Freundin beim Umzug zu helfen. Könntest du da vielleicht Kisten schleppen?«

»Kommt drauf an, wie viel das ist«, antwortet er augenzwinkernd.

»Mach dir keine Sorgen. Selbst so Hänflinge wie du dürften das bewältigen.«

Henry lächelt. »Okay, gerne.«

»Na, dann ... schlaf gut.«

»Du auch«, wünscht er mir, während ich meinen Kopf zurückziehe.

Im Bad überlege ich wütend, wie ich ihm eins auswischen könnte. Wenn ich mit meiner Freundin nach dem Umzug in den Club gehe, werde ich ihn provozieren. Wenn's sein muss, bis aufs Mark. Dann werden wir ja sehen, ob ich es mir einbilde und er mich nur ficken wollte, oder nicht. Was er kann, kann ich auch. Rache ist Blutwurst.

Erleichtert verlasse ich das Bad und begegne Henry, der die Chipstüte und die angebrochene Flasche Wein unter dem Arm hat.

»Ich dachte ...«, beginnt er verlegen. »Möchtest du auch noch etwas?«

»Nein, mir ist der Appetit vergangen. Außerdem habe ich schon die Zähne geputzt. Und stell dir vor, ich habe sogar eine zweite Tüte in Vorrat, falls mich doch noch Hunger überwältigt.« Okay, das kam jetzt ziemlich zickig rüber, aber ich kann gerade nicht anders. »Habe ich dir eigentlich schon erzählt, dass ich nach dem Umzug mit meiner Freundin feiern gehe? Sie ist gerade von einem Arschloch verlassen worden. Das wollen wir feiern.«

Henry nickt, erwidert aber nichts. Er sieht aus, als hätte er auch keinen Appetit mehr, als er in seinem Schlafzimmer verschwindet. Ein Punkt für mich.

Berauscht vom winzigen Triumph lege ich mich ins Bett und male mir vor dem Einschlafen aus, wie ich Henry provozieren werde. Ich werde flirten, was das Zeug hält. So lange, bis er seine Gefühle für mich offenbart. Ich werde in der Clubmusik schwelgen, selbstvergessen tanzen und Henrys schmachtende Blicke genießen. Ich werde mich begehrt und schön fühlen. Vor meinem inneren Auge erscheint der Abend wie ein grandioser Siegeszug. Ich fühle mich besser, und dank des Weines gleite ich schnell in den Schlaf.

# 18

## Der Umzug

»Du kannst jetzt die anderen Kartons holen«, weise ich Henry beim Umzug an. Der nickt und verschwindet, um Madisons restliche Sachen aus dem Auto in die winzige Wohnung zu schaffen.

Schon den ganzen Tag verhält er sich, als hätte er etwas wiedergutzumachen. Was mich nur noch mehr dazu anspornt, ihn zu behandeln, als wäre er mein persönlicher Diener. Doch Henry lässt sich bisher alles gefallen, um sein schlechtes Gewissen zu beruhigen. Klaglos hat er alle Klos und Fliesen geputzt. Mein Haus wurde in Rekordzeit gesaugt und gewischt wie schon lange nicht mehr. Leider kann ich mich an der strahlenden Sauberkeit nicht freuen. Der Gedanke, dass er bald aus meinem Leben verschwunden sein wird, macht mich traurig. Und im nächsten Moment hasse ich mich dafür, dass es mich traurig macht, weil es ihn anscheinend nicht kratzt. Wenigstens kann ich mich mit dem Umzug meiner Freundin ein bisschen ablenken. Ich muss Henry nur konsequent aus meinem Blickfeld verbannen …

»Oh Mann, das habe ich mir in den kühnsten Träumen nicht ausgemalt, wie sehr du einen neuen Style brauchst. Beziehungsweise überhaupt einen, denn das, was du da an Zeug hast, kann man wohl kaum als Style bezeichnen.« Ich seufze, während ich meiner besten Freundin dabei helfe, ihre Kleider in den kleinen Schrank zu räumen.

»Das ist klassisch«, verteidigt sie sich.

Madison kleidet sich, als wäre sie zwanzig Jahre älter. Fast scheint es, als wollte sie damit unsichtbar sein. »Pfft, klassisch. Dass du im Studium nur Jeans und Shirts getragen hast, konnte ich ja noch verstehen. Aber du arbeitest in der Modebranche, Mädel.«

»Na ja, das Modekaufhaus war auf ältere Kundschaft spezialisiert, da hat man so etwas erwartet. Und Michael mochte es auch nicht, wenn es zu auffällig war«, antwortet sie schulterzuckend. »Ich selbst fühle mich auch wohler, wenn es nicht zu sexy ist.«

»Ganz ehrlich? Bei den meisten Sachen lohnt sich das Einräumen gar nicht. Was hat Vivienne dazu gesagt?« Gleich tut mir meine Frage wieder leid, denn Madison wirkt verunsichert. »Entschuldige, ich bin ein bisschen im Stress«, murmle ich. Sie soll nicht unter meinem Ärger über Henry leiden. Doch meine Freundin sieht nicht beleidigt aus. Sie lächelt lieb. Sie ist mir nie böse. Sie ist ein Schatz.

»Nichts. Sie war nur kurz da, dann ist sie nach Texas aufgebrochen. Mir ist schon klar, dass ich modischer werden muss. Deshalb habe ich mit der Frisur angefangen«, antwortet sie und fährt sich durchs Haar.

Ich schüttle den Kopf. Der Schnitt ist zwar modisch – asymmetrisch mit Undercut –, aber passt nicht zu ihr. »Zu der Frisur sage ich jetzt nichts. Es ist ein Jammer um deine schöne wilde Mähne. Die war toll. Ich habe dich immer drum beneidet.«

»Wirklich? Wie kann man so ein Chaos nur gut finden?«

»Meinst du, über so etwas mache ich Scherze?«

»Weiß nicht. Michael fand immer, ich sehe damit unordentlich aus.«

»Michael hier, Michael da. Hast du eigentlich alles gemacht, was dein Verlobter wollte? Früher ist mir das gar nicht so aufgefallen, aber in der letzten Zeit …«

Meine Bemerkung stimmt Madison nachdenklich. »Hm, vielleicht hat er mich wirklich zu sehr beeinflusst.« Ein tiefer Seufzer entfährt ihr. »Na ja, jetzt bleibt mir genug Zeit, es herauszufinden.«

»Sehe ich auch so. Du brauchst dringend neue Arbeitskleidung«, erkläre ich und klopfe ihr freundschaftlich auf die Schulter.

Sie nickt. »Ist mir klar. Vielleicht kannst du mich beraten?«

Ich winke ab. »Oh no. Das macht besser Vivienne. Du musst schließlich ihre Firma repräsentieren, nicht meinen Geschmack.«

»Ja, vielleicht. Ich kann ja auch mal im Internet recherchieren, was gerade angesagt ist.«

»Im Prinzip keine schlechte Idee, aber man braucht schon einen eigenen Style, der zu einem passt.«

»So smarte Kleider wie du, die finde ich toll«, murmelt sie.

Ich weiß nicht, warum diese hübsche und kluge Frau so wenig Selbstbewusstsein hat. Ich habe mir da schon den Mund fusselig geredet, alles umsonst. Gut, dass sie jetzt ihren Verlobten los ist und endlich selber laufen lernen muss. Und ich sollte auch froh und zufrieden sein mit meiner Situation. Wer braucht schon Männer? Es gibt doch viele alleinerziehende Mütter und zur Not sogar Samenbanken. Für mich wäre das noch nicht einmal ein wirtschaftliches Problem.

Das alte Bett knarzt, als ich mich darauf setze.

»Mich hat es immer genervt, wenn meine Mutter mir etwas aufdrücken wollte. Sie ist das personifizierte Bling-Bling. Eine Zeitlang hatte ich dadurch keinen Spaß an Mode, aber das hat sich zum Glück wieder geändert. Ich will unbedingt mehr vom Leben haben als Arbeit«, erkläre ich euphorisch.

Mein Körper wippt auf der weichen Matratze, als Madison sich zu mir gesellt. Sie braucht unbedingt ein neues Bett, aber das scheint ihr im Moment nicht wichtig.

»Du weißt immer genau, wohin dein Weg geht, oder?«, vermutet sie.

»In letzter Zeit bemühe ich mich stärker, meinen eigenen Weg zu finden. Im Grunde geht es doch immer darum, oder? In so einer Familie wie meiner sind die Erwartungen an die Mitglieder immer hoch. Deshalb ist es oft alles andere als leicht, sich da durchzusetzen.« Oh Mann, höre ich mir eigentlich selber zu?

»Woher nimmst du nur den Mut?«, fragt meine Freundin trotzdem bewundernd.

»Den habe auch ich nicht immer, aber das braucht keiner zu wissen«, gebe ich augenzwinkernd zu.

»Ich wäre schon froh, wenn ich nur den Mut für einen neuen Style hätte.«

»Weißt du was? Du brauchst mehr Mut für das altmodische Zeug, das du gerade trägst«, erkläre ich lachend.

»Sehr witzig.«

»Doch erst einmal benötigst du etwas für heute Abend – ganz dringend. Ich habe beim Einräumen nichts gesehen, was du in der Disco anziehen könntest, und frage mich, was du tragen willst.« Aufmunternd klopfe ich ihr auf den Oberschenkel, bevor ich wieder aufstehe.

»Willst du wirklich noch in den Club? Ich bin ziemlich kaputt«, wiegelt sie ab.

»Kommt nicht infrage. Das war der Deal. Ich helfe dir, und du begleitest mich zum Tanzen«, erinnere ich sie.

»Können wir nicht für den Anfang einfach nur in eine Cocktailbar gehen oder so?«

»Und uns von schmierigen Männern einen ausgeben lassen? Da kann man doch nichts erleben. Wovor hast du Angst? Mein Bodyguard kommt doch mit«, beruhige ich sie.

»Dein Bodyguard beschützt dich nur vor körperlichen Angriffen. Nicht vor Angriffen auf dein Herz«, beharrt sie.

Wenn sie wüsste, dass sie da mehr als recht hat. Ich drehe mich weg, damit sie meine Reaktion nicht sehen kann.

»Das will ich doch mal schwer hoffen«, brumme ich.

»Aber das *Tigers* hat so einen schlechten Ruf.«

Ich grinse so breit wie möglich, denn Henry hat gerade den Raum betreten und Madisons Bedenken mitbekommen. »Genau darum ist der Club ja auch so angesagt. Nur so erlebt man doch etwas.«

Madison hebt die Augenbrauen. »Ich dachte, deine biologische Uhr tickt. Glaubst du wirklich, dass du dort deinen Mann fürs Leben findest?«

»Ach, es geht doch um den Spaß. Ich habe das Flirten in den letzten Jahren glatt verlernt. Aber die Zeiten sind vorbei, jetzt kommt das Projekt Baby dran. Wer nicht wagt, der nicht gewinnt.«

»Ich soll dich übrigens von Logan grüßen«, bringt sie das Gespräch auf ein anderes Thema.

Logans Erwähnung lässt mein Herz schneller schlagen. Madison sollte den berühmten Footballer als Werbepartner für die Firma meiner Schwester gewinnen. Es hat mich einige Überwindung gekostet, ihr dabei zu helfen. Ich habe nämlich festgestellt, dass die Sache mit Logan zwar verdrängt, aber immer noch nicht überwunden ist.

»Danke. Ach ja, ich wollte noch wissen ... Hattest du Erfolg? Hat er schon unterschrieben?«, erkundige ich mich so gelassen wie möglich.

»Ja. War ein hartes Stück Arbeit, und ich musste noch mit ihm essen, angeblich, um seine Fragen zu beantworten.«

»Und die Fragen waren nicht sehr jobbezogen, nehme ich mal an.«

»Genau. Er ist irgendwie furchteinflößend.«

Ich muss schlucken. »Also hat er dich angegraben.«

Madison nickt. »Er hat es versucht, aber da war ich ja noch verlobt ... Dachte ich jedenfalls.«

Ich muss meine Freundin unbedingt eindringlicher warnen. Wie fange ich das bloß an? »Und hat er es respektiert?«

»Nicht wirklich. Aber ich hab' mich nicht drauf eingelassen.«

Skeptisch mustere ich sie. Madison wirkt unsicher, und ich muss unbedingt wissen, was da noch lief. »Kluges Mädchen. Was hat er denn so erzählt?«

»Er meinte, du wärst früher sehr ... temperamentvoll gewesen.«

Empört schnappe ich nach Luft. »So, meinte er das? Der soll doch einmal selbst in den Spiegel sehen.«

Madison schluckt verängstigt.

»Wie kommst du darauf?«, fragt sie verwirrt.

Henry sieht interessiert zu uns herüber. Ich werde mir jetzt nicht die Blöße geben und aus dem Nähkästchen plaudern. Das geht ihn nichts an.

»Weil er immer noch nicht unter der Haube ist wie die meisten anderen. Die Clique um Ethan bestand früher nur aus wilden Kerlen. Die sind losgezogen und haben alles gevögelt, was bei drei nicht auf dem Baum war. Gerne haben sie die Frauen auch mal ausgetauscht. Ethan hat uns täglich gewarnt, sich nicht mit ihnen einzulassen. Und rate mal, wer der Wildeste war? Logan!«, erkläre ich eindringlich.

»In der Presse ist aber nichts über sein Liebesleben zu lesen.«

»Keine Ahnung, warum. Das kommt sicher nur, weil er bindungsunfähig ist. Er ist so ein Typ, der jede Frau nur einmal vögelt möglichst unverbindlich und ziemlich dominant«, lege ich nach und linse zu Henry herüber. Er folgt uns aufmerksam und sieht schnell weg, als er meinen Blick bemerkt.

»So mit Fesseln und Kerben im Bettpfosten?«, frage sie leise und mit roten Ohren.

Fuck. Madison reagiert auf Logan, aber es scheint noch

nichts gelaufen zu sein. Auch wenn ich eigentlich nur den Logan von früher kenne, ich muss eindringlicher werden, damit Madison nicht auf ihn hereinfällt. Wie heißt es schließlich so schön? Die Katze lässt das Mausen nicht. »Hm, geprahlt hat er damit noch nie. Deshalb ist wohl auch kaum etwas zur Presse durchgedrungen.«

»Vielleicht geht er auch zu Nutten – oder in seinen zwielichtigen Freizeitclub«, spekuliert Madison.

»Keine Ahnung. Was er auch macht, er besteht offensichtlich auf Diskretion. Dass er kein Lamm ist, hast du ja schon gemerkt. Soweit ich weiß, hat er noch nie eine Freundin gehabt … Der hat so viel Mist gebaut … früher. Wenn er den Football nicht gehabt hätte, wäre er heute sicher im Gefängnis.«

Sie schnappt nach Luft. »Das kann ich mir zwar vorstellen, aber vieles von dem, was du erzählst, passt nicht zu dem Menschen, den ich kennengelernt habe. Er ist so … widersprüchlich.«

»Das liegt sicher an seiner Kindheit. Irgendetwas ist damals passiert, aber er hat nie davon erzählt. Ich glaube, nicht mal Ethan und Tiger wissen mehr.«

»Tiger? Der Mannschaftsbesitzer? Kann es sein, dass er auch der Besitzer des *Tigers* ist?«

Ich bin froh, dass wir das Thema endlich abhaken. »Zufällig«, bestätige ich erleichtert. »Es ist sein erster Club, und der war von Anfang an gewinnbringend. Bei den Reichen und Schönen, Künstlern und anderweitig Verrückten ist er immer noch total angesagt.«

»Und da musst du heute unbedingt hin?« Meine Freundin hört sich an, als ob sie schon von der bloßen Vorstellung Bauchschmerzen bekäme.

Ich kann mir ein triumphierendes Grinsen trotzdem nicht verkneifen. »Unbedingt. Ich war schon so lange nicht mehr da. Allein bei dem Gedanken, da so richtig abzutanzen, kribbelt mein ganzer Körper«, erkläre ich schwärmerisch. »Und nun komm. Wir müssen dir schließlich noch etwas zum Anziehen besorgen.«

»Ich hab' aber erst mal kein Geld für teure Partyklamotten. Schließlich habe ich jetzt eine eigene Wohnung und brauche neue Arbeitskleidung dringender.«

Ich winke ab. »Kein Problem, ich hab' genügend im Schrank.«

»Mag sein, aber bei meiner Oberweite passt das sicher nicht.«

»Du überschätzt deine Oberweite«, beruhige ich sie. Madison ist eine von den Frauen, die unglücklich mit ihrer Oberweite sind. »Es sind auch Teile von Vivienne dabei, die mir nicht optimal passen. Davon kommt bestimmt etwas für dich infrage. Nun zier dich nicht so.«

Mit einem leisen Seufzer macht Madison sich auf, mir zum Wagen zu folgen. Auf dem Weg dorthin freue ich mich immer mehr auf heute Abend. Auf jeden Fall werden wir unseren Spaß haben.

»Warten Sie hier. Meine Freundin ist gleich wieder da«, weise ich den Fahrer an. Könnte auch länger dauern, aber er wird für die Zeit schließlich bezahlt.

Madison lächelt, als wir mein Haus betreten. »Wow, du hast es wirklich schön.«

»Ja, nicht wahr?«, antworte ich voller Stolz.

»Ein tolles kleines ... äh, nicht so kleines Nest für eine Familie.«

Ich muss schlucken, bevor ich nicke. »Also, lass uns nach oben gehen.«

»Schau mal, hier«, sage ich wenig später, während ich ein Kleid von der Stange hole.

Meine Freundin kann ihren Blick kaum von der Auswahl meines begehbaren Schrankes abwenden. »Hast du die alle schon mal angezogen?«

Ich schüttle den Kopf.

»Nein, ich habe dir doch erzählt, dass ich mir auch ein paar von Viviennes Modellkleidern geschnappt habe. Immerhin hat sie mich auch – lang, lang ist's her – als kostenloses Model missbraucht. Wie findest du es?«, frage ich während ich mit meiner Auswahl vor Madisons Nase herumwedle.

»Ähm … durchsichtig.«

Das Kleid ist tiefblau, mit einem kurzen Glockenrock und undurchsichtigen, großen Blumenranken an den wichtigsten Stellen.

»Sagen wir, es macht neugierig. Immerhin ist es hochgeschlossen … Und es passt zu deinen blauen Augen«, meine ich lächelnd.

»Aber nicht zu meinen Haaren.«

»Doch, warum nicht? Probier es wenigstens mal an.«

»Was ist mit dem lila Hahnentrittkostüm da?«, fragt sie und zeigt auf ein nicht ganz so minimalistisches Kleidungsstück.

Das Teil kommt direkt vom Catwalk meiner Schwester. »Man trägt es ohne etwas drunter, und es ist für flachbrüstige Models gemacht. Das ist obenrum ziemlich eng, aber du kannst es ja mal probieren.«

Madison schlüpft zunächst in die Jacke, die zwar ziemlich interessant geschnitten ist, sich aber oben nicht schließen lässt.

Mit dem richtigen Push-up würde es selbst mir ein aufregendes Dekolleté zaubern.

»Eigentlich ein ziemlich cooles Teil. Ich könnte es tragen«, überlege ich laut.

»Das ist gemein«, jammert sie.

»Boots dazu, das trägt man so«, überlege ich ungerührt weiter.

Madison zieht die Stirn kraus.

Ich sehe sie verständnislos an. »Was ist? Probier das blaue Kleid an. Darin wirst du atemberaubend aussehen. Hier sind noch halterlose, blaue Strümpfe. Die schenke ich dir.«

»Halterlos?«

»Ja, kennst du die nicht? Ist viel praktischer beim Pinkeln und auch nicht so warm.«

Mit sichtlichem Unwillen folgt sie und schlüpft in die Sachen. Aber als sie in den Spiegel schaut, kann sie ihre Überraschung nicht verbergen. Es steht ihr wahnsinnig gut. Das Kleid ist wie für sie gemacht.

»Siehst du? Jetzt merkt man erst richtig, wie hübsch du bist. Du hast eine Wahnsinnsfigur«, triumphiere ich lächelnd.

Madison legt den Kopf schief, ein niedlicher Tick von ihr. »Im Ernst? Ich habe mich immer gefragt, was du überhaupt mit so einer trampeligen Freundin wie mir willst.«

Entrüstet stemme ich die Fäuste in die Hüfte. »Wie kommst du darauf, dass du trampelig bist? Du bist schlichter, ja, aber dafür nicht so oberflächlich. Immer lieb, auch wenn ich schrecklich bin, das mag ich besonders … Und du bist klug, sehr klug. Das bewundere ich an dir. Das sind nur die wichtigsten Dinge, die ich an dir als Freundin schätze.«

»Danke. Und du bist mutig … so taff. Du bist mein Vorbild.«

»Vorbild? Ich weiß nicht …«

Skeptisch betrachtet sie noch einmal ihr Spiegelbild. »Zeigt das Kleid nicht viel zu viel?«

»In der Kirche schon, im *Tigers* nicht«, erwidere ich trocken. »Sieh mal, hier. Die Stiefeletten mit den Blümchen drauf, die schenke ich dir. Mir sind sie etwas zu knapp, aber du hast ja kleinere Füße.«

»Stiefel und Boots, so was trägt man im Club?«, fragt sie ungläubig, während sie die Schuhe entgegennimmt und hineinschlüpft.

»Klar. Willst du etwa auf High Heels tanzen? Das machst du nicht lange. Du brauchst irgendetwas Bequemes, das schön extravagant ist.«

»Hm, wenn du meinst ... Bequem sind sie ja«, stellt sie fest, während sie mit den Stiefeln ein paar Schritte läuft. »Danke.«

Mein Herz geht auf. Vielleicht schaffe ich es ja doch noch, sie ein bisschen selbstbewusster zu machen. »Bitte. Gerne.«

»Es sieht schon ein bisschen verrückt aus«, überlegt sie laut, während sie sich vor dem Spiegel dreht.

»Mann, jetzt verliere ich aber bald die Geduld. Du bist hier in New York!«

Madison beißt sich auf die Unterlippe. »Okay, okay. Ist ja schon gut. Ich werde an mir arbeiten, ja?«

»Weißt du was? Ich spendiere uns einen Besuch bei meiner Stylistin, die brezelt uns noch so richtig schön auf – so als Sahnehäubchen.« Ich bin begeistert von dieser Idee.

Meine Freundin lächelt schüchtern.

»Ich rufe sie gleich an. Lass uns noch eine Pizza bestellen, dann haben wir eine gute Grundlage für den Abend.«

»Aber der Fahrer wartet draußen.«

»Den schicke ich gleich weg. Oder er bleibt hier und isst mit. Später brauchen wir ja sowieso noch den Fahrdienst.«

# 19

## Tanz auf dem Vulkan

»Können wir nicht einfach den *VIP*-Eingang benutzen, statt hier in der Schlange zu stehen?«, brummt Henry.

Sicher, aber das hier ist Teil meines Plans. Ich winke heiter ab. »Ach, das kann doch jeder. Ohne *VIP*-Status reinkommen, das gibt den richtigen Kick. So, wie wir aussehen, müsste es eigentlich klappen.«

»Wie *ihr* ausseht, vielleicht. Aber ich fürchte, ich bin nicht extravagant genug eingekleidet, um auf normalem Weg hier reinzukommen«, sagt Henry, während er an sich herabzeigt.

Ich befürchte es auch, denn er hat nur ein weißes T-Shirt und Jeans über dem muskulösen Körper. Seine geliebte Lederjacke, die sonst die Waffe verdeckt, muss er gleich ausziehen, denn die wäre viel zu warm. Waffen sind drinnen ohnehin nicht erlaubt. Ich glaube, dafür sollen die vielen dicken Silberringe wie ein Schlagring wirken. Dazu die Lederarmbänder … Fuck, sieht er wieder sexy aus.

»Ach, was! Wir sagen dann einfach, du gehörst zu uns, das klappt schon«, tröste ich ihn halbherzig, während ich mich nach möglichen Kontakten umsehe. Schließlich will ich ihn ja eifersüchtig machen.

»Wir stehen hier noch mindestens eine halbe Stunde. Das muss doch nicht sein«, gibt er zu bedenken.

»Das glaube ich auch«, bestätige ich. »Umso wichtiger ist es, sich die Zeit angenehm zu vertreiben.«

»Die Schlange ist zu lang«, grummelt Henry.

»Ja, aber nur, weil wir so früh da sind. Nun genieß es

doch, dich unter dieses feierwütige Partyvolk zu mischen«, antworte ich süffisant.

Ich lasse mir meine gute Laune nicht verderben und lächle den beiden Typen zu, die sich nach uns umgedreht haben. Sie lassen sogar ein paar Leute vor, damit sie mich ansprechen können. Es sind stinkreiche Geschäftsleute aus Wisconsin, behaupten sie jedenfalls.

Ich mache einen auf armes Mädchen und die auf dicke Hose. Ein amüsantes Spiel, das Henry sicher nicht gefällt.

»Ich bin auch ganz aufgeregt. Ich habe fast einen ganzen Monatslohn in mein Outfit gesteckt, nur um hier angemessen angezogen zu sein«, flunkere ich.

Zufrieden stelle ich nebenbei fest, dass Henry die Augen verdreht.

Die beiden tragen bunte, verrückte Hemden und sind ziemlich aufgedreht. Wer weiß, was die geschluckt haben. Egal, so fällt es mir nicht schwer, mit ihnen ins Gespräch zu kommen.

»Pass auf, dass sie dir keine Drogen unterschieben«, flüstert Henry mir zu.

»Glaubst du wirklich? Die sehen nicht so aus, als ob die so was machen«, antworte ich.

»Das sind meistens die Gefährlichsten«, warnt er.

»Wer ist das? Dein Anstandswauwau?«, fragt einer der Typen.

Was soll ich sagen? Mein Bruder?

»Nein, das ist nur ein Ex, der etwas zur Eifersucht neigt«, entschließe ich mich. So kann ich die beiden Helden besser kontrollieren. Die Entscheidung ist goldrichtig, die Typen sehen ehrfürchtig zu Henry hinüber.

»War er etwa gewalttätig dir gegenüber?«, fragt der andere.

»Der? Nö. Er will nur nicht wahrhaben, dass Schluss ist. Aber im Bett hat er es nicht leugnen können«, flunkere ich so laut, dass Henry es mitbekommen muss. Er bleibt cool, aber Madison sieht verstört herüber. Ich sollte besser etwas herunterfahren, sonst erkennt sie mich gar nicht mehr wieder.

»Vielleicht warst du zu anspruchsvoll?«, fragt der eine wieder grinsend. Spontan bekommt er von mir den Spitznamen *Dick*.

»Ich hoffe, das ist kein plumpes Angebot?«, scherze ich.

»Kommt drauf an«, erwidert er mit lüsternem Blick.

Oh Mann! Die Typen sind echt blöd. Ich wette, es ärgert Henry zu Tode, wenn ich mich mit denen weiter unterhalte.

»Was machst du denn so, wenn du gerade keine Frauen anbaggerst?«, frage ich Dick.

»Wir sind Vermögensberater. Wenn du mal Bedarf hast«, erklärt der andere, der das Gespräch mitbekommen hat. Spontan hat er den Namen *Doof* weg.

»Nein, eher nicht. Ich bin froh, wenn ich meine Miete bezahlen kann«, flunkere ich weiter.

Henry verdreht wieder die Augen. Läuft doch super!

Als wir endlich am Eingang angekommen sind, beobachte ich, wie die Wisconsin-Typen den bulligen Türsteher mit einem dezent in die Hosentasche gesteckten Bündel Geldscheine bestechen. Das passt zu diesen Angebern.

»Das ist verboten, aber die überlassen nichts dem Zufall«, flüstere ich Madison zu.

Gleich darauf werden auch wir beide durchgewunken, doch Henry wird aufgehalten.

»Ich bin Bodyguard und gehöre zu den Ladys. Das da vorne ist Melissa Wyatt«, beteuert er und zeigt auf meine Freundin.

»Ja, und ich bin Donald Trump«, knurrt der Türsteher, dabei ist er noch nicht mal blond.

»Melissa, sag doch was. Du wolltest doch was sagen«, fordert Henry mich auf.

»Kennt ihr den Typen?«, fragt uns der Wächter.

Als Madison den Mund öffnet, stupse ich sie unauffällig an. Sie versteht und lässt mich antworten.

»Nein, den kennen wir nicht. Ich heiße auch Bridget und nicht Melissa. Der Typ ist nichts weiter als ein Wichtigtuer«, gebe ich vor. Der Einlasser schüttelt den Kopf und schiebt Henry zurück. Mit Vergnügen sehe ich, dass dessen Kiefermuskeln wütend zucken.

»Oh, du Früchtchen! Na, warte!«, ruft er uns hinterher.

Ich kann ein Kichern nicht lange unterdrücken, deshalb ziehe ich Madison schnell weiter.

Wir werden von dröhnenden Bässen auf dem schummrigen Gang empfangen. Ich nehme Madison an die Hand und schleppe sie Richtung Tanzfläche.

»Warum hast du das gemacht?«, fragt mich meine Freundin verunsichert.

»Was?«, stelle ich mich dumm. Natürlich will ich ihr meine Motive nicht erklären – jedenfalls nicht hier.

»Deinen Bodyguard abgehängt?«, lässt sie nicht locker.

»Weil mich dieser langweilige Schrank nervt. Der Typ ist eine Spaßbremse der Sonderklasse und verdirbt mir noch den ganzen Abend«, meine ich und ziehe sie energisch weiter.

Doch sie stemmt sich dagegen. »Aber ist das nicht gefährlich?«

»Nicht wirklich. Das Sicherheitspersonal ist hier ziemlich gut.«

»Ich weiß nicht, die Türsteher haben sich immerhin ungeniert bestechen lassen«, brummt sie.

Als Antwort zucke ich mit den Schultern. »Wird schon nichts passieren. Henry wird uns sicher gleich finden.«

Wir haben die Disco erreicht, und ich bin mal wieder überwältigt von den Dimensionen, die dieser wahnsinnig hohe Raum hat. Das *Art Déco Interieur* leuchtet golden und hebt meine Laune. Staunend sieht Madison, die noch nie hier war, an der riesigen Spiegelwand hoch. Die Käfigtänzerinnen und eine beeindruckende Lichtshow werden dort reflektiert. Die Spiegelung lässt den Raum doppelt so groß wirken.

»Das sind keine echten Spiegel«, erzähle ich Madison. »Oben blickt der *VIP*-Bereich auf uns herab, und darunter ist der Darkroom.«

»Darkroom?« Sie schaut mich fragend an.

»Ja, da kannst du vögeln, während du auf die tanzende Menge guckst.«

Madison schluckt. »Im Ernst?«

»Ja, im hinteren Teil gibt es sogar Liegen. Alternativ kannst du auch die Unisex-Toiletten als Spielwiese nutzen«, kläre ich sie auf. Meine unverdorbene Freundin sieht erschrocken aus. Kaum zu glauben, dass sie in New York aufgewachsen ist.

»Willst du hier etwa Sex haben?«, fragt sie mit großen Augen.

Sie kennt meine Pläne für heute nicht, und das ist auch gut so. Aber sie weiß natürlich, dass ich nicht zu den offensiven Frauen gehöre. »Nein, eher nicht. Aber man weiß ja nie, was der Abend so bringt.«

»Dürfen wir euch auf einen Drink einladen? So zum Aufwärmen?«, brüllt mir einer von den Wisconsin-Typen so laut ins Ohr, dass ich zusammenzucke.

Mit einem »Hey« weiche ich zurück und lege schützend die Hand aufs Ohr, dann sehe ich Henry mit wütendem Gesicht heranspurten.

»Warum nicht?«, antworte ich schnell, denn mir ist klar, dass Madison da nicht zugestimmt hätte.

Dick lächelt triumphierend, und wir drängeln uns alle drei zur gigantischen Theke durch. Alkohol ist ein Muss, sonst zahlt Doof nicht. Ich beuge mich der Forderung gerne, denn Henry steht inzwischen hinter mir und bekommt alles mit.

»Wodka-Cranberry«, bestelle ich.

»Und du?«, fragt Dick Madison.

»Ich weiß nicht …«

»Komm schon, Maddie. Mach dich locker. Alkohol hilft den Zirkus hier zu mögen. Du sollst dich ja nicht gleich betrinken«, überrede ich sie.

»Na gut, dann nehme ich auch einen Wodka-Cranberry.«

Während die Drinks gemixt werden, schaue ich nach Henry.

»Pass lieber auf, dass die dir da nichts reinkippen«, brummt er mir ins Ohr.

Ärger grummelt in meinem Bauch.

»Das ist doch dein Job«, fauche ich meinen Bodyguard an.

Die Tanzfläche besteht aus Leuchtelementen, die wie Lava aussehen. Die Musik wird langsamer und etwas leiser. Die Elemente wandeln sich jetzt und erwecken den Eindruck, als würde man über Wasser laufen. Der Dancefloor ist begrenzt durch die Rücken der Hollywoodschaukeln, auf denen man verschnaufen kann, wenn man einen Platz erwischt. Davor stehen kleine Tische und weitere Stühle sowie Sessel in einer Cocktaillounge mit bunt beleuchteten Palmen.

»Seid ihr öfter hier?«, fragt Doof, während er uns die Drinks reicht.

»Ich war noch nie hier«, antwortet Madison.

Dick lächelt süffisant. »Merkt man irgendwie, du staunst so. Bist du zu Besuch? Woher kommst du?«

»Aus New Jersey«, verrät sie wahrheitsgemäß.

Mann, ich hätte mir jetzt einen Spaß daraus gemacht, den Typen so richtig einen Bären aufzubinden. Aber die beiden haben eher Madison im Fokus, wohl wegen ihrer beachtlichen Menge Holz vor der Hütte.

»Das ist aber nicht so weit weg«, bemerkt Doof.

»Nein«, entgegnet meine Freundin sichtlich genervt.

Der Kerl scheint irritiert. »Bist du immer so kurz angebunden?«

»Du fragst zu viel«, antwortet sie und zieht laut ihren Drink durch den Strohhalm.

Jetzt wirken die beiden verunsichert. Meine Gelegenheit zur Flirtoffensive. Blitzschnell leere ich den Rest meines Drinks und strahle die beiden Deppen an, was das Zeug hält.

»Habt ihr Lust, zu tanzen?«, frage ich.

Ihre Mienen hellen sich auf.

»Dann kommt.« Ich gebe meiner Freundin ein Zeichen, dass ich auf die Tanzfläche will.

Die Musik heizt meiner Tanzlust ein, sodass ich regelrecht auf den Dancefloor hüpfe. Endlich kann ich alle aufgestauten Gefühle herauslassen. Meine Arme gehen im Takt nach oben, während ich meine Mähne wild herumwirble. Eine Zeitlang geht es mir richtig gut, ich vergesse alles.

Plötzlich reißt mich eine Berührung aus meiner Trance.

»Dein Exfreund sieht aber ziemlich böse aus. Läuft da doch noch was zwischen euch?«, schreit Doof, während er vor mir herumhampelt.

Ich schüttle den Kopf.

Dick tanzt mich von hinten an und legt seine Hände auf meine Hüften.

Auweia! Schnell entziehe ich mich.

»Was ist los? Warum auf einmal so prüde?«, beklagt sich Dick.

»Warum auf einmal so plump vertraulich?«, antworte ich genervt.

»Offensichtlich gehörst du zu denen, die sich gerne aushalten lassen, aber nichts dafür zurückgeben wollen«, schreit er beleidigt.

So geht das nicht. Schnell tanze ich ein Stück von den beiden weg, doch die lassen sich nicht so leicht abschütteln. Es hilft nichts, ich muss die Nähe von Henry suchen, der mich am Rand der Tanzfläche mit Argusaugen beobachtet. Dick und Doof folgen mir zunächst. Doch als Henry wie *Meister Proper* die Arme verschränkt und die beiden böse anstiert, weichen sie zurück.

»Alles unter Kontrolle?«, fragt er spöttisch.

Arroganter Scheißkerl!

»Aber klar doch!«, gebe ich fast euphorisch zurück.

»Sah eben nicht so aus.«

»Sah nur so aus.«

»Und warum bist du dann zu mir gekommen?«

»Du bist ganz schön eingebildet! Die beiden wollten mir noch einen ausgeben, aber du hast sie ja mit deinem *Popeye*-Gehabe verscheucht. Jetzt wirst *du* uns neue Drinks besorgen müssen«, erwidere ich möglichst cool und tippe mit dem Zeigefinger auf seine Brust.

Henry grinst süffisant.

»Was ist? Mach schon!«, fordere ich ihn auf.

Seine Augen verengen sich zu Schlitzen, aber dann dreht er sich doch um und geht in Richtung Theke davon. Einige Zeit später hat er zwei Wodka-Cranberry in der Hand. Ich hole Madison von der Tanzfläche. Die Trinkpause findet leider im Stehen statt, denn der Laden ist mittlerweile brechend voll.

»Warum hast du dir nichts zum Trinken geholt?«, frage ich Henry brüllend, weil die Musik mit der Zeit immer lauter geworden ist.

»Weil das meinen Job behindern würde«, schreit er zurück.

Ich verdrehe die Augen. Nach kurzer Zeit im Stehen melden meine Füße, dass sie durchaus eine Pause vertragen könnten. Sie kochen in den Stiefeln. Wieso trage ich Stiefel im Sommer?

»Okay, wir können mit den Drinks nach oben in den *VIP*-Bereich gehen. Dann könnte ich mich auch hinsetzen«, schlage ich vor.

»Das klingt gut«, bestätigt Madison.

Auch Henry bekommt einen milderen Gesichtsausdruck.

# 20

## Bis die Schwarte kracht

Wir passieren ein paar Sicherheitsleute. Die Luft wird zunehmend besser, als wir die glänzende Steintreppe im *VIP*-Bereich hochgehen. Hier ist eine gute Klimaanlage, die für Abkühlung sorgt.

Die ledernen Sitzgruppen hinter der Spiegelfläche sind leider alle besetzt, und nach einem Separee steht mir nicht der Sinn. Doch am Ende des Ganges sehe ich meinen Bruder. Er ist überrascht, als er uns erkennt, und gibt mit einem Wink zu verstehen, dass wir uns zu ihm gesellen sollen. Neben ihm hockt der Clubinhaber Tiger, den ich sympathisch finde. Freudig winke ich zurück, und wir gehen zu ihm.

Wie angewurzelt bleibe ich stehen, als ich bemerke, wer dort noch am Tisch lungert. Logan Raker, meine erste große Enttäuschung. Er hat mich entjungfert und ist danach auf Nimmerwiedersehen verschwunden. Es ist eine Sache, ihn per Telefon zu fragen, ob er mit einem Werbevertrag Vivienne und Madison helfen will, aber eine andere, ihm jetzt leibhaftig zu begegnen.

Wir tauschen vielsagende Blicke, als ich ihn, wie die anderen am Tisch, mit Namen grüße. Schnell wendet er sich wieder ab. Dieser Augenblick genügt mir, um sein schlechtes Gewissen zu erkennen. Er weiß, wie sehr er mich damals enttäuscht hat.

Doch ich habe nur kurz seine Aufmerksamkeit. Sofort hat er Madison im Fokus. Seine Augen leuchten, als er ihr Zeichen gibt, sich zu ihm zu setzen. Kurz überlege ich, dazwischenzufunken, doch das wäre Madison sicherlich peinlich. Nach anfänglichem Zögern lässt meine Freundin sich überreden. Am besten, ich verliere die beiden nicht aus dem Blick.

»Wenn du brav einen Drink nimmst, darfst du dich zu uns setzen«, fordere ich Henry auf. Der schüttelt den Kopf und hält abwehrend die Hand hoch, bevor er sich mit gekreuzten Armen lässig an die Trennwand neben der Sitzgruppe lehnt.

So beobachte ich Madison und Logan, denke an meine schlechten Erfahrungen mit ihm und überlege, wie ich meine Freundin schützen kann.

»Tust du mir einen Gefallen und machst Logan eine Ansage, dass er die Finger von Madison lassen soll?«, frage ich meinen Bruder.

»Warum? Ist es nicht ihre eigene Entscheidung, mit wem deine Freundin flirtet?«

»Prinzipiell ja, aber Madison hatte bisher nur einen einzigen Freund, und den seit ihrer Jugendzeit. Sie ist solchen Männern wie Logen nicht gewachsen, okay?«

Ethan kraust die Stirn. »Ist es dann nicht besser, sie erwachsen werden zu lassen, statt sie in Watte zu packen?«

»Sie in Watte zu packen oder Logan Raker auszuliefern, ist ein kleiner Unterschied«, grummle ich ungeduldig.

»Sag mal, wieso bist du so geladen? So kenne ich dich gar nicht. War da mal was zwischen Logan und dir?«

Ich schlucke. »Nichts Besonderes. Ich war verknallt, und er hat mich stehen lassen, als er das bemerkte. Dem Kerl geht es nur um die Kerben in seinem Bettpfosten.«

Ethan schnappt nach Luft. »Du hast doch nicht etwa ...«

Ich habe es immer geheim gehalten, dass ich mir an ihm die Finger verbrannt habe, weil mir sowohl meine Eltern als auch Ethan den Umgang mit Logan verboten hatten. Er war der größte Rüpel von allen und ich fasziniert vom Reiz des Verbotenen. Wäre die Sache aufgeflogen, hätte mein

Bruder definitiv noch mehr Probleme bekommen, als er wegen seines Umgangs sowieso schon hatte. Heute braucht er auch nichts mehr davon zu erfahren.

»Nein, nein«, beruhige ich ihn. »Trotzdem möchte ich nicht, dass er meine Freundin für seine Spielchen benutzt. Bitte, wenn dir etwas an mir liegt, dann kümmerst du dich darum.«

»Ja, verstanden.« Ethan hebt die Hände. »Werde ich dir zuliebe tun. Aber ich kann dir nicht versprechen, dass Logan auf mich hören wird.«

»Dann hast du ihm das nicht eindringlich genug gesagt. Wozu bist du Anwalt? Wenn einer reden kann, dann ja wohl du. Ich verlass mich auf dich«, fordere ich und klopfe Ethan aufmunternd auf die Schulter.

»Das klingt ja fast feindselig. Nochmal: Was hat dir Logan getan?«

»Mir? Nichts.« Das ist ja alles schon so lange her. Ich weiß nicht, ob mein Bruder heute noch die Gefühle eines Teenagers verstehen würde. »Ich will nur nicht, dass er meiner besten Freundin wehtut.«

Ethan nickt. »Ich werde mein Bestes geben.«

»Mögt ihr noch einen Cocktail?«, fragt uns Tiger. Ich tausche mit Madison einen Blick und ich stimme zu, weil meine Füße eine längere Pause fordern. Am liebsten würde ich die Stiefel ausziehen …

Tiger winkt, und sofort eilt eine Kellnerin heran.

»Zwei Wodka-Cranberry und drei Whiskey«, bestellt er bei der Servicekraft, die in Rekordgeschwindigkeit auf dem Tisch stehen.

Skeptisch beäuge ich Logan und Madison. Sie wirkt wie belagert und trinkt den Cocktail sehr schnell. Am liebsten würde ich mir Logan vorknöpfen, aber es wird sicher wirkungsvoller sein, wenn das Ethan übernimmt.

»Können wir wieder zurück? Ich möchte weitertanzen«,

murrt Madison ungeduldig, nachdem sie ihren Drink in Rekordgeschwindigkeit die Kehle hinab geschickt hat.

Ich nicke, erhebe mich und stehe vor Henrys breiter Brust. Ob er von meinem Gespräch mit Ethan etwas mitbekommen hat? Für einen Moment hatte ich seine Anwesenheit vergessen. Ich rieche seinen Duft, jetzt würde ich mich am liebsten bei ihm anlehnen.

»Alles klar?«, fragt er mich grinsend.

»Ja, wieso?«

»Du wirkst so verwirrt.«

»Bleibt doch noch«, bittet Logan Madison. Gott sei Dank schüttelt meine Freundin den Kopf. Sie will weg hier und ich auch.

»Ich bin aber nicht verwirrt. Komm«, fordere ich Madison auf, die sofort zustimmt. Eilig mache ich mich mit ihr auf den Weg nach unten. Henry folgt uns mit großen Schritten. Es scheint ihn zu freuen, dass Madison langsam die Lust verliert. Es wird Zeit, dass ich jetzt meine Mission zu Ende bringe. Die Wirkung des Alkohols wird mir helfen, meine Hemmungen zu überwinden. Hoffentlich tauchen jetzt nicht nochmal diese lästigen Typen aus Wisconsin auf.

Als ich mich erneut auf die Tanzfläche schiebe, bemerke ich einen Mann, der mir bekannt vorkommt.

»Hi, das ist ja eine Überraschung! Bist du öfter hier?«, begrüßt er mich tanzend.

Wer ist der Kerl? Unsicher lächelnd mustere ich ihn, ohne mit meinen Bewegungen aufzuhören.

»Erkennst du mich nicht? Kleiner Tipp ... das Essen gestern«, beharrt er.

Ach, du Scheiße! »Ja, klar. Entschuldigung. Barry, oder?«

»Fast. Jerry«, antwortet er und gibt sich Mühe, nicht beleidigt zu wirken.

»Sorry, aber der Abend war zu kurz«, antworte ich schulterzuckend.

»Bist du allein hier? Wo ist dein Freund?«

Mit einer Kopfbewegung zeige ich zu Henry.

»Und da vorn tanzt auch noch meine Freundin.« Meine Worte bleiben mir fast im Hals stecken, denn ich sehe Logan auftauchen. So ein Mist! Aber ich kann jetzt unmöglich zu ihm gehen, sondern nur beobachten, ob er irgendetwas mit Madison tut. Dann hat der Scheißkerl verloren!

»Dein Freund, dieser Henry, sieht irgendwie verärgert aus. Habt ihr Streit?«, holt Jerry mich aus meinen Gedanken.

»So ähnlich«, antworte ich abwesend.

»Lass mich raten, er tanzt nicht gerne.«

»Wahrscheinlich.«

»Wieso wahrscheinlich?«

»Er sagt es nicht genau.«

»Du bist so kurz angebunden.«

Das stimmt, ich mag diesen Jerry nicht. Aber er ist jetzt *die* Chance, Henry eifersüchtig zu machen. Also nehme ich mich zusammen. »Entschuldige. Das kommt, weil ich mich über meinen Freund ärgere. Ähm … Exfreund. Ich werde den Kerl zum Teufel schicken.«

Jerrys Gesicht hellt sich auf. »Dann ist es ja gut, dass du mich getroffen hast.«

»Schon möglich«, antworte ich grinsend. »Lass uns tanzen, dass die Schwarte kracht.«

Jerry grinst begeistert zurück.

# 21

## Verzwickt

Mein Tanz ist ausgelassener als vorhin. Vorsichtig beginnt Jerry mit einer Art Balzgehabe. Nachdem ich erst habe abhauen wollen, überlege ich es mir. Jetzt oder nie! Nur wer wagt, gewinnt. Und Henry bewacht mich mit Argusaugen, womöglich hat er Jerry längst erkannt. Wenn ich mit einem Kandidaten meiner Mutter flirte, muss es ihm doch wehtun, falls er Gefühle für mich hat.

Also gehe ich auf Jerrys laszive Bewegungen ein. Die jammernden Füße ignoriere ich, so gut es geht. Und als ich Logan weiter beobachte, vergesse ich sie sogar.

Er wird Madison doch nicht wieder angraben? Gott sei Dank geht er an die Bar und spricht mit jemandem, den ich nicht kenne.

Erst mal Entwarnung.

Doch Jerry lenkt meine Aufmerksamkeit mit reichlich provokativen Hüftschwüngen auf sich. Vorsichtig riskiere ich einen Blick zu Henry. Der grinst spöttisch. Fuck! Er hat gesehen, dass ich nach seiner Reaktion schiele. Er nimmt mich nicht ernst, ich muss noch eins draufsetzen.

Das ist nicht schwer, denn Jerry nimmt mein Gesicht in beide Hände und guckt mich verliebt an. Ich kann seine Visage kaum ertragen und möchte meinen Kopf am liebsten wegdrehen. Verzweifelt rufe ich mir Henrys spöttischen Gesichtsausdruck ins Gedächtnis. Den Triumph werde ich ihm nicht gönnen!

Tapfer ertrage ich Jerrys Übergriffigkeit und versuche zumindest, seinen bohrenden Blicken auszuweichen. Er schwitzt stark, sein Geruch ist unerträglich. Mir wird übel, als sein Mund sich meinen Lippen nähert. Fuck! Ich muss hier weg! Trotzdem soll Henry glauben, ich flirte mit Jerry. Am besten, ich verschwinde mit ihm in eine dunkle Ecke, in die uns Henry nicht folgen kann.

So nehme ich Jerry an die feuchte Hand und zerre ihn von der Tanzfläche.

»Lass es, es bringt nichts«, brummt Henry mir ins Ohr, als wir demonstrativ dicht an ihm vorbeiziehen.

»Das lass mal meine Sorge sein«, knurre ich zurück.

Henry packt mich am Arm. »Melissa, bitte«, krächzt er.

»Bitte, was?«, frage ich ungerührt.

»Es ist –«

»Gibt es ein Problem?«, fragt Jerry.

»Ja!«, faucht Henry.

»Oho! Ist es nicht zu spät, auf dicke Hose zu machen? So eine Hammer-Frau wie Melissa muss *Mann* sich verdienen«, triumphiert Jerry.

»Halt's Maul, du Dummbeutel!«, erwidert Henry böse.

»Idiot«, antwortet Jerry.

»Was hast du für ein Problem?«, frage ich Henry.

»Genau, Melissa kann auf sich selbst aufpassen«, ergänzt Jerry und zieht mich jetzt seinerseits weiter. Er möchte offensichtlich vermeiden, dass Henry mich doch noch abhält.

»Pass auf Madison auf!«, rufe ich Henry zu, während ich versuche mich aus seinem Griff zu befreien.

»Kommt nicht infrage, die muss auf sich selbst aufpassen!«

»Ich bin deine Chefin«, zische ich.

»Und ich *dein* Bodyguard.«

»Willst du etwa dabei zugucken?«, gehe ich aufs Äußerste.

Henry schluckt. Er wirkt tatsächlich, als hätte ich ihm einen Stein in die Magengrube geschleudert.

Ich sehe ihn ernst an. »Bitte, pass auf meine Freundin auf. Sie kann sich nicht gegen Logan wehren.«

Henry öffnet den Mund, als wollte er etwas sagen, sieht dann aber doch zu Madison hinüber.

Meine Freundin kann dem Werben von Logan offensichtlich immer weniger entgegensetzen.

»Wenn er irgendetwas gegen ihren Willen macht, dann halte ihn ab. Bitte, bitte, du musst für mich auf sie aufpassen«, sage ich eindringlich, bevor ich Jerrys Ziehen nachgebe.

Henry wirkt zerrissen, als er nickt.

»Komm«, fordert Jerry und zerrt an mir, Richtung *Darkroom*.

»Warte. Was hast du vor?«, frage ich nervös.

»Was schon? Ich dachte, du willst es auch?«

»Halt! Das geht mir eindeutig zu schnell«, verlange ich und stemme mich energisch gegen ihn.

Jerry wirkt verwirrt. »Was willst du denn?«

»Reden?«, sage ich schulterzuckend.

»Reden wird eindeutig überschätzt«, antwortet er irritiert. »Keinen Bock auf ein bisschen Spaß? Reden kann man doch auch noch hinterher.«

»So dick die Hose? Komm schon, du hast doch mehr drauf, oder?«

Jerry kraust die Stirn. »Worüber willst du denn reden? Was für ein Versager dieser Henry ist?«

Ich schlucke. Nein, danach steht mir wirklich nicht der Sinn.

»Du hast recht«, sage ich lächelnd. Denn gerade sehe ich Henry in unsere Richtung stürmen. Mist. Mein Kiefer schmerzt, so wütend beiße ich die Zähne zusammen. Er scheint meiner Anweisung jetzt doch nicht zu folgen. Mit grimmigem Gesicht stapft er durch die Menschenmenge in meine Richtung.

Soll ich ihm jetzt so offensichtlich zeigen, dass ich ihn nur eifersüchtig machen will? Ich würde mich endgültig blamieren.

Niemals!

Hastig ziehe ich Jerry an mich. Der reagiert sofort und will mich küssen. Shit, das muss ich verhindern. Möglichst unauffällig lenke ich sein Gesicht um, sodass er sich meinem Hals widmet.

Ungeniert greift er an meine Brust. »Dieses Kostüm ist einfach geil, wie geschaffen für Rollenspiele. Sexy Sekretärin, oder so«, murmelt er. »Wow, du trägst ja nur einen BH drunter.«

»Wäre beim Tanzen zu heiß. Hat sonst keine Bedeutung«, keuche ich und bekämpfe meinen Impuls, ihn wegzustoßen, denn Jerry kichert.

Doch Henry kommt immer näher …

»Definitiv heiß«, murmelt Jerry und öffnet den ersten Knopf des Kostüms.

Will er mich ausziehen?

»Hör auf mit dem Scheiß«, zische ich und setze an, ihn wegzuschieben.

Henry ist fast da und scheint die Lage sofort zu erfassen. Er verdreht die Augen, bevor sich ein süffisantes Grinsen auf seinem Gesicht breitmacht.

Mist! Was mache ich jetzt?

»Komm«, fordere ich Jerry auf und winke ihn um die Ecke in eine der berüchtigten Darkroom-Kabinen. Hastig schließe ich den Vorhang, doch es bleibt keine Zeit zum Durchatmen.

Für Jerry scheint ein Traum wahr zu werden. Strahlend geht er auf mich zu.

»Halt«, flüstere ich mit abwehrenden Händen.

»Was läuft denn jetzt? Ich habe das Gefühl, du verarschst mich!«, schimpft er.

»Pssst«, mache ich mit vorgehaltenem Zeigefinger. »Bitte, sei leise, wenn wir uns unterhalten.«

»Was soll das denn werden? Benutzt du mich nur für eine Show?«, grummelt er wütend.

Obwohl ich es wirklich versuche, kann ich mir beim besten Willen keine passende Antwort abringen. Übelkeit rührt in meinen Eingeweiden. Verschämt senke ich den Kopf. Jerry hebt ihn mit dem Zeigefinger an, sodass ich ihn ansehen muss.

»Du liebst ihn und willst ihn eifersüchtig machen?«, flüstert er.

Ich beiße auf meine Lippen.

»Der Kerl ist doch der typische Versager. Vergiss ihn. Du brauchst jemanden, der dich wirklich zu schätzen weiß.«

»Ist mir klar.«

»Ich könnte derjenige sein, wenn du mir eine Chance gibst«, bettelt er. Er sieht mich so durchdringend an, als ob er tatsächlich etwas für mich empfindet. Er hat den Verführer drauf, das steht fest.

»Das ist sicher gut gemeint, aber danke«, flüstere ich.

Jerry tritt näher. »Probier es doch wenigstens.«

Er fängt an, meinen Hals zu küssen. Als ich seinen heißen Atem auf der Haut spüre, wird mir übel. Angewidert schiebe ich ihn weg.

»Bitte, lass das«, flehe ich.

»Was glaubst du eigentlich, wer du bist, dass du so mit mir spielen kannst?«, zischt er. »Das hat noch keine Frau gewagt. Du kannst mich mal. Ich werde deinem dämlichen Bodyguard erzählen, was du für eine Schlampe bist.« Jerry dreht sich weg und will gehen.

Die Luft bleibt mir weg. In was für eine Lage habe ich mich da nur gebracht? Ich halte Jerry am Ärmel fest. »Warte noch etwas, bitte.«

»Warum sollte ich? Du benutzt mich doch nur.«

Ich schlucke. »Es tut mir wirklich leid, entschuldige.«

»Was bekomme ich, wenn ich mitspiele?«

»Nichts. Es geht nicht«, antworte ich leise.

»Oh no, meine Liebe. Das Spiel hast du viel zu weit getrieben. Ich lass dich auffliegen ... und nicht nur bei deinem tätowierten Tarzan, sondern auch bei deiner lieben Mama. Sie wird entsetzt sein, wenn sie erfährt, was ihr braves Töchterlein so treibt.«

Mein Mund ist staubtrocken, die Zunge klebt am Gaumen. Liegt mir auch nicht viel an meiner Mutter, so möchte ich doch nicht, dass sie von dieser unwürdigen Sache hier erfährt.

»Was stellst du dir vor?«, krächze ich leise. »Aber keinen Sex«, verlange ich.

*Das werden wir ja sehen*, scheint sein Gesichtsausdruck zu sagen. »Zeig mir deine Titten.«

Wie gelähmt stehe ich da. Ich hätte nicht gedacht, dass mein Mund noch trockener werden könnte.

»Mach schon«, fordert er leise, aber bestimmt.

Ich fühle mich wie das Kaninchen vor der Schlange. Vollkommen hilflos und unfähig, über einen Ausweg nachzudenken. Zitternd öffne ich die Knöpfe des Kostüms, der Push-up-BH darunter wird freigelegt.

Jerry grinst. »Ganz.«

Das Luftholen fällt mir schwer. Was mache ich hier? Es ist ein Albtraum!

Ich bin wie gelähmt, als Jerry auf mich zukommt, geschickt die Schnalle öffnet und eine Brust hervorholt. Ich weiche zurück, und er lacht. »Klein, aber fein. Willst du es nicht doch probieren? Die meisten Frauen mögen es, wenn man sie ein bisschen zu ihrem Glück zwingt.«

»Du hast doch nicht alle Tassen im Schrank«, presse ich hervor.

»Das ist jetzt aber eine Beleidigung. Das kostet extra.«

Panik überfällt mich, als er seinen Gürtel öffnet.

Ich muss würgen.

»Nein!«, entfährt mir in einem erstickten Schrei.

Offensichtlich ist der laut genug, dass Henry ihn hört. Blitzschnell reißt er den Vorhang beiseite und zerrt Jerry aus der Kabine.

Ich springe hinterher, da liegt Jerry schon auf dem Rücken im Gang. Henry sitzt rittlings auf ihm und drischt brutal auf ihn ein. Die Haut über der Augenbraue ist geplatzt, Jerry blutet.

»Hör auf, Mann!«, wimmert er.

Als Jerry sich wehrt, nimmt Henry seinen Arm über die Brust und fixiert damit brutal den Kopf. Es knackt verdächtig. Doch Jerry lebt. Henry schlägt weiter, bricht ihm das Nasenbein.

Ich bekomme keine Luft.

»Nein!«, rufe ich erstickt und schlage die flache Hand vor das Gesicht.

Erst da hört Henry auf. Mit eiskaltem Gesichtsausdruck steht er auf und zerrt Jerry am blutverschmierten Hemd nach oben. Die Knöpfe springen ab, als er Jerry im Nacken packt und ihn rüde vor sich herschiebt. Henry verschwindet mit ihm in Richtung Tiefgarage.

Jetzt erst wird mir bewusst, dass ich halbnackt bin. Verschämt bedecke ich meine Brüste und verschwinde in den Schutz der Kabine. Ich habe mich noch nie so geschämt. Zitternd greife ich meinen BH und streife ihn über. Ich bin nicht in der Lage, ihn zu schließen. Tränen steigen auf. Ein Häufchen Elend steht vor Henry, als er zurückkommt.

Er sieht mich so liebevoll an, als er mich in den Arm nimmt. Schwarze Tränen bemalen sein T-Shirt. Sanft schließt er den BH, bevor er mir hilft, die Jacke anzuziehen.

Inzwischen ist die Security da, dahinter drängt sich Tiger zu uns. »Was ist passiert?«

»Nichts«, antworte ich.

»Das sieht mir aber nicht nach nichts aus. Melissa, komm schon.«

»Irgendein Typ hat noch nicht mitbekommen, dass Nein heißt. Das ist passiert. Er hat von mir die Quittung bekommen«, grollt Henry.

»Du hast ihn fast umgebracht«, wimmere ich.

»Ich hab' ihn nicht umgebracht, ich hab' ihm nur einen Denkzettel verpasst. Ich weiß, was ich tue. Der Feigling hat sofort das Weite gesucht.«

»Willst du ihn anzeigen?«, fragt mich Tiger.

Ich schüttle den Kopf. »Ich hab' ihn provoziert. Ich bin selbst schuld.«

Diese Schmach will ich so schnell wie möglich vergessen.

»Weißt du, wie oft ich das höre? Das ist der größte Fehler«, sagt Tiger.

»Ich will kein Aufheben machen. Er gehört zur Familie des Verlobten meiner Mutter«, rede ich mich heraus, damit ich nicht Farbe bekennen muss. »Ich will nur nach Hause. Wo ist Madison?«, frage ich.

»Die ist mit Logan vorhin ins Separee«, antwortet Tiger, als wäre es das Normalste von der Welt.

»Shit!«, fluche ich. »Habe ich dir nicht gesagt, du sollst auf sie aufpassen?«, fahre ich Henry an.

»Habe ich dir nicht gesagt, du sollst es lassen?«, schnauzt er zurück.

Ohne ihn weiter zu beachten, stürme ich los, Richtung *VIP*-Bereich. Es ist nur ein Separee besetzt. Da müssen sie drin sein. Aufgeregt brüllend trommle ich gegen die Glastür.

»Maddie, bist du da drin? Ich will weg – sofort!« Mein Krächzen bricht.

»Miss Ellis! Bitte, kommen Sie heraus. Es gab einen Vorfall, wir müssen hier schnell verschwinden«, sagt Henry mit seiner tiefen Stimme. Es dauert eine gefühlte Ewigkeit, bis sich die Tür öffnet. Klarer Fall, meine schlimmsten Befürchtungen sind eingetroffen.

»Arschloch!«, zische ich giftig zu Logan, bevor ich mich umdrehe.

Madison senkt den Kopf, als ob sie ein schlechtes Gewissen hätte. Weil sie nicht auf meine Warnungen gehört hat? Als wir gehen, wirkt sie trotzdem irgendwie verändert, so gelöst.

# 22

## Wer mit dem Feuer spielt

»Was ist passiert? Nun sag doch schon«, drängt mich Madison, als wir draußen auf den Wagen warten.

»Jetzt nicht, im Auto«, antworte ich schluchzend, während ich meine Tränen mit dem Ärmel meines Kostüms trockne. Ich brauche Zeit, um mir irgendetwas zu überlegen. Die Wahrheit darf niemand erfahren, sonst sterbe ich vor Scham.

Auf der Rückbank nimmt Madison mitfühlend meine Hand und sieht mich auffordernd an.

Um Mut zu sammeln, beiße ich mir auf die Lippe. Ich bin keine gute Lügnerin, aber ich muss es tun. Was soll Henry sonst von mir denken?

»Der ... Es war eigentlich ganz okay. Bis er sich plötzlich zurückgezogen und meinen ... mich ... ohne meine Erlaubnis ...«, stottere ich und senke den Kopf.

»Scheiße!«, kommentiert Madison.

Ich breche nochmals in Tränen aus und verberge mein Gesicht in den Händen. Ich fühle mich so schlecht wie noch nie in meinem Leben.

»Ich habe geschrien: ›Ich will das nicht!‹ Es tat weh, der Typ hat nur sadistisch gelacht und ›Komm schon‹ gesagt«, krächze ich schwach. Das ist jedenfalls nicht komplett gelogen.

»Das tut mir so leid ... Und ich war nicht da«, flüstert Madison heiser.

Ich lache zynisch auf. »Was hättest du machen können? Es kam mir zwar wie eine Ewigkeit vor, aber Henry war sofort da und hat dem Schwein eins übergezogen. Zum Glück, denn eigentlich sollte er ja auf dich aufpassen … Und dann kam auch schon der Sicherheitsdienst.«

Madison nimmt mich in den Arm. Das tut gut, trotzdem habe ich das Gefühl, es nicht verdient zu haben.

»Du musst den Scheißkerl anzeigen«, flüstert sie, während sie mir über den Kopf streichelt.

Ich schüttle den Kopf. »Damit das alles an die Öffentlichkeit gezerrt wird? Niemals!«

»Aber dieses Schwein darf damit nicht durchkommen«, flüstert sie aufgeregt.

»Sie sind doch alle Schweine. Du hast dich doch auch gerade benutzen lassen«, bricht es aus mir hervor, ehe ein gewaltiges Schluchzen meinen Körper erschüttert.

»Meinst du, von Logan? Ich bin wenigstens nicht vergewaltigt worden.«

Mein Herz hämmert. »Nein, aber du bist naiv. Ich habe dich doch gewarnt. Logan ist rücksichtslos.«

»Ist er das? Ich weiß immer noch nicht, was ich von ihm halten soll.«

»Ach, vergiss es, ist sowieso zu spät. Wer nicht hören will, muss fühlen. Wart's nur ab, das war die Lektion von heute. Wer mit dem Feuer spielt, kommt darin um.« Ich schnaube mit einer wegwerfenden Handbewegung. Was für wahre Worte. Hätte ich sie doch nur vorher ernst genommen.

»Es ist mir klar, dass ich für Logan keine Gefühle entwickeln darf. Das hast du mir ja eindrücklich erklärt. Es hatte keine Bedeutung. Punkt. Es bleibt bei diesem einen Mal«, erwidert Madison leise.

»Na, dann ist ja gut. Ich wünsche es dir.«

Ich seufze und wende mich ab. Ich will nichts mehr hören, nie mehr flirten, nie mehr Sex haben. Am liebsten würde ich noch heute in ein Kloster gehen und bis in alle Ewigkeit

Buße tun. Oder in die Wüste zum Meditieren. Ich will nicht weinen. Ich habe es verdient, dass ich mich so schlecht fühle. Trotzdem lassen sich die Tränen nicht runterschlucken. Während der ganzen Fahrt rinnen sie über meine Wangen. Leider muss ich irgendwann aus meinen Gedanken auftauchen, denn der Chauffeur hält vor Madisons neuer Wohnung.

»Soll ich nicht doch zu dir mitkommen? Ich glaube, es ist nicht gut, wenn du allein bist«, flüstert sie und streichelt meinen Arm.

Hastig entziehe ich mich.

»Nicht nötig. Mir geht es gut. Und zu keinem ein Sterbenswörtchen, sonst bist du nicht mehr meine Freundin«, zische ich.

Als sie dann mit ernster Miene aus dem Wagen steigt, fühle ich mich noch schlechter. Sobald wir wieder anfahren, fange ich an zu schluchzen.

»Halten Sie nochmal«, weist Henry den Chauffeur an.

Als die Limousine wieder zum Stehen kommt, setzt er sich zu mir auf den Rücksitz. Sein Versuch, mich in den Arm zu nehmen, scheitert. Ich habe kein Mitgefühl verdient. Doch Henry lässt nicht locker. Nachdrücklich zieht er mich an seine warme Brust. Sofort bringt mir sein vertrauter Duft ein wenig Trost. Ich kann nicht anders, ich muss ihn annehmen. Mein Körper entspannt sich.

Endlich versiegt der Tränenfluss, doch das schlechte Gewissen bleibt – wahrscheinlich für den Rest meines Lebens. Der nichtsahnende Henry drückt mich fest und streichelt meinen Kopf. Ich kann nicht mit ihm zusammen sein. Er ist zu gut für mich.

Als wir am Haus angekommen sind, nimmt er mich auf seine starken Arme und trägt mich zur Tür. Das hat noch nie ein Mann mit mir gemacht, das ist zu schön, zu verführerisch. Zwar umklammere ich seinen Hals und lehne den Kopf an seine Brust, aber ich kann es dennoch nicht so recht genießen.

Vorsichtig lässt er mich herunter, um die Tür zu öffnen. Ich stehe mit immer noch weichen Knien daneben. Ob ein schlechtes Gewissen auch weiche Knie macht? Dann werde ich für den Rest meines Lebens nicht mehr richtig laufen können.

»Du willst mich nicht ernsthaft über die Schwelle tragen, oder? Ich kann allein laufen«, knurre ich heiser.

Ein verständnisvolles Lächeln blitzt über sein Gesicht, während er mir die Tür aufhält.

Ich trete ein. Es fühlt sich an, als liefe ich auf Eiern.

»Soll ich uns einen Tee machen?«, fragt Henry.

»Ich möchte unter die Dusche«, antworte ich, obwohl mir klar ist, dass man Schuld nicht abwaschen kann.

»Trink lieber zuerst etwas Warmes. Hast du so was wie ein Beruhigungsmittel?«

»Nein, das nehme ich nicht. Aber da, wo die Tees stehen, ist auch ein Schlaf- und Nerventee.«

»Der wird es auch tun. Und dann reden wir, ja?«

Ich nicke schwach. Ich werde mein Gewissen erleichtern, zumindest Henry gegenüber. Und morgen entschuldige ich mich bei Jerry ...

Der Entschluss bringt mir etwas Erleichterung. Ich lege mich aufs Sofa und rolle mich ein.

Nach einiger Zeit kommt Henry und stellt den Tee auf den Couchtisch.

»Wie geht es dir?«, fragt er.

Ich schlucke trocken und setze mich auf. »Schlecht. Es tut mir alles so leid.«

Er mustert mich ernst. »Es braucht dir doch nicht leidzutun.«

»Doch, ich bin an allem schuld.« Ich senke den Kopf.

»Melissa, sieh mich an. Du bist nicht schuld. Der Typ

ist ein Dreckskerl.« Er reicht mir die Tasse. »Komm, trink einen Schluck, das wird dir guttun.«

Ich atme durch, während ich sie annehme.

»Ich habe ihn benutzt. Das war mies«, beginne ich mein Geständnis.

»Ja, ich weiß. Aber Nein heißt nun mal Nein. Er ist definitiv ein Typ, der selbst die Menschen benutzt. Der kommt schon damit klar, benutzt zu werden.«

Die Worte dringen nur langsam in mein Hirn vor, doch die tiefe, sanfte Stimme wirkt sofort beruhigend.

»Du ... weißt?«, stammle ich.

»Melissa, du bist sicher eine gute Geschäftsführerin, aber tu mir einen Gefallen und werde niemals Schauspielerin«, antwortet Henry grinsend, bevor er vorsichtig einen Schluck nimmt.

»Aber ...«

»Wenn der Kerl nicht so überzeugt von sich selbst gewesen wäre, hätte er merken müssen, dass du ihn nicht ausstehen kannst. Außerdem wart ihr in der Kabine nicht so leise, wie ihr vielleicht geglaubt habt.«

Oh Mann. Ich drehe mich weg und nippe am heißen Tee. Dass er mich so restlos durchschaut hat, ist fast noch entwürdigender als die Lüge.

»Warum hast du ihn dann so sehr verprügelt?«, hake ich frustriert nach. »Das hätte doch gar nicht sein müssen.«

»Hätte es doch. Er hätte es getan. Er hat es verdient«, knurrt Henry und sieht mich durchdringend an.

»Das kannst du nicht wissen«, erwidere ich und überlege gleichzeitig, warum ich so darauf herumreite. Er kann meine Schuldgefühle nicht so einfach wegargumentieren.

»Oh doch, das ist so sicher wie das Amen in der Kirche. Glaub mir, ich kenne solche Typen«, beharrt er.

»Glaubst du. Weil er auch aus dem Getto kommt? So, wie du? Oder warum kennst du solche Typen?«

Er nimmt noch einen Schluck. »Nur weil man aus einer armen Gegend kommt, ist man doch nicht automatisch ein schlechter Mensch.«

Erschrocken beiße ich auf meine Unterlippe. Das ging ja auch gegen ihn.

»Das habe ich nicht gesagt. Du weißt, was ich meine«, verteidige ich mich krächzend.

»Ich habe meine Menschenkenntnis nicht nur aus dem Getto. Entspann dich, Melissa. Am Anfang habe ich zwar so getan, als würde es mir nichts ausmachen, aber spätestens, als du mit ihm verschwunden bist, tat es mir ganz schön weh. Du ... du hast dein Ziel erreicht«, gesteht er mit einer Spur Verlegenheit im Gesicht.

Mir stockt der Atem. »Ich habe mein Ziel erreicht? Indem ich mich vor dir zum Vollidioten gemacht habe?«

»Du bist kein Vollidiot. Du hast mir etwas gezeigt ...«

»Dass ich keine Würde habe?«

»Melissa, hör auf. Du hast mir gezeigt, wie tief unsere Gefühle sind.«

Ich reiße die Augen auf. »*Unsere* Gefühle?«

»Ja. Und du bist ganz schön weit gegangen, um es mir vor Augen zu führen.«

Ich stelle den Tee ab, ziehe die Beine an und lege mein Gesicht auf die Knie.

»Zu weit«, murmle ich zwischen Körper und Beine.

»Das war notwendig, um auch mir klarzumachen, wie sehr es mich erwischt hat«, flüstert er.

Überrascht schaue ich auf. »Dich hat es erwischt?«

Henry grinst, seine Augen funkeln zärtlich. »Du wusstest es doch früher als ich.«

»Wusste ich das? Ich bin so durcheinander.« Ich schnaufe, bevor ich die Stirn wieder auf die Knie lege. Was sagt er da?

Doch gleich nach dem Gedanken schrecke ich wieder hoch.

»Und warum küssen wir uns dann nicht?«, bricht es aus mir hervor.

Henry stellt seinen Tee beiseite, dreht sich ganz zu mir, stützt sich mit einem Ellenbogen auf die Lehne. Es ist so viel Liebe in seinem Blick. Ich erwarte, dass er sich zu mir beugt. Doch er streckt nur die Hand nach mir aus, fährt damit über mein Haar, hinunter bis zum Gesicht, das er mit dem Daumen streichelt.

»Lass mir etwas Zeit«, bittet er sanft.

Ich schließe die Augen und genieße die Berührung. Wie gerne würde ich wieder in seinen Armen liegen. Vorsichtig beuge ich mich zu ihm hinüber, um mich anzukuscheln.

»Ich glaube nicht, dass es eine gute Idee ist. Du weißt ja, wie es endet«, warnt er, während er sich wieder ein wenig zurücklehnt.

Ich versuche den Kloß im Hals hinunterzuschlucken. »Warum weist du mich immer noch zurück?«

»Wenn wir uns jetzt küssen, dann werden wir es auch tun.«

»Na und? Wo ist dein Problem?«, frage ich schulterzuckend.

»Ich habe damit ein Problem, weil ... Es würde mein Leben komplett auf den Kopf stellen.«

»Meins auch. Hast du dir das schon mal überlegt? Warum bist du so ...«

»Feige? ... Ja vielleicht bin ich das. Aber ...«

»Erklär's mir endlich ... bitte!«

Henry massiert nervös seine Nasenwurzel, während er seufzt.

»Du bist doch verheiratet«, spekuliere ich.

»Blödsinn!«, schnaubt er.

»Du schämst dich, weil ich so viel Geld habe.«

»Ach, Melissa, hör doch auf! Das ist Quatsch, das weißt du.«

»Ich? Ich weiß gar nichts mehr – schon seit Tagen. Und mit jedem Tag wird das, was ich nicht mehr weiß, mehr. Hast du heute nicht deutlich gesehen, was das mit mir macht?«, klage ich verzweifelt.

»Es ist ... nicht so leicht zu erklären ... Du würdest dann alles mit anderen Augen sehen.«

»Nicht so leicht zu erklären? Etwa so: Du bist ein Undercover-Cop vom *FBI* und hast dich eingeschlichen, um mich auszuspionieren. Dabei hast du dich leider in mich verliebt«, scherze ich lachend.

Henry entgleisen die Gesichtszüge, er schnappt nach Luft.

Ich bekomme Beklemmungen, so ernst blickt er mich an. »Ist das wahr?«

Das kann nicht sein! So etwas passiert doch nur in *Hollywood-B-Movies*!

Henry senkt den Kopf.

»Sieh mich an!«, fordere ich energisch. »Ist das wahr?«

Er schluckt, bevor ein undefinierbarer Laut aus seinem Mund kommt.

»Warum? Rede mit mir!«, fauche ich.

»Genau das darf ich doch nicht«, antwortet er verzweifelt und verbirgt das Gesicht in seinen Händen. Er reibt darüber und holt tief Luft, bevor er mich wieder anschaut. »Ich habe denen gesagt, dass du mit der Sache nichts zu tun hast. Deshalb werde ich Montag vom Fall abgezogen.«

Das Blut weicht aus meinem Gesicht. Das ist alles so surreal ...

»Ich brauche einen Drink. Holst du mir einen?«, stammle ich.

Henry nickt und steht auf. »Ich auch. Was möchtest du?«

»Egal. Das Stärkste, was ich dahabe.«

Mein Blick ist auf Henrys knackigen Po fixiert, als er uns einen Whiskey einschenkt. Himmel, jetzt schnappe ich vollkommen über!

»Hier.« Er reicht mir mein Glas und steht unschlüssig herum.

»Danke. Setz dich«, bitte ich. »Du hast mich nach Strich und Faden belogen. Ich glaube, wir sind noch nicht fertig.«

»Natürlich nicht«, antwortet Henry. »Aber im Moment kann ich nicht mehr.«

»Was hast du vor?« Ich trinke einen großen Schluck. Der Alkohol läuft scharf durch die Kehle, die Speiseröhre hinunter und nimmt mir ein wenig die Beklommenheit im Brustkorb.

Henry dreht das Glas in seinen Händen, die bernsteinfarbene Flüssigkeit funkelt warm. »Ganz ehrlich? Ich weiß es nicht.«

Mein Herz steht still. Wie gerne würde ich ihn umarmen und sagen, dass alles gut wird. Aber kann es das? Auch ich fühle mich so zerrissen.

»Ich ... müsste meinen Job aufgeben ... Ich glaube ... Ich weiß nicht«, krächzt er heiser und kippt danach seinen Drink in einem Zug herunter.

Ich beiße mir auf die Lippe. »Verstehe ...«

Alles oder nichts. Ich komme mir gerade so egoistisch vor. Wenn ich doch nur geahnt hätte, was für Kämpfe in ihm toben. Auch ich stürze den Rest im Glas mit einem Schluck hinunter. Ich muss weg hier. Irgendwie einen klaren Kopf kriegen ...

»Ich gehe duschen und danach ins Bett.« Ich stehe auf.

Henry nickt. »Ich auch.«

Ich drehe die Dusche so weit und so heiß wie möglich auf. Doch das Gefühl des prasselnden Wassers kann mich nicht vom Chaos meiner Empfindungen ablenken. Trotzdem bleibe ich eine gefühlte Ewigkeit darunter, als könnte ich diesen schrecklichen Tag und die Begegnung mit Jerry einfach wegwaschen.

Mit der Hoffnung, mein Gemüt würde sich nach dem anstrengenden Tag schon beruhigen, gehe ich ins Bett. Aber nichts verflüchtigt sich aus meinem Kopf. Im Gegenteil, meine Gedanken drehen sich immer schneller. Ich sehe auf die Uhr, vier Uhr morgens. Es ist bereits Sonntag. Genau genommen könnte Henry schon morgen aus meinem Leben verschwunden sein.

Vielleicht wäre es besser. Er hat mich belogen und hintergangen.

Aber es sind noch so viele Fragen offen.

Er fehlt mir.

Ich werde ihm auch fehlen.

Ich habe das Gefühl, es nicht aushalten zu können.

Fuck. Ich möchte nur noch einmal ganz nah bei ihm sein ... so als Abschied.

Nein. Es soll kein Abschied sein!

Ich will ihn in meinem Leben.

Würde er überhaupt seins aufgeben?

Liebt er mich genug?

Wahrscheinlich nicht, sonst hätte er nicht so gezögert, oder?

Ich will es jetzt wissen, nicht irgendwann!

Je länger ich mich im Bett wälze, desto klarer wird mir, mit welcher Wucht meine Gefühle den Verstand überrollen. Ich habe überhaupt keine Chance. Es ist mir alles egal, ich gehe jetzt zu ihm rüber. Vielleicht haben wir nur noch wenige Stunden.

# 23

## Der Zweck heiligt die Mittel

Auf Zehenspitzen schleiche ich mich hinüber zu Henrys Zimmer. Als nach meinem zaghaften Klopfen niemand antwortet, öffne ich leise die Tür.

»Henry?«, flüstere ich so leise, dass er mich nur hören kann, wenn er wach ist. »Bist du wach?«

»Jetzt nicht mehr«, knurrt er gedämpft.

Nach einem Anflug schlechten Gewissens wird mir klar, dass ich viel zu verhalten gesprochen habe, um ihn zu wecken. »Ich kann nicht schlafen.«

»Ich auch nicht.«

»Warum flüstern wir dann?«

»Weiß nicht. Du hast angefangen.«

»Ich möchte bei dir sein«, bitte ich etwas lauter.

»Habe ich dir nicht ausreichend erklärt, warum das keine gute Idee ist?«, brummt Henry.

»Es ist mir egal, ob es eine gute Idee ist. Womöglich haben wir nur ein paar Stunden. Die möchte ich wenigstens nutzen, damit ich meine Gefühle sortieren kann.«

Henry stöhnt. »Ich denke nicht, dass das funktioniert. Mach es uns doch nicht so schwer.«

»Vielleicht bist es aber auch du, der es uns schwer macht. Bitte, Henry. Ich habe ein Shirt an, und ich werde mich nur an deinen Rücken kuscheln. Versprochen.«

»Und dann kannst du besser schlafen? Glaubst du das wirklich?«, fragt er fassungslos.

Mein Herz setzt einen Schlag aus. »Macht es die gar nichts aus, dass ich mir wie ein Bittsteller vorkomme? Ich fühle mich wie ein schmachtender Teenie oder eine verdammte Stalkerin.«

»Stalkerin, hm? Wie wär's mit Dramaqueen? Macht es dir gar nichts aus, dass ich mir vorkomme wie ein willenloses Stück Wachs in deiner Hand?«, erwidert er.

»Echt jetzt? Vielleicht solltest du es dann mal mit der Schauspielerei versuchen.«

Henry seufzt.

»Was ist jetzt? Mir ist kalt. Ich ... sonst ... werde ich nie wieder fragen.«

»Nennt man das nicht Erpressung?«, entrüstet er sich.

»Nein, dann musst du aktiv werden.«

Henry macht die Nachttischlampe an. »Na, dann komm schon, du Stalkerin. Lass mein schlechtes Gewissen erblühen.«

»Prima, jetzt habe ich auch eins«, murre ich, während ich schnell zu ihm unter die Decke schlüpfe.

»Zu Recht«, antwortet er lachend.

»Dreh dich weg«, weise ich ihn an. »Ich habe versprochen, dass nichts passiert.«

»Bist du dir sicher? Ich habe nicht erwartet, dass du es ernst meinst.«

Ich nehme seinen Unterkiefer in die Hand, damit er mir sein Gesicht zuwendet, und sehe ihn durchdringend an. »Ich meine es immer ernst.«

Ein unsicheres Lächeln huscht über Henrys Lippen. Er löscht das Licht, bevor er seinen Arm unter meinen Kopf schiebt. Mein Herz schlägt ein wenig höher. Jetzt kann ich mich an seine Brust kuscheln, so darf ich ihm näher sein, als ich zu hoffen gewagt habe. Er riecht immer noch nach Trost. Sein Brustkorb hebt und senkt sich mit jedem Atemzug, während sein Herz eine gleichförmige Melodie hämmert. Henry krault meinen Haarschopf, es beruhigt und erregt mich gleichermaßen.

Irgendwann kann ich nicht widerstehen, die warme weiche Haut auf den harten Muskeln zu berühren. Sanft streicheln meine Fingerspitzen über die Brust, bis sie die Erhöhung der Warzen finden und versonnen darum herumkreisen.

»Hey, ich denke, du willst brav sein. Lass meine erogenen Zonen in Ruhe«, beschwert Henry sich lachend.

»Oh, Entschuldigung«, murmle ich und nehme die Hand zurück.

»Ich wusste, dass es nicht funktioniert«, brummt er.

»Dann streif doch auch ein Shirt über. Oder kehr mir den Rücken zu.«

»Ich fürchte, dafür ist es schon zu spät«, raunt er und dreht sich ganz zu mir.

Ich fühle am Oberschenkel, was er meint. Mein Atem stockt. Er zieht mich an sich, ich suche Halt an seinem Nacken. Unsere Lippen begegnen sich.

*Endlich*, schießt es mir durch den Kopf.

Wir küssen uns wie zwei Dürstende, die Wasser in der Wüste finden. Verlangend dringt seine Zunge vor, und ich öffne meinen Mund weit. Mein Bauch wird weich und platzt nach ein paar Sekunden wie ein Kokon, aus dem tausende Schmetterlinge durch meinen Körper flattern. Seine zärtlichen Berührungen lassen mich entspannen. Warme Wogen fluten durch mich hindurch. Allein dieser Kuss ist die absolute Erfüllung und jeden Schmerz wert, den ein Abschied morgen verursachen wird.

Unsere Zungen tanzen immer wilder, während Henrys Hand unter mein Shirt schlüpft. Wie habe ich die Berührung ersehnt. So leidenschaftlich wie er meinen Leib liebkost, hat mich noch nie jemand angefasst. Henrys Atem wird schwer, als er über meine Brust streichelt und meine harten Nippel fühlt. Es fährt direkt in meinen Unterleib. Ich räkle mich lüstern, als er sich mit kleinen Küssen meinen Hals hinab arbeitet. Reflexartig verschafft mir der heiße Hauch eine Gänsehaut.

Auch meine Hände gehen lebhafter auf Wanderschaft. Streichen über die Berge und Täler der faszinierenden Muskeln hinunter, wie magisch angezogen von seinem Po. Ich kann nicht widerstehen und muss fest zupacken. Henry stöhnt leise und bringt damit meine Nerven zum Vibrieren. Ich spüre, ich bin schon bereit für ihn, und spreize unwillkürlich die Beine. Henry drängt seinen Leib dazwischen.

Er streift mein Shirt hoch, bedeckt meinen Bauch mit Küssen. Ich winde mich vor Lust. Seine starken Hände halten mich fest, während er sich intensiv mit mir beschäftigt. Es kitzelt, während er sich mit den Lippen weiter hocharbeitet. Schwer liegt sein Körper auf mir, mein Verstand verabschiedet sich. Ausgehungert wie ich bin, schiebe ich gierig seine Shorts über den Hintern und veranlasse ihn, sich zu drehen, um den Schwanz zu befreien. Knallhart springt er hervor.

Henrys Liebkosungen werden stärker, als ich sein Glied umfasse und die zarte Haut streichle. Er ist so gut bestückt, die Hoden prall gefüllt. Ich kann es gar nicht erwarten, ihn in mir zu haben. Voller Sehnsucht küsse ich mich seinen Bauch hinunter, über die hügelige Landschaft seines Sixpacks zu den Lenden, umkreise sein Lustzentrum. Henry dreht sich ganz auf den Rücken, schwer atmend, die Augen genießerisch geschlossen, wirkt er fast wie gelähmt. Erst als ich ihn von der Unterhose befreie, bewegt er seine Hüfte. Der herbe männliche Geruch zieht in meine Nase und befeuert meine Leidenschaft.

Henry ächzt, als ich mit der Zunge seine ganze Männlichkeit necke. Berauscht verliere ich mich in Zärtlichkeiten. So tief wie möglich nehme ich ihn in den Mund, lutsche, sauge und lasse die Zunge kreisen. Es ist mein größtes Vergnügen, ihn zum Stöhnen zu bringen.

Nach kurzer Zeit schiebt er mich weg, richtet sich auf

und hilft mir, mein Shirt auszuziehen, bevor er mich auf den Rücken dreht. Ich spüre seinen Schwanz auf dem Bein, als er meine Halsgrube mit Küssen und zarten Bissen bearbeitet. Die Gier wächst, mein Unterleib drängt sich ihm entgegen.

Er knetet die Brüste, reizt meine Nippel, sodass ich leise ächze. Ich spüre seinen heißen Atem weiter hinunterwandern, er erzeugt kleine Schauer, die bis in die letzte Zelle ziehen. Wie durch einen Nebel nehme ich die Zärtlichkeiten wahr. Seine Zunge umkreist den Bauchnabel, die Lippen liebkosen den Unterleib. Sein weicher Bart reibt über die Haut. Ich keuche, als er meine Beine auseinanderdrängt und über seine Schultern legt.

Sein erregtes Knurren lässt meinen Körper beben, als er meinen Eingang mit der Zunge neckt. Er stimuliert meine Perle, spielt und lutscht das Lustknöpfchen, bis mein heißes Fleisch vor Verlangen zuckt. Ich fühle immer mehr Feuchtigkeit in die Pussy strömen und versuche, ihn hochzuziehen.

Doch Henry nimmt sich für den Weg zurück nach oben reichlich Zeit, um jeden Quadratzentimeter meines Körpers anzubeten. Mein Atem stockt, als ich endlich seinen Schwanz an meinem Eingang spüre. Erwartungsvoll schließe ich die Augen. Ganz langsam und genussvoll dringt er ein. Mein hungriges Becken drängt ihm ungeduldig entgegen, was er mit einem festen Ruck quittiert. Süßer Schmerz lässt mich leise aufschreien.

Henry schiebt seine Arme unter meine Schultern, legt die Hände an den Kopf. Als er mich dann leidenschaftlich küsst, fühle ich mich unendlich geborgen. Gemächlich fängt er an, sich in mir zu bewegen. Ich öffne die Augen, als er den Kuss unterbricht, sehe sein sinnlich entrücktes Gesicht. Es geht mir durch und durch, als unsere Blicke sich verbinden.

Er küsst meinen Hals, während unser Rhythmus leidenschaftlicher wird. Schweiß bildet sich auf unseren erhitzten

Körpern, ein Schauer jagt den nächsten. Henry keucht, ich ächze unter seinem intensiven Akt. Trotzdem finden unsere Leiber immer heftiger zueinander. Meine Hände krallen sich in seinen Rücken, was er mit heftigeren Bewegungen beantwortet.

Mit aller Hingabe treibt er mich bis an die Klippe, immer weiter. Wir sehen uns in die Augen, als die erlösenden Glücksgefühle heiß durch jede Zelle ziehen. Sie entlocken mir ein lautes Stöhnen, das schließlich auch Henry zur Entladung bringt. Sein schwerer Atem verwandelt sich in erregtes Keuchen. Mit ein paar tiefen Stößen pumpt er sein Sperma in mein zuckendes Fleisch.

Henry entspannt sich, drückt meinen Kopf in die Matratze, während er mich dankbar küsst. Voller überquellenden Gefühls verschmelzen unsere Münder. Zärtlich streicheln sich unsere Zungen, so intensiv, wie ich es noch nie erlebt habe. Dieser Moment soll nie zu Ende gehen.

Lange Zeit können wir nicht voneinander lassen, küssen und streicheln uns, als ob wir alles nachholen könnten, was wir so mühevoll unterdrückt haben.

Henrys Glied ist immer noch hart und in mir, als unsere Leidenschaft wieder an Fahrt aufnimmt. Routiniert hebt er ein Bein von mir an und schiebt es auf die andere Seite. Geschickt drängt er sich zwischen die Schere, sodass er mich jetzt von hinten nimmt.

Ich genieße seine Küsse und Liebkosungen im Nacken, während er meine Brüste mit der freien Hand bearbeitet. Beharrlich treibt er seine Härte in mich hinein, ohne das Tempo zu verändern. Die Ausdauer und die neue Stellung lassen auch meine Lust wieder zur Gier wachsen. Durch die eingeschränkte Bewegungsfreiheit bin ich seiner Geilheit ausgeliefert. Er fickt, als hätte er jahrelang keine Frau mehr gehabt. Es ist so wahnsinnig intensiv. Wir vergehen vor Lust und verlieren uns in unseren Gefühlen.

Die Zeit bleibt stehen ... bis Henry meine Klit reizt und einen überwältigenden Orgasmus produziert. Mehrere ekstatische Wellen überrollen mich, die ich herausschreie. Als sie abebben, ergießt auch er sich noch einmal mit tiefen erregten Lauten.

Sein Atem kühlt meinen verschwitzten Nacken, als er mich dichter an sich heranzieht. Langsam löst er unsere Verschlingung, gleitet auf natürliche Art aus mir heraus und zieht die Decke über uns. Lange spüre ich seine Küsse und sein beruhigendes Streicheln, ohne dass er ein Wort von sich gibt. Was sollen wir auch reden? Das, was gerade geschehen ist, war einfach nur überwältigend und sagt mehr als tausend Worte.

»Habe ich dich jetzt überrumpelt?«, bricht es nach einiger Zeit dann doch aus mir hervor.

»Nein, ich habe schon selbst darüber nachgedacht, zu dir zu kommen, um zu reden.«

Ich kichere. »Wie *Reden* kam mir das eben aber nicht gerade vor.«

»Zugegeben. Das liegt aber daran, dass sich in deiner Anwesenheit mein Verstand verabschiedet«, raunt Henry.

»Und warum reden wir nicht jetzt?«, frage ich zaghaft.

»Worüber?«

»Darüber, was du eben mit mir bereden wolltest ... Oder du sagst mir, wie du dich entscheiden wirst. Es gibt so viel, was wir noch besprechen müssen.«

Henry dreht sich so, dass ich meinen Kopf wieder auf seine Brust legen kann. Verdammt, riecht er gut. Leise sauge ich seinen Duft in die Lunge, und gleich wird das Gefühl der Geborgenheit stärker. Ich kuschle mich dichter heran und lege mein Bein über seine muskulösen Oberschenkel.

»Vorsicht. Sonst kommen wir heute gar nicht mehr zum Schlafen«, warnt Henry.

»Ich brauche keinen Schlaf, wenn du da bist. Ich brauche nichts zu essen und zu trinken, ich brauche nur dich«, murmle ich.

»Jetzt mach mir keine Angst«, scherzt er.

»Ist nur so ein Gefühl. Du bist doch frei. Wenn du plötzlich Bedenken hast, kannst du jederzeit gehen. Es gibt schließlich keine Garantie, dass es mit uns klappt. Wir kennen uns nur ein paar Tage. Ich weiß, dass es unvernünftig ist, trotzdem werde ich mir meiner Gefühle immer sicherer. Du verstehst, was ich meine?«

»Ja, natürlich«, antwortet er nachdenklich.

»Aber ich verstehe dich auch, wenn du dich anders entscheidest. Du trägst das höhere Risiko, das ist mir klar.«

Henry lacht auf. »Weißt du, was mir am meisten Angst macht?«

Er hat Angst? Mein Puls pocht in den Ohren.

»Ich kann mir überhaupt nicht vorstellen, dass du vor irgendetwas Angst hast«, erwidere ich leise.

»Oh, Angst ist ein ganz wichtiger Ratgeber. Ohne Angst fällt man schlechte Entscheidungen. Und bei dir fehlt mir die Angst. Es fühlt sich so perfekt an, dass ich es kaum glauben kann.« Henrys Fingerspitzen fahren über meinen Rücken und verursachen eine Gänsehaut, die sich mit einem mulmigen Gefühl mischt: der Angst, ihn zu verlieren.

»Es fühlt sich so perfekt an, dass es dir Angst macht, nicht richtig urteilen zu können?«, frage ich nach.

»So ähnlich.«

»So geht es mir auch. Ich glaube, das ist die Angst vor der Bauchentscheidung. Ich will ja nicht sagen, dass man immer auf seinen Bauch hören sollte, aber manchmal ist er der bessere Ratgeber«, überlege ich laut.

»Du meinst, ich soll auf meinen Bauch hören?«

»Ich kann dir doch nicht vorschreiben, wie du dich entscheiden sollst. Ich weiß ja noch nicht einmal, was genau das für Konsequenzen hat. Immerhin hast du mich belogen, da ist es auch für mich nicht einfach, auf meinen Bauch zu hören.«

»Ein großes Problem ist: Wenn ich den Fall abgebe, werde ich einen neuen bekommen. Da es sich um Undercover-Einsätze handelt, müsste ich wieder eine andere Identität annehmen. Das heißt, ich kann kein Privatleben haben.«

Überrascht hebe ich den Kopf. »Du bist gar nicht Henry Jones?«

»Nein.«

»Wer bist du dann?«

»Wenn meine Identität auffliegt, ist das gleichbedeutend mit einer Kündigung.«

»Okay. Ich wollte nicht ...« Ich kann ihm die Entscheidung nicht abnehmen. Es wird so kommen, wie es kommen muss.

»Ich hatte vorhin verdammt Angst, dass ich auffliege. Dass Logan mich mit meinem Namen anspricht. Gott sei Dank hat sich das dann doch nicht ergeben. Stuart. Ich heiße Henry Stuart«, vertraut er sich mir an.

Ich schlucke. Hat er sich gerade eben für mich entschieden? »Okay ... Und dann stimmt das auch nicht, dass dein Vater sein Vermögen an der Börse verzockt hat?«

»Doch ... und auch das mit dem Zusammenbruch meiner Mutter, die er deshalb verlassen hat. Mein Vater ist das größte Egoistenschwein, das man sich vorstellen kann.«

Ich halte den Atem an, denn ich kann fühlen, wie sich Henrys Herzschlag beschleunigt. »Brian Stuart, ist er etwa dein Vater?«

Henry schnaubt. »Ja. Er hat damals ziemliche Berühmtheit erlangt, oder?«

»Dann wart ihr ja verdammt reich.«

»Ja, waren wir«, antwortet er bitter.

»Hat euch niemand geholfen?«

»Wer denn? Da war nichts mehr zu holen, mein Vater im Gefängnis. Ratten verlassen bekanntlich das sinkende Schiff. Vielleicht hätten es ein paar enge Freunde meines Vaters getan, leider hatte er keine. Er hat uns im Stich gelassen und sich umgebracht. Das ist der wahre Grund, warum meine Mutter zerbrochen ist.«

»Vielleicht schämte er sich und wollte euch schützen?«, versuche ich Henrys Vater zu verteidigen.

»Siehst du, das ist der Unterschied zwischen dir und ihm. Du kannst dir gar nicht vorstellen, wie egoistisch Menschen sein können.«

»Ich denke, du hast meine Mutter kennengelernt?«, antworte ich beleidigt.

»Okay, entschuldige. Dann kannst du dir meinen Vater als männliche Ausgabe deiner Mutter denken.«

»Verstehe.« Das klingt nicht gut. »Dann gehe ich mal davon aus, dass sie der Grund dafür ist, dass ich überwacht werde.«

»Wie kommst du darauf?«

»Was soll es sonst für einen Grund geben? Aber was hat sie getan?«

»Wir wissen es immer noch nicht genau. Das wollen wir ja gerade herausfinden.«

»Jetzt mal Klartext. Warum bin ich im Visier des *FBI*?«

»Ich weiß nicht. Wenn das herauskommt, lande ich wegen Geheimnisverrats im Bau.«

»Aber ich muss erfahren, was los ist ... nach all dem, was passiert ist. Kannst du dir vorstellen, was für Gefühle dieser offensichtlich schwere Verdacht in mir auslöst?«, flüstere ich heiser.

»Ich komme in größte Schwierigkeiten. Kannst du das nicht verstehen? Ich habe dich nicht in Verdacht. Ich muss das nur noch meinen Vorgesetzten beibringen. Vertrau mir.«

»Vertraust du mir nicht? Dein Geheimnis ist bei mir bombensicher«, flehe ich.

»Ich vertrau dir schon ... aber ...«

»Ich schwöre, bei allem, was mir heilig ist. Es wird kein Wort über meine Lippen kommen.«

»Dir ist wirklich klar, dass das mein Leben ruinieren würde?«

»Ich weiß, dass das ein großer Schritt ist und ein gewaltiger Vertrauensbeweis. Deshalb würde es mir wahnsinnig viel bedeuten.«

»Kein Wort, bis dieser Fall ganz abgeschlossen ist?«

»Nein, natürlich nicht. Ich schwöre. Ich will dich auf keinen Fall in Schwierigkeiten bringen.«

»Ich dich auch nicht. Der Fall ist nicht ohne. Wenn es nicht gefährlich ist, ermittelt das *FBI* erst gar nicht. Nach deren Einschätzung ist Bertoldo der Boss eines Mafiaclans, der seinen Einfluss ausbauen will. Anscheinend wollen sie die Möglichkeiten der Geldwäsche erweitern, weil es zunehmend Probleme damit gibt.«

»Aus Mafiasicht, hoffe ich«, werfe ich ein.

»Ja, natürlich. Die werden immer kreativer. Deshalb ist so ein unbescholtener Konzern besser als ein typisches Geldwäschergewerbe. Dort kann man dann auch im Nachhinein Unternehmen integrieren, die sich gut zur Geldwäsche eignen.«

»Deshalb hat man uns verdächtigt?«

»Ja, durch die Verbindung deiner Mutter zu Bertoldo, der schon länger unter Beobachtung steht.«

Ich krause die Stirn. »Aber das hat doch nichts mit uns zu tun. Unsere Mutter gehört praktisch nicht mehr zur Familie.«

»Genau das sollte ich rausfinden«, erklärt Henry.

»Da hätten wir doch niemals mitgespielt, Dad und ich«, entrüste ich mich.

»Müsst ihr ja auch nicht, wenn zum Beispiel dein Ehemann entsprechende Handlungsfreiheit bekommen würde.«

Ich richte mich auf. »Ach, du meine Güte … Jetzt sehe ich die Verkupplungsversuche meiner Mutter mit völlig anderen Augen. Glaubst du, das hat mit der Sache etwas zu tun?«

»Könntest du dir das vorstellen?«, fragt Henry.

»Merkwürdig ist die Sache schon«, überlege ich. »Nachdem es mit Sesto nicht geklappt hat, zaubern die plötzlich Jerry aus dem Hut.«

»Richtig. Wer weiß, ob der gestern überhaupt zufällig da war«, ergänzt Henry.

»Dann hat er es aber nicht besonders geschickt angestellt.«

»Findest du?«

Am Anfang wirkte er schon aufrichtig, schießt es mir durch den Kopf.

»Na ja. Zumindest bis zu einem bestimmten Punkt«, lenke ich ein.

»Der Typ ist zwar skrupellos, aber leider zu eitel für so einen großen Coup.«

»Ist er denn dem *FBI* bekannt?«

»Wir haben noch nichts Endgültiges rausbekommen. Uns fehlen viele Beweise, auch gegen deine Mutter und andere Verdächtige. Was meinst du, wie weit würde deine Mutter gehen?«

Oh mein Gott, meine Mutter eine Mafiabraut? »Ich weiß nicht … Doch … Möglich. Im Grunde traue ich meiner Mutter einiges zu, nach dem, was sie sich schon alles in unserer Familie geleistet hat.«

»Und jetzt ist es an mir, denen zu beweisen, dass du nichts mit dieser Sache zu tun hast. Ich habe zwar meine Einschätzung abgegeben, aber auch da fehlen mir die

Beweise. Leider konnte ich bei dem Essen am Freitag keine Wanze installieren, was eigentlich mein Auftrag war. Die Zeit reichte nicht, um die passende Gelegenheit zu finden.«

»Wenn du mich eingeweiht hättest, hätte ich die Feier nicht gecrasht, ich schwöre«, versichere ich.

»Aber da war ich mir selbst doch noch über so vieles unsicher. Ich hätte dir niemals meinen Auftrag verraten. Ich fühle mich auch jetzt nicht gut dabei, obwohl ich dir vollkommen vertraue.«

Vollkommenes Vertrauen, das will auch ich ihm schenken.

»Danke, dass du mir vertraust«, flüstere ich.

Jetzt kann ich alles fragen und erhalte eine ehrliche Antwort.

»Kann es sein, dass ich gar nicht in Gefahr bin, entführt zu werden? Die Sache mit der Handtasche ... War das eigentlich Zufall?«, äußere ich meine Zweifel.

»Nein. Das war inszeniert, um dich zu verunsichern. Wir brauchten Argumente, um dich vierundzwanzig Stunden zu observieren. Du hast es uns ziemlich einfach gemacht.«

»Danke für das Kompliment«, brumme ich beleidigt. »Aber was ist mit dem armen Gerald?«

»Der war froh, dass er den Fall vorläufig abgeben konnte. Er hat keinen Bock auf Mafia, ebenso wie sein Chef.«

»Alles inszeniert?«

»Alles inszeniert. Eine große Show, um dir Angst zu machen. Die hat höchstens das Handy interessiert, da hätten die sehen können, ob schon irgendwelche Verbindungen bestehen. Aber ausgerechnet das hattest du ja vergessen.«

»Krass. Dann war also auch der Zusammenstoß vor dem Steakhaus kein Zufall?«

»Die Frage kannst du dir selbst beantworten, oder?«

»Ich weiß jetzt nicht, wie ich das finde.«

»Der Zweck heiligt die Mittel.«

»Ist dein Lebensmotto, oder?«

Henry antwortet nicht mehr. Trotzdem erfasst mich eine seltsame Art von Zuversicht. Obwohl so einiges Unschöne ans Licht gekommen ist, fühle ich mich sicher. Oder vielleicht gerade deswegen, denn jetzt ist Henry ehrlich, das spüre ich. Geborgenheit lässt mich entspannen und endlich einschlafen.

# 24

## Erste Erkenntnisse

Es klingelt.

Was ist das für ein Ton? Das ist nicht mein Handy.

Nur ganz langsam begreife ich, dass ich aufwachen sollte. Es riecht so anders, es riecht so gut ... Es riecht nach ... Henry. Wo bin ich? Das ist nicht mein Bett. Angestrengt öffne ich die Augen. Es klingelt immer noch. Ich bin in meinem Gästezimmer, in meinem Gästebett ... Henrys Bett. Meine Zunge klebt am Gaumen, meine Muskeln fühlen sich strapaziert an. Ungewohnte Strapazen – vom Sex.

Wow!

Ich richte mich auf und streife mit der Hand durch die zerzausten Haare. Die Erinnerung an letzte Nacht lässt mich schlagartig wach werden. Es ist heller Tag, die Sonne scheint durch die Vorhänge. Es muss schon gegen Mittag sein. Kein Wunder, denn die letzte Nacht ging bis in die Morgenstunden.

Wo ist Henry? Will er nicht an sein Handy gehen?

Kaum habe ich den Gedanken zu Ende gedacht, taucht Henry auf und stürmt zu seinem Smartphone. Mit tropfnassen Haaren, ein Handtuch um die Hüfte gebunden. Ich liebe diesen Anblick! Ob er mir jetzt öfter vergönnt ist?

»Sir?«, sagt Henry ins Telefon, während er mir zulächelt.

Warum meldet er sich nicht mit Namen? Ich halte den Atem an, als mir wieder bewusst wird, dass Henry ja beim *FBI* arbeitet. Die Sache mit mir wird schwierig werden, hat er gestern deutlich gemacht.

»Nein«, setzt er das Gespräch fort. »Das ist nicht richtig. Die Sache ist komplizierter.«

Ich glaube, ich sollte lieber gehen, damit er in Ruhe telefonieren kann. Selber duschen, denn die Liebesnacht hat so ihre Spuren hinterlassen.

Schreck zieht durch meine Glieder, als mir klar wird, dass ich gestern gar nicht verhütet habe. Ich wollte wohl nicht daran denken und Henry so nah bei mir haben, wie es nur geht. Was, wenn diese Nacht Folgen hat? Ich bleibe merkwürdig gelassen bei dem Thema, schließlich wünsche ich mir schon länger ein Kind – mit oder ohne Mann.

Ein Kind von Henry ... Ich kann mir nichts Schöneres vorstellen.

Sofort setzt sich der Gedanke, frisch gewaschen da weiterzumachen, wo wir gestern aufgehört haben, wie eine Klette in meinem Kopf fest. Schnell schlüpfe ich aus dem Bett und verlasse den Raum.

Selten habe ich eine Dusche als so belebend empfunden wie heute. Meine Laune ist glänzend. Doch als ich mit einem Handtuch um den Körper in mein Schlafzimmer komme, fällt mein Blick auf das Kostüm von gestern. Sofort ist die letzte Nacht, inklusive schlechtes Gewissen, wieder präsent. Die Nummer, die ich vor Henry abgezogen habe. Die Prügel, die Jerry einstecken musste, weil ich nie ernsthafte Absichten hatte. Aber mindestens genauso schlimm fühlt sich die Lüge an, die ich Madison aufgetischt habe, damit ich vor Henry nichts eingestehen musste. Ein Kloß blockiert meinen Hals. Ich muss mich wenigstens bei Madison entschuldigen. Mit einem Stein im sowieso schon angeschlagenen Magen krame ich in der Handtasche nach meinem Handy und wähle die Nummer meiner besten Freundin.

»Hallo Süße, ich wollte mich für gestern bei dir entschuldigen. Wegen Logan ... Ich war unfair zu dir. Verzeihst du mir?«, sage ich, nachdem sich Madison gemeldet hat.

»Da gibt es nichts zu entschuldigen. Mir tut es auch leid«, antwortet sie mitfühlend, was mein schlechtes Gewissen nicht besser macht. »Soll ich nicht doch vorbeischauen?«

In dem Moment betritt Henry das Zimmer. Er ist schon fertig angezogen und kommt grinsend auf mich zu.

»Nein, das brauchst du nicht. Mir geht es heute schon besser«, teile ich Madison eilig mit.

»Warum glaube ich dir das nicht?«, beharrt sie.

»Süße, das kannst du mir glauben. Heute erscheint mir das alles gar nicht mehr so schlimm«, versichere ich und halte den Atem an, denn Henry hat die Verschlingung meines Handtuchs gelöst. Er lässt es achtlos auf den Boden fallen und fängt an, meinen Nacken zu küssen, während er meine Brüste knetet. Ein Kribbeln zieht durch meinen Körper.

»Doch, bitte. Wir könnten drüber reden. Lass mich vorbeikommen«, fleht Madison.

»Ich will aber nicht drüber reden. Es ist passiert, und es ist vorbei«, versichere ich, schwer konzentriert.

Henrys Hände sind auf einmal überall und verscheuchen meine klaren Gedanken. Es ist egal, wohin er fasst, jede Berührung macht mir bewusst, dass ich schon wieder Lust auf ihn habe.

»So schnell geht das nicht. Es ist nie wirklich vorbei. Bitte, dann such dir professionelle Hilfe«, höre ich Madisons Stimme am anderen Ende der Leitung. Meine Knie werden weich, als Henry meine Brustwarzen zwirbelt.

»Ja, das werde ich, wenn es nötig ist. Versprochen. Aber mach dir keine Sorgen, mir geht es gut«, erwidere ich schnell.

Henry lässt nicht locker. Merkt der gar nicht, dass ich ein ernstes Gespräch führe? So kann ich nicht telefonieren. Halbherzig versuche ich ihn wegzuschieben. Aber er hat es schon geschafft, auch ich habe nur noch das eine im Sinn.

Madisons sorgenvolles Seufzen lässt mich schlucken.

»Wirklich?«, fragt sie ungläubig.

»Wirklich«, versichere ich fest. »Und jetzt beruhigst du dich und genießt deinen freien Tag, ja? Mach einen Spaziergang oder so. Ich wollte dir nur sagen, dass es mir gutgeht, okay?«

»Okay«, kommt es zögerlich durch die Leitung.

Schnell lege ich auf und das Handy beiseite, denn ich spüre Henrys harten Schwanz am Rücken, was meine Muschi sehnsüchtig pochen lässt. Es ist merkwürdig, wie wild ich plötzlich auf Sex bin, nachdem ich ihn so lange fast gar nicht vermisst habe – oder es mir zumindest eingeredet habe.

Henry dreht mich herum und küsst mich, als ob er mich verschlingen wollte. Seine Hände packen meinen Po und kneten ihn hungrig. Es tut mir so gut, dass er so unverhohlen scharf auf mich ist wie keiner zuvor. Meine Knie werden weich. In diesem Moment würde ich alles für ihn tun. Ungeduldig mache ich mich an der Gürtelschnalle zu schaffen.

Das ist für ihn der Startschuss, mich zum Bett zu schieben. Er positioniert mich an der Kante in der *Doggy*-Stellung und drängt meine Beine weit auseinander. Erwartungsvoll präsentiere ich mich. Es macht mich an, als ich spüre, dass er mich mustert.

»Du hast so einen göttlichen Hintern«, murmelt er. Seine Hände streicheln darüber, bevor zwei Finger prüfend in meine Pussy wandern. Mein Atem stockt. Oh ja, ich bin bereit. Sehnsüchtig schiebe ich mich ihm entgegen. Doch offensichtlich mag Henry nicht gedrängt werden, denn er fängt an, ausführlich in mir zu wühlen. Verteilt die Feuchtigkeit, neckt die Perle und massiert den G-Punkt. Geschickt bringt er mich zu einem Höhepunkt, doch sofort danach will ich mehr.

»Bitte«, hauche ich nur.

»Was bitte?«, fragt er süffisant. Allein die raue Stimme befeuert meine Gier.

Die Vorfreude lässt mich heiß erschauern, als ich den Reißverschluss seiner Hose höre. Mein Herz rast, als er endlich meine Hüfte packt und in mich eindringt. Er macht es ganz langsam, doch in meiner Lüsternheit komme ich ihm entgegen. Meine Aktion veranlasst ihn, den Rest mit einem Ruck zu bewältigen. Der leise, bittersüße Schmerz durchzieht meinen Körper bis in die letzte Zelle. Zitternd vor Geilheit schreie ich auf.

Seine Stöße sind hart und gierig. Ich genieße es, so leidenschaftlich genommen zu werden. Henry lässt mich keuchen, stöhnen und mich verzehren vor Lust. Er liebt es, auf meinem Körper zu spielen wie auf einem Klavier. Und er tut es so virtuos, als ob er noch nie etwas anderes gemacht hätte. Ich fühle mich, als bestünde ich aus Wackelpudding, bevor ich vom Orgasmus überrollt werde.

Ich bin glücklich, als ich spüre, wie Henry danach seine Erlösung genießt und sich tief in mir ergießt. Erschöpft sacke ich auf die Ellenbogen. Er knetet noch einmal meine Brüste und küsst meinen Rücken, bevor er sich zurückzieht.

»Entschuldigung, dass ich dich so überfalle. Aber als ich dich so halbnackt gesehen habe, musste ich es einfach tun. Ich fürchte, du bringst mich noch um den kümmerlichen Rest meines Verstandes«, entschuldigt er sich lachend.

Zufrieden grinsend lasse ich mich auf die Seite fallen und sehe in sein glückliches Gesicht. »Kein Problem, im Gegenteil, es war großartig. Ich habe noch nie mit einem Mann so g…«

»Gefickt?«

Noch vor Kurzem hätte es mich gestört, wenn jemand dieses Wort in den Mund genommen hätte. Doch es kommt mir so vor, als hätte sich etwas in mir gelöst. Ich bin plötzlich viel entspannter und befreiter. »Nenn es, wie du willst, es fühlt sich gut an.«

Henry zieht die Hose hoch und legt sich entspannt neben mich, stützt den Kopf mit dem Arm. Seine Augen funkeln vor Glück. So hat mich noch nie ein Mann angesehen. Unsere Münder finden sich zu einem langen zärtlichen Kuss.

Als wir uns wieder lösen, nimmt er eine Strähne meines Haars und spielt nachdenklich damit.

»Deine Augen leuchten. Du siehst auf einmal viel glücklicher aus«, flüstert er.

Und das, obwohl offiziell noch nichts ausgesprochen worden ist. Es gibt anscheinend Dinge, die er nicht aussprechen muss. Dabei war ich noch gestern so unsicher. »Du aber auch.«

Henrys Antwort besteht aus einem Lächeln.

»Wer war das am Telefon? Dein Chef?«, frage ich neugierig.

»Ja. Er hat dein Gewissen noch weiter entlastet. Dieser Jerry ist gar kein Neffe von Bertoldo. Er scheint in der Rangordnung des Clans ziemlich weit unten zu stehen. Weil er so gut aussieht, hat er die Nutten rekrutiert, die für den Clan arbeiten. Er ist skrupellos, wie ich vermutet habe.«

Ich schlucke. »Was hat er?«

Henry hebt die Augenbrauen. »Prostitution gehört zu den klassischen Einnahmequellen der Mafia. Wusstest du das nicht? Sie ist neben dem Glücksspiel wichtiger denn je, weil seit Giulianis hartem Durchgreifen Drogengeschäfte für viele Clans zu heiß sind. Die Mafia wurde vielleicht schon totgesagt, aber wir beobachten sie genau. Sie ist wieder am Erstarken.«

*Totgesagte leben länger*, schießt mir der Satz von meinem alten Bodyguard Gerald durch den Kopf. Ich nicke nachdenklich.

»Siehst du? Der Scheißkerl hat die Prügel verdient und bestimmt keine Gefühle für dich. Es stützt die These, dass du Opfer bist. Also kein Grund für ein schlechtes Gewissen.«

Die Prügelszene kommt mir auf einmal wieder in den Sinn. »Es war schon ziemlich brutal. Ich dachte, du schlägst ihn tot. War das *MMA*?«

»Ja, die Armhebeltechniken sehen schon ziemlich brutal aus. Aber wie gesagt, ich weiß genau, was ich tue. Es bestand nie Lebensgefahr. Ich will doch nicht unnötig zum Mörder werden.«

Mit einem verlegenen Lächeln streichle ich seine Wange. »Es ist nett, dass du mir das schlechte Gewissen nehmen willst, aber ich habe trotzdem Schuld auf mich geladen.«

»Du hast es aus Liebe getan, und wenn der Kerl nicht übergriffig geworden wäre, wäre gar nichts passiert. So, und jetzt vergiss das endlich. Zieh dir lieber etwas an, sonst kann ich für nichts garantieren«, erwidert er bestimmt, aber augenzwinkernd.

Wir stehen gleichzeitig auf.

»Ich mache uns mal Frühstück«, sagt Henry und tätschelt dabei meinen nackten Po.

Das lässt sofort meine Lust wiedererwachen. »Hey! Lass das lieber, sonst kann ich für nichts garantieren.«

Henry zieht mich an sich. Seine flache Hand streichelt über meine Wange, fährt durch mein Haar und fixiert meinen Kopf. »Du bist eine wunderbar leidenschaftliche Frau.«

»Ich wusste das selbst nicht«, antworte ich lächelnd. Wir bestätigen die Einigkeit in einem kurzen Kuss.

»Jetzt zieh dir endlich etwas an«, knurrt Henry scherzhaft.

»Kann es sein, dass du gerne kommandierst? Lernt man das beim *FBI*?«, necke ich ihn.

»Kann es sein, dass du gerne das letzte Wort hast?«, brummt er zurück.

»Gewohnheit«, antworte ich schulterzuckend. »Liegt an meinem Job.«

Er grinst. »Siehst du?«

# 25

## Ehre, wem Ehre gebührt

Mein Magen knurrt, denn der Geruch von gebratenem Speck und Kaffee zieht mir in die Nase. Henry hat gerade die Spiegeleier fertig, als ich in die Küche komme. Mann, so einen Bärenhunger hatte ich schon ewig nicht mehr.

Henry mustert mich bewundernd. Es ist heiß heute, da habe ich nur knappe Shorts und ein einfaches Top an. »Habe ich dir schon mal gesagt, dass du wahnsinnig aufregende Beine hast?«

Sein Kompliment tut mir gut.

»Danke, an dir ist aber auch einiges aufregend«, erwidere ich grinsend.

»Setz dich«, fordert er mich gut gelaunt auf. »Ich weiß ja nicht, wie es dir geht, aber ich sterbe vor Hunger.«

»Ich könnte ein ganzes Schwein auf Toast verdrücken.« Lächelnd lasse ich mich am gedeckten Tisch nieder.

Henry verteilt die Spiegeleier, unter denen sich knusprig der Speck wellt. Mir läuft das Wasser im Mund zusammen, und wir stürzen uns auf das Essen.

»Sag mal, kannst du nicht auch so was wie Büroarbeit beim *FBI* machen?«, frage ich, nachdem der erste Hunger gestillt ist.

Henry stockt beim Kauen und schluckt das Essen herunter, während er mich ernst ansieht.

»Ich meine, dann brauchst du deinen Job nicht zu kündigen. Ich möchte nicht daran schuld sein, dass du deinen Beruf aufgibst.«

Er nimmt gelassen einen Schluck Kaffee. »Na ja, so einfach ist das nicht. Man schlägt ja eine bestimmte Laufbahn ein, wie beispielsweise Ermittler, Spezialagent oder verdeckter Ermittler. Das ist eine lange Ausbildung.«

»Aber ich weiß nicht, ob ich damit umgehen kann, wenn du meinetwegen alles hinschmeißt.«

»Verdeckter Ermittler und Privatleben passen nicht wirklich zusammen. Ich möchte es meiner Familie nicht zumuten.«

Seine Familie? Erst jetzt wird mir richtig klar, wie weit Henrys Entscheidung reicht. Und ich bin froh, dass es ihm offensichtlich nicht ernster mit mir sein könnte.

»Du wirst in die kriminelle Unterwelt geworfen, wo du von einigen der gewalttätigsten und vorsichtigsten Organisationen Informationen gewinnen musst, ohne dabei selbst brutal ermordet zu werden. Außerdem bewegst du dich dauernd auf ethisch dünnem Eis. Einerseits sollen die Verbrecher dir ihre illegalen Pläne mitteilen, andererseits darfst du sie in keiner Form anstiften. Also habe ich beschlossen, dass ich mich entscheiden muss«, erklärt er weiter.

»Hat denn kein verdeckter Ermittler Familie?«

»Schon, aber die muss dann einiges aushalten können. Der Job ist manchmal verdammt gefährlich. Es ist immer ein Spagat, besonders bei den Wirtschaftskriminellen. Die haben die größte Angst, ins Gefängnis zu kommen.«

»Und darauf bist du spezialisiert?«

»Nein, ich habe auch schon Drogendealer und Pädophile gespielt. Es ist hart, echt hart. Manchmal kann ich es nur aushalten, weil ich weiß, dass ich den Schweinen das Handwerk lege.«

»Aber das ist sicher auch das Befriedigende.«

»Das stimmt.«

»Und der Kitzel, oder? Du liebst die Spannung und den Nervenkitzel?«

»Na ja«, brummt er und nickt nachdenklich.

»Wie versetzt du dich in die Leute hinein? Du hast da doch sicher mit richtigen Fieslingen zu tun.«

»Als verdeckter Ermittler musst du die Grauzonen einer Person erkennen. Etwas Gutes sehen, um dich zu ihr hingezogen zu fühlen. Verbrecher können Angst riechen, sie können Hass riechen, sie spüren es einfach, wenn du ihren Lebensstil nicht gutheißt. Du musst sie irgendwie verstehen können, auch wenn sie Kinder missbrauchen oder mit Drogen oder Waffen handeln.«

In meinem Bauch breitet sich ein mulmiges Gefühl aus. Aber ich begreife auch, dass Henry wirklich gut sein muss, denn er kann sich in vielen Welten sicher bewegen. Er hatte eine Kindheit in materiellem Wohlstand und eine Jugend im Elend eines Gettos. Er hat als Heranwachsender mehr erlebt, als man das für gewöhnlich tut.

»Das Ganze ist dann schwierig, wenn zu Hause Frau und Kinder warten«, ergänzt er.

Frau und Kinder ... Mir stockt der Atem. Es ist ihm wirklich ernst, und ich kann nachempfinden, wie schwer diese Entscheidung für ihn gewesen sein muss.

»Also hattest du dich entschieden, nie eine ernsthafte Beziehung einzugehen, als du diesen Berufsweg eingeschlagen hast?«

»Irgendwie schon«, gesteht er.

Kann ich da überhaupt seinen Erwartungen gerecht werden?

»Und mit mir willst du das plötzlich? Warum? Hat dich mal eine Frau enttäuscht?«, frage ich unsicher.

Henry räuspert sich verlegen. »Niemand hat mich so enttäuscht, dass ich keine Beziehung mehr eingehen will. Ich konnte mir nur nicht vorstellen, dass ich mal so eine Frau wie dich finde. Du bist absolut ... heiß. Weißt du das?«

Er sieht mich unglaublich liebevoll an, und ich werde richtig verlegen.

»Ach, komm schon«, sage ich skeptisch.

»Nein! Ich meine es ernst. Du bist so … echt. So taff, so leidenschaftlich und gleichzeitig irgendwie unverdorben«, erklärt er und schiebt sich danach fast beiläufig den letzten Bissen in den Mund.

»›Naiv‹ trifft es besser«, korrigiere ich ihn.

»Blödsinn. Du hast das Gute in dir bewahrt … und deine Bodenständigkeit. Ich habe noch nie eine Frau wie dich getroffen. Ich wusste gar nicht, dass ich solche Gefühle haben kann.« Er sieht mich eindringlich an.

»Und wenn die Gefühle wieder verflogen sind? Wirst du mir dann nicht irgendwann die Schuld geben, wenn es schiefgeht?«, frage ich ängstlich.

»Die Schuld für meine Gefühle?«, erwidert er ungläubig.

»Und für meine?«, ergänze ich.

Henry lacht auf. »Für deine muss ich dir sogar die Schuld geben. Aber glaubst du, deine Gefühle würden meine Entscheidung beeinflussen?«

»Ich denke, du bist hier der große Menschenkenner? Wenn ich dich nicht lieben würde, würdest du wohl kaum deinen Job hinschmeißen, oder?«

»Sag das nochmal.«

»Was?«

»Den Anfang.«

»Wenn ich dich nicht lieben würde?«

Henry grinst breit. »Das geht noch besser.«

»Stimmt, wir haben es noch nie ausgesprochen«, bemerke ich lachend und stütze den Kopf aufs Kinn, um ihn liebevoll zu betrachten.

Er sieht zärtlich zurück. »Dann mach's doch endlich.«

Seltsam, dass diese drei Worte für mich immer noch eine Hemmschwelle bedeuten. »So auf Befehl kann ich das nicht. Du hast es doch auch noch nicht gesagt.«

»Ich will mein Leben auf den Kopf stellen. Ist das nicht

Liebesgeständnis genug? Willst du etwa einen Rückzieher machen? Also, wenn du dir nicht ganz sicher bist …«

Angst bringt mein Herz zum Hämmern. »Nein! Nein, ich weiß es schon lange.«

»Was weißt du schon lange?«

»Na, dass ich dich liebe«, gestehe ich.

»Endlich! Das war aber eine schwere Geburt. Komm mal her.« Henry rückt mit seinem Stuhl etwas zurück. Mit der flachen Hand klopft er auf seine Oberschenkel. »Setz dich.«

Ich folge und fühle mich wie ein Kind, das auf Daddys Schoß sitzt. Henry zieht mich dichter heran und schlingt seine Arme um meinen Körper.

»Jetzt erzähl mir, wer dir das Vertrauen in deine Gefühle genommen hat. Wer hat dich so verletzt? Warum hast du Logan so beschimpft? War er es?«

Woher weiß er das? Ich schlucke. »Wie kommst du darauf?«

»Habe ich schon mal erwähnt, dass ich Ermittler bin? Ich bin darin geschult, auf so etwas zu achten.«

Einen Moment zögere ich, ihm mein Herz auszuschütten, doch dann fällt mir ein, was er alles für mich riskieren will. Er hat mein Vertrauen mehr als verdient. »Ich hab' leider eine Schwäche für wilde Typen wie ihn. Er ist ein Arschloch, wie ich erfahren musste. Er hat mich entjungfert und dann stehen gelassen. Da war ich noch minderjährig.«

Henry zieht scharf die Luft ein. »Das ist wirklich nicht nett. Und deswegen konntest du nie wieder einem Mann vertrauen?« Liebevoll wischt er eine Strähne aus meinem Gesicht, bevor er es mit dem Daumen streichelt. Ich fühle mich so geborgen. Dankbar schlinge ich meine Arme um seinen Nacken und setze an, Henry zu küssen.

Er weicht mir aus. »Nicht ablenken!«

»Okay. Da gab es schon ein paar Kandidaten, aber meistens waren sie zu wild und freiheitsliebend. Es hat nie für eine echte Beziehung gereicht.«

»Und die anderen?«

»Waren eher so Gegenentwürfe der *Bad Boys.* Die waren nicht nur stinklangweilig, sondern auch schlecht im Bett. Dann hat sich meist irgendwann herausgestellt, dass sie in unserem Konzern Karriere machen wollten und weniger an mir interessiert waren.«

Henry grinst. »Schlecht im Bett ... Das ist natürlich ein hartes Schicksal.«

»Bild dir bloß nichts ein«, grummle ich und boxe seinen Arm.

»Warum? Ehre, wem Ehre gebührt, oder?«, fragt er mit amüsiertem Lächeln. Seine Augen funkeln warm, sein Blick geht mir durch und durch. »Ich liebe dich«, flüstert er, bevor er mich zu einem unendlich langen und zärtlichen Kuss heranzieht. Das sind keine Schmetterlinge, sondern ausgewachsene Vögel, die gerade in meinem Bauch herumflattern ...

Bis plötzlich die Türklingel schellt. Wir stehen auf und gehen beide hin. Henry drängt mich beiseite und sieht durch den Spion.

»Und? Wer ist das?«, frage ich.

»Ein Bote«, antwortet Henry nervös. »Geh bitte zurück in die Küche.«

»Aber ...«

»Tu, was ich sage«, fordert er streng.

Das bedeutet sicher nichts Gutes. Mit einem Herz, das bis zum Hals schlägt, folge ich zwar, stelle mich aber direkt hinter die Tür, um zu lauschen. Leider kann ich nichts hören, das Gespräch ist extrem leise.

Als Henry wieder hereinkommt, streicht er sich aufgeregt durchs Haar. »Eine Nachricht von einem Kollegen, der auch undercover gegen den Siciliani-Clan ermittelt ... Fuck!

Wir müssen hier schnellstmöglich verschwinden. Pack ein paar Sachen zusammen.« Aufgeregt faltet Henry ein Stück Papier zusammen und steckt es in die Jeanstasche.

»Aber wir müssen doch noch die Küche aufräumen.«

»Dafür ist wahrscheinlich keine Zeit. Es sei denn, du wolltest schon immer mal verhaftet werden.«

»Waaas?!«

»Mach schon, es ist jetzt keine Zeit für Erklärungen«, verlangt Henry ungeduldig und stürmt die Treppe hoch.

Erst da erwache ich aus meiner Schreckensstarre und folge ihm.

»Für wie lange?«, werfe ich ihm hinterher.

»Keine Ahnung ... ein paar Tage.«

Ich kann gar nicht richtig überlegen, was ich einpacken soll. Wahllos ziehe ich ein paar Shorts, T-Shirts und Unterwäsche aus dem Schrank. Ach ja, etwas Warmes zum Überziehen wäre auch gut. Es muss ja nicht so schön bleiben wie in der letzten Zeit. Zahnbürste und Waschzeug nicht vergessen ... Welche Schuhe nehme ich mit? Turnschuhe, die sind immer richtig. Und ein paar bequeme Sandalen.

Egal, denn Henry sieht gerade ins Schlafzimmer. »Bist du so weit?«

»Ja, sofort. Ich brauche noch Portemonnaie und Handy.«

»Kein Handy, das kann abgehört oder getrackt werden.«

Puh! »Kein Handy? Dann bin ich ja gar nicht mehr erreichbar.«

»Ich auch nicht. Ich muss davon ausgehen, dass mein privates und das Diensthandy ausspioniert werden. Wenn wir sie hier lassen, werden sie erst später merken, dass wir weg sind«, erklärt er nervös.

Ich stöhne. »Ich komme mir vor wie in einem schlechten Film.«

»Ich auch, aber können wir uns später darüber unterhalten?«, meint Henry genervt.

»Ich habe das Gefühl, ich habe etwas vergessen.«

»Nimm Bargeld mit. Die Kreditkarte dürfen wir natürlich auch nicht benutzen. Komm jetzt.« Er zieht mich zur Haustür.

Mein Herz klopft bis zum Hals.

»Ich habe kein Bargeld. Jedenfalls fast nichts«, jammere ich ängstlich.

»Steck alles ein, was du hast. Ich habe auch ein bisschen«, sagt er, während er mich energisch durch die Tür schiebt.

»Hast du schon den Fahrdienst bestellt?«

»Melissa, überleg mal. Da kann ich ja gleich meine Leute anrufen. Wir fahren mit der U-Bahn. Wo ist die nächste Station?«

Überlegen … leichter gesagt, als getan.

»Was?! Das geht jetzt auf einmal? Vorher war es doch brandgefährlich!«, krächze ich.

»Leise, verdammt nochmal. Jetzt beruhig dich doch. Es ist nur eine Risikoabwägung«, schimpft Henry.

Verzweifelt versuche ich mich aus dem Panikmodus zu nehmen. »Rechts runter, gleich um die Ecke.«

»Danke«, brummt er. Henry läuft wahnsinnig schnell.

»Aber was haben wir denn Schlimmes getan? Warum reden wir nicht einfach mit deinem Vorgesetzten?«

»Zumindest ich dürfte nicht mehr in Erscheinung treten, bis alles aufgeklärt ist. Ich weiß nicht, wann das sein wird. Wir wären getrennt, keiner weiß, wie lange.«

»Echt jetzt?« Ich schnaufe, denn die Tasche wird immer schwerer.

»Echt jetzt«, knurrt er gelassen, als wäre nichts. Er ist fantastisch in Form. »Da ist auch eine Haft nicht ausgeschlossen, zumindest für mich, denn ich entziehe mich den Ermittlungen. Deshalb vertrau mir einfach und sei verdammt nochmal nicht so laut. Wir dürfen kein Aufsehen erregen.«

»Du hast leicht reden. Du kennst ja deinen Plan. Ich muss dir folgen wie ein Lemming«, beklage ich mich leiser. »Bedeutet das jetzt, dass wir auch Jahre auf der Flucht sein könnten?«

»Das wird kaum möglich sein. Draußen kann ich agieren, bin ich erst mal in Arrest, geht das kaum noch.«

»Aber meine Familie, was wird die denken? Die kann ich doch nicht ohne Nachricht lassen.«

»Wie gesagt, lass uns erst einmal in Sicherheit sein, dann sehen wir weiter.«

»Verrat mir wenigstens, wo wir als Nächstes hinfahren.«

»Okay, wir fahren zu einer Freundin. Wir brauchen einen Wagen.«

»Eine Freundin?«, frage ich skeptisch.

»Sie schuldet mir noch etwas.«

»Hast du sie etwa vor dem Knast bewahrt? Hat sie bei dir eine Leiche im Keller?«

Henry seufzt tief. »Du siehst zu viele schlechte Filme. Ich habe ihr die Gelegenheit gegeben, sich aus dem Verbrechen zurückzuziehen, denn ich wollte dem Argument vorbeugen, ich hätte jemanden verleitet oder gezwungen. Gute Undercover-Agenten machen das so.«

Er stöhnt und legt noch einen Zacken zu.

»Wie sieht sie aus? Warst du auch in sie verknallt? Hattest du was mit ihr?«

»Weißt du, was mich aufregt? Dass die Leute in Hollywood jeden Undercover-Agenten als promiskuitiv und alkoholsüchtig darstellen. Sie brechen immer die Regeln und beteiligen sich an Verbrechen. Meiner Erfahrung nach sind die erfolgreichsten Agenten die, die irgendwo einen festen Halt haben, wie den Glauben oder moralische Überzeugungen. Könntest du deine Eifersucht vielleicht noch ein bisschen verschieben?«, zischt er.

»Wie kommst du darauf, dass ich eifersüchtig bin?«

»Wir sind da. Es wäre wirklich gut, wenn du jetzt deinen entzückenden Mund halten würdest, damit wir kein Aufsehen erregen«, sagt Henry, während er die Stufen zur Subway hinuntereilt.

# 26

## Wie ein Lemming

Ich bin ziemlich außer Atem, als ich Henry dabei zusehe, wie er seelenruhig zwei *Single Ride Tickets* für uns am Automaten zieht. Gut, dass er sich damit auskennt. Ich bin noch nie mit der Metro gefahren und wäre hoffnungslos überfordert.

Ich folge ihm, und wir setzen uns schweigend auf zwei freie Plätze. Auch gut, dass heute Sonntag ist und wir sitzen können, während ich mich von dem Spurt erhole. Ich sehe mich neugierig um und rätsle, warum die Menschen gerade unterwegs sind. So eine haarsträubende Story, wie ich sie ihnen erzählen könnte, hat bestimmt keiner zu bieten.

Wir steigen in Manhattan aus. Meine Anspannung ist nur schwer zu ertragen. Sofort, als wir wieder auf der Straße sind, versuche ich mehr zu erfahren. Doch Henry legt nur den Arm um mich.

»Warte noch ein bisschen, hier sind zu viele Leute«, flüstert er mir ins Ohr.

Ich nicke und genieße es, dass er auch in der Öffentlichkeit seine Verbundenheit zeigt. Es ist nicht weit bis zu seiner ›Freundin‹, trotzdem bin ich schon wieder außer Atem, als wir eine Bar betreten. Mit der plüschigen Atmosphäre der roten Polster und dem Geruch nach Alkohol macht das Etablissement einen ziemlich zwielichtigen Eindruck. Es sind nur wenige Gäste dort, die etwas essen oder ein Bier vor sich stehen haben. Was für ›Geschäfte‹ hier wohl gelaufen sind?

Henry geht auf das stark geschminkte Mädchen hinter der Theke zu.

»Ist Estelle da?«, fragt er die attraktive Dunkelhaarige.

»Ja«, bestätigt sie und mustert ihn aufmerksam. »Was wollen Sie von ihr?«

»Ist sie hinten?«, hakt Henry nach.

»Soll ich sie holen?«

»Nein danke, ich kenne den Weg.«

Klar, kennt er ihn. Was sonst? Ich stehe unschlüssig herum, als Henry sich auf zur Schwungtür macht.

»Moment! Sie können da doch nicht einfach rein«, ruft die Bedienung.

»Das sehen Sie doch, dass ich das kann«, antwortet er betont cool. Oh Mann, wie in einem Gangsterfilm. Er macht die Tür auf und gibt mir ein Zeichen, dass ich auch kommen soll.

Der Gangsterfilm läuft weiter, denn wir werden von einer leicht verlebten Blondine im seidenen Morgenmantel empfangen. Ihr tiefes Dekolletee scheint jede Menge Silikon zu beherbergen, und die Lippen sind für meinen Geschmack ein wenig zu aufgespritzt. Mit ihr soll Henry etwas gehabt haben? Das nenne ich dann echten körperlichen Einsatz.

»Hallo Henry, lange nicht mehr gesehen. Was kann ich für dich tun? Ich nehme mal an, dass es sich nicht um einen Höflichkeitsbesuch handelt«, säuselt die Frau.

»Ich brauche einen Wagen«, kommt er ohne Umschweife zum Punkt.

»Zur Flucht?«

»Nein, für eine Kaffeefahrt«, knurrt Henry.

»Mit deinem Darling da?«, fragt Estelle und mustert mich abschätzig.

»Was ist? Besorgst du mir einen?«

»Ja, ja, ist ja schon gut. Was hast du bloß angestellt, dass du gleich so unwirsch bist? Ich hoffe nicht, dass es wegen dem Schätzchen hier ist«, sagt sie, während sie mit den Armen herumwedelt wie eine Diva.

»Ich wüsste nicht, was dich das angeht«, antwortet er brummig.

»Ist ja schon gut. Ich rufe meinen Bruder an. Braucht ihr vielleicht noch ein paar gefälschte Ausweise?«

Ich halte den Atem an.

»Nein, danke, ich mach doch nichts Illegales.«

Puh!

»Na, dann gehe ich mal telefonieren«, verkündet Estelle und verschwindet.

Wir bleiben im Empfangszimmer stehen. Ratlos sehe ich zu Henry hinüber. Der zuckt nur mit den Schultern.

»In zehn Minuten erhaltet ihr einen alten *Ford.* Lasst euch damit nicht erwischen«, erklärt Estelle, als sie zurück ist.

»Okay«, stimmt Henry zu.

»Wollt ihr noch etwas essen? Ein paar Sandwiches?«

»Nein, danke, aber wir könnten ein paar als Proviant mitnehmen. Und etwas zu trinken.«

Estelle nickt und verschwindet erneut. Nach kurzer Zeit kommt sie mit dem Lunchpaket wieder. Henry packt es in das Seitenfach seiner Reisetasche.

»Der Wagen ist schon da«, sagt Estelle. »Papiere sind drin.«

Jetzt geht alles ganz schnell. Der Fahrer betritt den Raum und übergibt uns mit einem »Wiedersehen macht Freude« die Schlüssel. Noch im selben Atemzug sind wir auch schon auf der Straße und steigen in den Ford.

Der röchelt etwas beim Anlassen, doch Henry zeigt sich nur wenig beeindruckt.

»Mist, das Radio ist kaputt. Das bräuchten wir so dringend, um uns zu informieren«, bemerkt Henry. Er lenkt das Auto geschickt durch den Verkehr. Es ist ein merkwürdiges

Gefühl, mich auf dem Beifahrersitz zu befinden. Ich fühle mich dem Geschehen auf dem Fahrweg viel näher – und der ist voll.

»Wohin fahren wir?«, frage ich.

»Richtung Norden. Dort ist nicht so viel los, da können wir uns besser verstecken.«

»Hast du eine Idee, wohin genau?«

»Nein, ich dachte, wir kaufen uns unterwegs in irgendeinem *Walmart* ein Zelt und campen.«

»Echt jetzt?«

»Wieso nicht? Du bist doch bodenständig. Wir können auch im Auto schlafen. In ein annehmbares Motel zu gehen, ist gefährlich, denn wir können nicht mit Kreditkarte zahlen. Und in die, bei denen man die Zimmer bar bezahlen kann, willst du sicher nicht«, erklärt er ungerührt.

Bodenständig auf der Flucht. Henrys Abgebrühtheit schnürt mir die Kehle zu. Ich werde jeden anderen Halt in meinem Leben verlieren. Kann ich mich wirklich auf einen Menschen verlassen, den ich gerade mal eine Woche kenne? Ich muss verrückt sein!

»Wenn ich jetzt sagen würde, ich möchte aussteigen. Was würdest du tun?«

»Ich würde glauben, dass du lebensmüde bist«, antwortet er trocken, während er sich weiter voll auf die Straße konzentriert.

»Warum? Willst du mir nicht endlich erklären, was in dem Brief stand?«, verlange ich ungeduldig.

»Okay, ja klar. Also, es hat eine überraschende Wende gegeben. Jerry ist wegen des Übergriffs gegen dich angezeigt worden.«

»Hat er doch angeblich verdient. Wo ist das Problem?«

»Es gibt mehrere Probleme. Einmal ist gegen ihn noch nicht zu Ende ermittelt, und zum Zweiten ist es jetzt offiziell, dass er an dir dran war.«

»An mir dran war … Wie das klingt.«

»So, wie es war, glaub's mir«, erwidert er so ernst, dass ich eine Gänsehaut kriege.

»Wieso bin ich dann in Gefahr? Das Schwein hat doch seine gerechte Strafe bekommen. Hast du selbst gesagt.«

Henry holt tief Luft. »Logan hat den schwer lädierten Jerry fotografiert und Tiger das Bild gezeigt. Dann hat er ihn gelöchert, ob der dich bedrängt hat. Tiger hat es bestätigt, und da hat Logan von Tiger verlangt, Jerry anzuzeigen.«

»Okay, meinetwegen. Ich weiß immer noch nicht, warum ich deswegen in Gefahr bin. Erklär's mir endlich.«

»Natürlich wissen die auch, wer dich observiert und wer Jerry so zusammengeschlagen hat. Ich soll zwar nicht zu einer Straftat verleiten, darf sie aber auch nicht aktiv verhindern.«

»Du meinst, das *FBI* glaubt, dass du dich in mich verliebt hast und deshalb verhindern willst, dass ich mit der Mafia zusammenarbeite?«

»Das trifft es ziemlich genau.«

»Aber du könntest doch auch einfach nur etwas gegen Vergewaltiger haben.«

»Ja, könnte ich auch. Ist sogar wahrscheinlich. Aber meine Kollegen müssen erst mal alles in Betracht ziehen und jedem Hinweis nachgehen.«

»Logan, das Arschloch«, fluche ich.

»Logan engagiert sich sehr gegen jede Art von Missbrauch. Ich finde das gut. Die Wahrheit kommt schon noch ans Licht«, beschwichtigt mich Henry.

»Aber wieso mischt er sich da ein?«

»Er kann nicht anders. Hat mit seiner harten Kindheit zu tun.«

»Und deshalb muss er sich überall einmischen?«

»Jetzt bist du ungerecht.«

»Aber er bringt dich doch in Schwierigkeiten.«

»Ja, schon. Aber die weiteren Ermittlungen werden unsere Unschuld belegen, davon bin ich überzeugt. Dann bekomme ich höchstens noch Ärger, dass ich die Aufklärung behindert habe. Unser Büro ist eins der besten in den Staaten.«

»Jetzt musst du mir nur noch erklären, warum ich in Gefahr bin«, verlange ich und sehe unsicher zu Henry hinüber.

Dessen Coolness ist plötzlich verschwunden. Angespannt beißt er sich auf die Lippe, bevor er Luft holt. »Jerry hat gedroht, dir etwas anzutun.«

Ich reiße die Augen auf. »Mir? Was denn?«

Henry sieht mich an. »Was denkst du? Ich geb' dir einen Tipp. Mit Wattebäuschchen will er dich bestimmt nicht bewerfen.«

»Nein!«, entfährt es mir. Mein Mund ist plötzlich staubtrocken. Das ist alles so surreal. »Das kann er doch nicht machen«, stammle ich.

»Natürlich kann er das. In New York passiert fast jeden Tag ein Mord.«

»Aber doch nicht ...«

»Wo denn sonst? Du befindest dich im Umfeld der Mafia! Das sind brutale, eiskalte und rücksichtslose Verbrecher. Von denen hat keiner Lust, in den Bau zu wandern.«

Mir ist mulmig, mein Herz rast. »Er würde mich ermorden? Aber warum sollte er das tun? Nur weil ich ihn nicht rangelassen habe?«

»So ungefähr. Du hast ihm seine Karriere versaut, er wäre Underboss geworden, soweit wir wissen. Wenn er es geschafft hätte, dich zu erobern, hätte es die Mafia ziemlich leicht gehabt, euren Konzern zu infiltrieren. Aber ich habe ihn mit meinem unbeherrschten Prügeln nicht nur blamiert, sondern auch offiziell aktenkundig gemacht. Er kann auch keine Nutten mehr generieren. Er ist aufgeflogen, er ist ein Nichts. Der Clan fasst ihn jetzt nicht einmal mit der Kneifzange an. Wahrscheinlich werden sie ihn als Mitwisser ermorden. Sie haben keine Verwendung mehr für ihn. Er hat nur noch Rache im Sinn, und da muss man mit dem Schlimmsten rechnen.«

»Aber wenn er mich ermordet, landet er doch erst recht im Knast, und zwar viel länger.«

»Glaubst du. Er ist nicht das hellste Licht auf der Herrentorte und denkt sicher, dass er nicht auffliegt. Der Clan weiß doch gar nicht, dass gegen ihn ermittelt wird.«

»Das kann meine Mom nicht zulassen«, stammle ich.

»Wir wissen nicht, wer genau was weiß. Darum wird ja auch noch ermittelt.«

»Brauchen die nicht deine Aussage?«

»Die habe ich schon gemacht, leider vor dem Übergriff. Für mich ist der Fall erledigt, allerdings habe ich noch nicht gekündigt. Das wäre sowieso nicht so schnell gegangen. Erst müssen ja die Ermittlungen abgeschlossen sein.«

»Aber du musst noch zu den Vorwürfen Stellung nehmen.«

»Willst du das wirklich? Dann werde ich abgezogen und du von einem Kollegen beschützt. Der wird sicher noch weiter ermitteln, aber du dürftest ihm nicht verraten, was du alles weißt.«

Was Henry mir mitteilt, ist für mich unfassbar und nur schwer zu verstehen. Ich fühle mich immer noch wie in einem zweitklassigen Gangsterfilm.

»Das ist doch wie ein Schuldeingeständnis«, befürchte ich unsicher.

»Meine Frau beschütze ich selber. Punkt.«

Meine Frau. Seine Worte berühren mein Herz. Sie geben zwar eine gewisse Sicherheit, aber die Angst vor der Zukunft können sie mir nicht nehmen. Krampfhaft sehe ich aus dem Fenster, ohne die Bilder zu verarbeiten. Inzwischen werden die Hochhäuser kleiner, bald erreichen wir den Stadtrand.

»Hast du Angst?«, fragt Henry plötzlich.

Ich zucke zusammen. »Warum sollte ich Angst haben? Also, ich bin mit einem *FBI*-Agenten auf der Flucht, der gegen die Regeln verstoßen hat.«

»Einspruch, Euer Ehren. Ich war lediglich ein wenig unbeherrscht.«

»Na gut. Also, mit einem Cop, der anfangs so getan hat, als hätte er einen Stock im Arsch, und sich dann als unberechenbarer Vulkan herausgestellt hat. Ich selbst war auch so unbeherrscht, mich in ihn zu verlieben. In wen auch sonst? Kompliziert kann ich.«

Henry sieht zu mir herüber und grinst.

»Du brauchst gar nicht so zu grinsen. Denn du holst mich wie selbstverständlich aus meinem Leben und erklärst mir, mich vor einem Mörder zu beschützen. Was, wenn du nichts weiter als ein durchgeknallter Bodyguard bist, und ich in Gefahr schwebe, von dir ermordet zu werden, wenn ich deinen Fetisch nicht bediene.«

»Du hättest auch einfach nur ›Ja, ich habe Angst‹ sagen können«, antwortet er gelassen.

Gerade seine Coolness macht mich nervös. Ich kichere wie eine Wahnsinnige.

»Alles wird gut. Glaub mir. Ich habe schon gefährlichere Situationen überstanden.«

»Natürlich.«

»Es ist ja auch gar nicht klar, dass Jerry dich sucht und ermorden will. Vielleicht hat er das nur im Affekt gesagt.«

»Sicher.«

Henry entlässt die Luft in einem geräuschvollen Stoß. »Hab keine Angst. Wir kriegen die Kerle, und dann reißen wir ihnen den Arsch auf.«

Entweder ich bitte ihn jetzt umzukehren, oder ich spiele mit. Mittlerweile werden die Gebäude weniger, die Landschaft grüner. Es erinnert mich an meine Kindheit, was mich etwas entspannen lässt.

»Ich weiß, wo wir hinfahren können«, fällt mir plötzlich ein.

»Gut! Wohin?«, antwortet Henry erleichtert.

»Nach Vermont, dort kenne ich mich ein bisschen aus. Ich bin dort geboren, in Burlington. Paps hat noch eine alte Hütte dort, an einem See. Früher waren wir öfter am Wochenende mit ihm da. Er hat immer gefischt und gejagt, wenn er vor meiner Mutter Ruhe haben wollte. Mom war natürlich *not amused.* Deshalb hat er die Ausflüge als Geschäftsreise getarnt. Als sie dahinterkam, hat sie so lange herumgeschimpft, bis er die Hütte verkauft hat. Doch sie wusste nicht, dass Paps einen Strohmann beauftragt hatte, der sie ihm später zurückgegeben hat.«

Henry lacht. »Und es weiß immer noch keiner?«

»Nur ich. Ich habe es vor Kurzem in den Büchern entdeckt. Paps hat gegrinst und gemeint, dass wir ja demnächst mal wieder dorthin fahren könnten, zu einem Vater-Kinder-Ausflug, wie wir ihn früher oft gemacht haben. Aber ich sollte niemandem etwas verraten, es sollte eine Überraschung für meine Geschwister sein.«

»Na, dann ... auf nach Vermont«, verkündet Henry freudig.

Ich lächle zaghaft zurück. Wenn wir uns in der Hütte verstecken, werde ich mich sicherer fühlen.

»Ich gehe mal davon aus, dass es da keine Vorräte mehr gibt, oder doch?«, fragt mich Henry nach einiger Zeit.

»Das denke ich auch. Vielleicht ein paar Dosen, die dürften aber fast zwanzig Jahre alt sein. Warum?«

»Da vorne kommt ein Supermarkt. Wir sollten jetzt jeden auf dem Weg ansteuern und dort jeweils eine kleine

Menge kaufen, die wir bar bezahlen. Wenn wir zu viel Zeug auf einmal nehmen, könnte es auffallen. Das bezahlt man normalerweise mit der Kreditkarte.«

»Okay.« Allmählich frage ich mich, ob ich die Reise jetzt als Urlaub, Abenteuer oder Wahnsinn betrachten soll. Die Tatsache, dass es vielleicht mein erster und letzter Abenteuerurlaub sein wird, ist nicht leicht zu verdrängen.

Wir haben vier verschiedene Supermärkte abgeklappert, als wir schließlich in der Nähe von Burlington sind. Die Wälder sehen so aus wie immer, doch ich bin zu lange nicht mehr hier gewesen und unsicher, welchen Weg ich nehmen muss. Die Tatsache, dass die Dämmerung einsetzt, macht die Orientierung nicht einfacher. Selbst wenn ich an der Abzweigung des Waldweges vorbeikommen würde, ich würde ihn nicht wiedererkennen. Hoffentlich ist er überhaupt noch befahrbar.

Henry hält am Rand der Landstraße. Wir sind schon länger keinem Auto mehr begegnet.

»Ich fürchte, wir werden das Ziel heute nicht erreichen. Ich weiß nicht, wie es dir geht, aber ich muss jetzt endlich etwas zwischen die Zähne kriegen.«

»Ich fürchte, du hast recht. Mir ist ganz übel vor Aufregung und Hunger.« Ich seufze. »Ich hatte zwar gehofft, wir könnten die Ankunft in der Hütte mit einer Dosensuppe feiern, aber jetzt müssen uns die Sandwiches genügen.«

Henry kramt das Essen aus seiner Tasche. Die Sandwiches haben ziemlich gelitten, schmecken aber köstlich – dem Hunger sei Dank. Schweigend stopfen wir sie in uns hinein. Inzwischen ist es dunkel geworden, nur ein relativ großer Mond spendet spärliches Licht.

»Und jetzt?«, frage ich deprimiert.

»Jetzt müssen wir wohl eine Nacht im Auto zubringen«, erklärt Henry schulterzuckend.

»Ich glaube, es wird ziemlich kühl werden.«

»Da ist eine Decke, hinten im Kofferraum.« Er steigt aus dem Auto. Kurze Zeit später hält er sie vor meine Nase. »Sie müffelt etwas.«

»›Müffeln‹ ist gut. Die Decke stinkt erbärmlich! Ich möchte nicht wissen, warum«, antworte ich pikiert und halte meine Nase zu.

»Hab' ich mir gedacht«, murmelt Henry und legt sie wieder in den Kofferraum. »Dann müssen wir uns eben dicker anziehen und aneinander wärmen.«

»Klingt auch nicht schlecht. Nimmst du mich in den Arm?«, frage ich, nachdem ich mir einen dicken Pullover angezogen habe.

»Aber natürlich«, antwortet er und breitet seine Arme aus, soweit das Auto es zulässt. Henry fährt die Lehne nach hinten und polstert die Konsole, so gut es geht. Ich schmiege mich an ihn. Fürsorglich legt er seine Lederjacke über mich. Es ist warm genug, und sein typischer Geruch zieht in meine Nase. Ich fühle mich geborgen.

»Ich hoffe, du denkst nicht schlecht von mir. Aber ich hatte mir für heute Nacht etwas anderes gedacht. Ich bin schon ein bisschen enttäuscht«, raunt er.

Seine tiefe Stimme hat zwar etwas Beruhigendes – aber wie kann er jetzt an so was denken?

»Aufgeschoben ist nicht aufgehoben«, murmle ich, während der Schlaf mich übermannt. Der Tag war höllisch anstrengend ...

# 27

## Wachs in seinen Händen

Ich will nicht aufwachen, als ich höre, dass jemand auf unser Auto klopft. Meine Glieder tun mir weh, das ist das Erste, was ich bemerke. Henry ist dagegen blitzartig im Alarmmodus und richtet sich auf.

»Ist alles in Ordnung?«, holt mich eine unbekannte, männliche Stimme in die Wirklichkeit.. »Kann ich euch helfen?«

»Ja, danke. Uns hat gestern die Müdigkeit übermannt«, vernehme ich Henrys Antwort.

»Okay«, erwidert der Fremde.

Ich zwinge mich mit aller Kraft, die Augen zu öffnen. Doch die Morgensonne blendet mich. Durch die Wimpern sehe ich einen Jäger, der ein Gewehr über der Schulter trägt. Er mustert uns kritisch, während Henry versucht, seinen Waffengurt abzudecken. Albern, denn den hat der Mann bestimmt schon entdeckt.

Verlegen fahre ich mir durch die Haare, rapple mich auf und schaue mich hektisch im Wagen um. So unordentlich, wie es hier aussieht, erregen wir bestimmt Aufmerksamkeit. Mein Herz pocht, meine Zunge klebt am Gaumen. Ich habe keine Lust mehr auf Abenteuerurlaub. Gott sei Dank verzieht sich der Kerl wieder in sein Auto.

»Ist da noch Wasser? Ich habe einen scheußlichen Geschmack im Mund«, krächze ich.

»Später, wir sollten hier schnellstens verschwinden. Der Typ gefällt mir nicht.« Hektisch schmeißt Henry die Kleidung nach hinten und stellt den Sitz wieder ein.

Ich spüre den Puls in meinen Ohren und rutsche eilig auf meine Seite, bevor er den Wagen anlässt.

»Aber er fährt doch gerade los«, sage ich.

»Der hat uns zu kritisch angesehen. Ist nur so ein Gefühl, aber mein Instinkt hat mich selten getäuscht. Möglicherweise sind wir schon zur Fahndung ausgeschrieben.«

»Na prima! Da macht es Spaß, hier herumzuirren, um den Weg zur Hütte zu finden«, grummle ich. Henry mögen solche Situationen vielleicht Freude bereiten, ich bin dafür nicht geschaffen. Da nützen auch die Sonnenstrahlen nichts, die golden durch das Laub dringen und die üppige Natur verzaubern.

Plötzlich schlägt mein Herz, das sich mühsam beruhigt hatte, wieder höher.

»Da! Der große Stein da! Das ist es! Da ist die Einfahrt!«, rufe ich und fuchtle wild mit dem Zeigefinger. Eine wahnsinnige Erleichterung überkommt mich.

Henry entlässt befreit die Luft. Er ist eben doch nicht immer so cool, wie er tut. Ich krame das Wasser aus der Tasche und kann endlich trinken.

Wir passieren einen Bach, der friedlich plätschernd in der Sonne glitzert. Alte Bäume, Farne, Hügel, moosbewachsene Felsen, das alles ist auf dem relativ kurzen Stück zum See zu sehen. Schon die Fahrt zur Hütte weckt alte Kindheitserinnerungen und lässt meine Freude immer größer werden.

»Der Weg scheint aber öfter befahren zu werden. Er ist ziemlich frei«, bemerkt Henry, als wir auf dem Schotterpfad dahinschaukeln.

»Stimmt, es ist die meistbenutzte Route zum See«, erkläre ich.

»Ich denke, die Hütte ist so abgelegen?«

»Ist sie auch. Sie liegt am Ende einer Abzweigung. Die nächste ist mindestens drei Kilometer entfernt.«

»Na, dann bin ich ja zuversichtlich«, brummt Henry.

Das erste Mal während der Fahrt erlaube ich mir, ihn in Ruhe betrachten. Er ist so ein schöner Mann, mit einem klassischen Profil. Mein Mann, mit dem ich jetzt viel Zeit allein verbringen kann – so Gott will. Wenn ich die Umstände ausblende, wird es sicher wunderbar werden.

Mein Herz hüpft vor Freude, als ich die alte Hütte zwischen den Büschen auftauchen sehe.

»Also, hier ist bestimmt schon lange keiner mehr unterwegs gewesen«, sage ich, als vorwitzige Zweige am Lack des Autos schrammen.

Henry schaut mich lächelnd an, als er den Motor abstellt. »Wirkt idyllisch. Aber irgendwie müssen wir noch den Wagen verstecken.«

»Hinter der Hütte ist ein Verschlag. Paps musste hier schließlich auch das Auto verstecken. Aber lass uns erst auspacken.«

Henry nickt. Auch von ihm fällt sichtlich die Anspannung ab.

Der Schlüssel ist immer noch unter demselben Stein am Eingang. Wir albern herum, während wir die Sachen in die Hütte tragen. Henry kann die Finger nicht von mir lassen, und ich genieße es. Er schließt den Kofferraum und drückt mich dagegen. Was hatte er gesagt? Er hat sich auf unsere Ankunft gestern so sehr gefreut. Ich spüre gerade etwas, das sich ganz hart freut, während Henry mich leidenschaftlich küsst. Seine Hände schieben das Top hoch und hinterlassen eine Spur brennende Sehnsucht auf der Haut, während er mit seinen Küssen auf den Hals heiße Schauer durch meinen Körper jagt.

»Wir sollten hier nicht so lange stehen«, murmelt er und unterbricht den Kuss.

Ich nicke. »Komm, ich mache dir die Tür vom Verschlag auf.«

Henry steigt in das Auto und fährt hinein, während ich die Tür aufhalte.

Wir betreten das Holzhaus, und ich bin überrascht, dass ich gar nicht so eine Staubhölle vorfinde, wie ich befürchtet habe. Zwar sind alle Möbel mit Laken abgedeckt, aber es scheint nicht so, als ob die schon jahrelang so herumstehen. Auch der Vorrat ist nicht überaltert. Es gibt sogar einen Gaskühlschrank, den ich nicht von früher kenne.

»Paps muss hier auch noch gewesen sein, nachdem wir nach New York gezogen sind. Ich möchte echt wissen, wie viele angebliche Geschäftsreisen hierher gingen«, murmle ich, während ich den Kühlschrank starte. »Er funktioniert. Wir hätten ruhig noch mehr aus dem Kühlregal kaufen können.«

»Hätten ... Sei froh, dass wir die Getränke kühlen können«, murmelt Henry, der lautstark die Federung des Bettes testet. »Hm, ich weiß nicht, ob das Teil den künftigen Strapazen gewachsen sein wird.«

Ich kichere. »Wollen wir nicht erst mal was essen? Ich brate uns ein paar Eier, okay?«

Henry grinst. »Guter Vorschlag.«

Entspannt lehnt er sich etwas zurück und stützt sich mit den Händen ab, während er mich beobachtet, wie ich die Zutaten zusammensuche.

Zuerst bereite ich den Toast in der Pfanne zu, denn die Hütte hat keinen Strom, um einen Toaster zu betreiben. Als die Spiegeleier brutzeln, steht Henry plötzlich hinter mir, knetet meine Brüste und küsst meinen Nacken. Sein Atem verursacht Gänsehaut, die nach unten zieht und meinen Unterleib lustvoll kribbeln lässt.

»Wenn ich dich so ansehe, ist mein Hunger auf etwas ganz anderes noch größer«, murmelt er. Die Stimme bringt meine Nerven zum Vibrieren und wandert direkt in das

Becken, wo sich ein verlangendes Ziehen ausbreitet. Ich reagiere jeden Tag stärker auf ihn. Henry dreht das Gas ab.

»Die Eier werden kalt«, stottere ich.

»Kommt drauf an, welche du meinst«, antwortet er, bevor er mich weiter leidenschaftlich bearbeitet. Seine Hände gleiten unter das Top, öffnen routiniert den BH und streicheln die Brüste. Als er die Nippel mit Daumen und Zeigefinger neckt, ist es, als hielte er ein Feuerzeug an einen Benzineimer. Mein ganzer Körper lechzt nach ihm. Ich fühle mich wehrlos – und genieße es –, als er mich umdreht und seine Lippen auf meine presst. Ja, ich sehe es ein, bevor wir essen, muss erst ein anderer Hunger gestillt werden ...

Seine kräftigen Hände packen meinen Hintern und heben mich in die Höhe. Erregt schlinge ich die Beine um seinen Leib, während er mich zum stabilen Holztisch in der Mitte des Raumes trägt. Die Beule in seiner Hose befeuert meine Sehnsucht, und ich spreize willig meine Beine weiter, damit er sich noch mehr zwischen meine Schenkel drängen kann.

Er schiebt das Top und den BH zusammen nach oben, knetet die Brüste, knabbert und saugt an meinen Nippeln. Leise ächzend stütze ich mich ab und genieße hingebungsvoll die Berührung. Henry bewegt meine Bekleidung weiter nach oben, ich hebe die Arme und lasse sie mir abstreifen.

Während er sein Gesicht in meiner Halsgrube versenkt, zieht es auch meine Hände unter sein Shirt. Lustvoll streichle ich über die Hügel der definierten Muskeln, was Henry schneller atmen lässt. Seine Zärtlichkeiten werden handfester. Ungeduldig öffne ich seine Hose und schiebe sie, zusammen mit den Boxershorts, über den knackigen Po.

Sein Schwanz springt verlockend hervor. Wie gerne würde ich ihn in den Mund nehmen, die feuchtglänzende Eichel mit meiner Zunge necken. Doch Henry hat andere Pläne. Zielstrebig drückt er meinen Rücken gegen das raue Holz des Tisches, damit er meine Hose ausziehen kann.

Er zerrt mich wieder hoch und dringt ohne Umschweife ein. Ich lege die Arme um seinen Nacken und den Kopf an die Brust, während er mich fickt. Gierig spreize ich die Beine, so weit ich kann, damit er möglichst tief eindringen kann. Immer leidenschaftlicher stößt er in mich hinein. Meine Hände wandern den Rücken hinunter, zum knackigen Hintern und schieben nach.

Henry knurrt erregt, legt mich noch einmal ganz auf dem Tisch ab. Er klemmt meine Beine zwischen seine Arme und stößt fester zu. Ich spüre meine Brüste wackeln und genieße sein lustverhangenes Gesicht, bevor ich vom Orgasmus überrollt werde.

Er beugt sich vor, hält mein Becken, ohne die Beine fallen zu lassen. Dabei wandert er mit dem Mund über meinen schweißbedeckten Körper, fährt mit der Zunge um meine Brustwarzen, bewegt seine Hüfte in leichten Kreisen, während er tief in mich stößt. Unsere Haut klatscht aufeinander, als er kurz das Tempo erhöht, bevor er sich stöhnend in mir ergießt.

Atemlos legt er seinen erhitzten Körper auf meinen. Unsere Haut glitscht, während wir uns küssen. Der Hunger lässt mich schließlich den Tanz der Zungen unterbrechen. Zwar kann ich Henry wegschieben, aber ich merke, dass er noch nicht genug hat.

Er sieht prüfend an sich herunter und grinst mich frech an. »Das war offensichtlich noch nicht genug. Komm, lass uns ins Bett gehen.«

»Ich fühle mich unsauber«, antworte ich.

»Dann lass uns duschen«, schlägt er schmunzelnd vor.

»Es gibt keine Dusche. Beziehungsweise, es ist der Eimer hinterm Haus, mit dem man sich Wasser aus dem See über den Kopf gießen kann.«

»Können wir nicht hineinspringen?«, fordert Henry schelmisch.

»Du willst doch nicht …?«

»Lass dich überraschen.«

»Der Grund ist schlammig. Da hast du keinen Halt.«

»Warum auf einmal so prüde?« Henry geht entschlossen auf mich zu und nimmt mich hoch. Überrumpelt und amüsiert lege ich die Arme um seinen Hals. Ich unterdrücke ein Juchzen, denn zu viel Lärm zu machen, ist sicher nicht klug. So beiße ich zärtlich in seine Schulter, während er mich zum See trägt und hineinläuft. Als mein Hintern die Wasseroberfläche berührt, lässt er mich los. Mit einem gedämpften Platschen lande ich im kühlen See.

Ich rudere und schnappe nach Luft, während ich versuche, Boden unter den Füßen zu bekommen. Das kalte Wasser lässt meine Brustwarzen steil aufragen. Henry fixiert seinen Blick darauf, während er wieder auf mich zukommt und mich hochhebt. Zack, hat er mich wieder ins tiefere Wasser geworfen und springt hinter mir her. Übermütig tauche ich seinen Kopf unter, als er nahe genug ist. Fröhlich, fast unbeschwert, toben wir noch ein wenig herum, bevor es mir zu kalt wird.

»Nächstes Mal wäre Seife nicht schlecht«, erkläre ich, während ich das Wasser aus meinen Haaren drücke.

Henry kommt näher.

»Ich freue mich schon darauf, meine seifigen Hände über deinen Körper gleiten zu lassen«, raunt er.

Seine Stimme, die Art, wie er mich dabei umarmt, zärtlich an meinem Ohrläppchen knabbert und dabei meinen Hintern streichelt, lassen mich wie Wachs in seinen Händen zerfließen. Ich könnte schon wieder …

»Fuck! Ich habe ein Handtuch vergessen!«, rufe ich erschrocken und schlage die Hand vor den Mund.

»Ich habe eins mit. Komm rein«, antwortet Henry lächelnd, und ich folge ich ihm.

Er kramt erst ein kleines Handtuch aus seiner Tasche hervor, das ich mir um die Haare wickle. Danach ein großes, mit dem er mich fürsorglich trocken rubbelt. Mit geschlossenen Augen schmiege ich mich in seine Arme und lasse mich zärtlich küssen. Wir verlieren uns in unseren Gefühlen.

Das Leben ist wunderbar!

»Jetzt muss ich aber wirklich etwas essen«, verlangt er nach einiger Zeit.

»Puh, Gott sei Dank! Ich dachte schon, ich bin die Einzige, die noch ans Essen denkt«, antworte ich augenzwinkernd.

»Du bist ganz schön übermütig, aber das bekommen wir noch weg«, erwidert er grinsend und tätschelt meinen Hintern.

»Soll das eine Drohung sein?«

Henrys Grinsen wird breit. »Wenn du das möchtest?«

»Was soll das denn heißen?« Ich stemme die Hände in die Hüfte.

»Wenn du das nicht weißt, kann ich dir auch nicht helfen. Was hältst du von Kitzelfolter?« Mit drohendem Gesichtsausdruck springt er auf mich zu und kitzelt mich gründlich durch. Ich kann mich nur wenig wehren, mir kommen die Tränen vor Lachen. Für einen Moment vergesse ich diese ganze skurrile Situation.

Henry küsst mich noch einmal übermütig, bevor er den Herd anzündet. Er wärmt den Toast auf und brät die Spiegeleier auch von der anderen Seite. Ich reinige und decke den Tisch.

»Ich möchte, dass du nackt bist«, verlangt er, als ich in meiner Tasche nach frischen Sachen krame.

»Was?!«, rufe ich und richte mich auf. Henry steht hinter mir, mit überzogener Entrüstung drehe mich zu ihm um.

»Du hast mich schon verstanden. Wenn wir wieder zu Hause sind, werde ich nie wieder die Gelegenheit haben, diesen heißen Anblick so ausführlich zu genießen.« Zärtlich steckt er mir eine Strähne hinters Ohr, küsst meinen Hals und knabbert wieder am Läppchen. Es pocht zwischen meinen Schenkeln, ich schnappe nach Luft.

Verdammt! Es kann doch nicht so einfach sein, mich zum Sex zu überreden.

»Ich hoffe nicht, dass ich dabei noch putzen soll.« Genervt drehe ich mich um und krame weiter in der Tasche.

»Weißt du denn gar nicht, wie gefährlich das ist?«, knurrt er, während er meinen Hintern streichelt. Ich schließe die Augen, denn ich werde feucht. Meine Pussy schreit nach seinem Schwanz, ohne dass er sich irgendwie groß bemühen müsste. Ich liebe es, von hinten genommen zu werden.

Willig lasse ich mich zum Sessel führen und mit dem Oberkörper über die Lehne legen. Ich kann es gar nicht erwarten, die köstliche Dehnung in meinem heißen Fleisch zu spüren. Zitternd stelle ich die Beine auseinander und fühle mich wie eine Nymphomanin.

»Du machst mich süchtig«, raunt er, während er genießerisch über meinen Rücken streichelt. Dabei spielt er mit der Penisspitze am Eingang, lässt meine Sehnsucht unerträglich werden.

Ich ächze. Die Beherrschung strengt mich an, doch in dieser Stellung mag er es nicht, wenn ich aktiv werde. So viel habe ich schon kapiert.

Er reizt weiter meinen Eingang, während er meine Brüste knetet. Ich kann nicht mehr und keuche.

»Warum so ungeduldig?«, fragt er gelassen, während er zustößt.

Unser Akt ist langsam, ausgedehnt und intensiv. Ich bejuble jeden Stoß. Als er dazu die Perle reizt, explodiert mein Unterleib. Die Erlösung breitet sich in mächtigen Wellen über den ganzen Körper aus. Gleichzeitig ergießt sich Henry lautstark, während er mich ungezügelt bumst.

Nach Atem ringend lasse ich mich erschlafft über die Lehne hängen. »Ich kann nicht mehr.«

»Ja, es wird wirklich Zeit für eine Stärkung«, antwortet Henry und zieht sich zurück. »Aber das musste vorher noch sein. Ich war nicht fertig.«

»Jetzt bist du's hoffentlich.«

»Zumindest bis ich etwas gegessen habe«, meint er lachend und zieht mich hoch. Er holt zwei Papiertücher, damit wir uns reinigen können.

Die Eier machen wir nicht noch einmal warm. So hungrig wie wir sind, schmecken die auch kalt.

# 28

## Vertreibung aus dem Paradies

Ich zähle nicht mehr.

Weder die Tage noch die schönen Stunden oder die Momente, in denen doch noch einmal Unsicherheit hochkocht, dass alles nur ein Traum ist. Auch, wie oft wir Sex haben, wundert mich nicht mehr. Ich lebe im Moment und genieße jede Sekunde – als Eva, mit Adam im Paradies.

Wir sind die meiste Zeit nackt, Henry trägt dann nur seine Dienstwaffe im Gurt. An den seltsamen Anblick habe ich mich mittlerweile gewöhnt. Gott sei Dank legt er sie zumindest nachts und zum Sex ab. Wir leben in den Tag hinein und machen nur Sachen, nach denen uns gerade ist. Ich fühle mich frei, wie noch nie in meinem Leben.

Es ist fast wie Urlaub, wären da nicht die Momente, in denen Henry aufhorcht und zur Waffe greift. Jedes kleine Knacken versetzt ihn in Alarmbereitschaft, meistens habe ich noch nicht einmal etwas gehört. Trotzdem wünsche ich mir oft, diese Zeit würde nie zu Ende gehen.

»Unsere Vorräte sind bald aufgebraucht«, bemerkt Henry eines Tages.

»Und? Was hast du vor?« Ich kann die Enttäuschung nicht verbergen. Sicher, er hatte mal gesagt, dass wir uns nur ein paar Tage verstecken müssen. Dennoch habe ich die Tatsache gerne verdrängt.

»Wir müssen irgendwie herausfinden, was der Stand der Dinge ist.«

Wie war ich damals froh, dass das Autoradio kaputt war,

doch nun könnte es uns wirklich nützen. »Ich will hier nicht weg. Noch nicht.«

»Dann müssen wir sehen, ob wir unauffällig neue Vorräte besorgen können«, antwortet er schulterzuckend. »Vielleicht ist es gut. Wir hätten schon längst mal die Lage sondieren müssen, aber die Zeit mit dir hier ist einfach zu verlockend.«

Einmal Paradies und zurück, in Lichtgeschwindigkeit.

»Ist das nicht zu gefährlich?«, frage ich.

Henry tätschelt meine Schulter. »Eher nicht. Leider.«

Ich seufze. Vernunft ist in dieser Umgebung gerade nicht meine Stärke.

»Tut mir leid, aber du weißt, warum. Komm, lass uns ins Bett gehen. Morgen machen wir uns auf den Weg.«

Ich nicke. »Und wenn nach uns gefahndet wird?«

»Ich vermute, das ist schon der Fall. Dann werden wir wohl über kurz oder lang verhaftet. Aber auch die Ermittlungen müssten fast abgeschlossen sein. Sie brauchen sicher unsere Aussage.«

Das sehe ich ein. Früher oder später müssen wir in die Realität zurück. »Klingt trotzdem nicht gut.«

Henry drückt mich an sich und sieht mir tief in die Augen. »Irgendwann muss es sein. Ich habe gekündigt, aber meine Dienstwaffe behalten, zumindest dafür werden sie mich zur Rechenschaft ziehen.«

»Du hast schon gekündigt?«, frage ich überrascht. »Das war mir gar nicht klar.«

»Na ja, ich habe eine Mail an meinen Vorgesetzten geschrieben, bevor wir abgehauen sind. Es musste schnell gehen, und ich habe gehofft, dass er sie nicht zu früh liest, damit sie uns nicht doch noch abfangen. Ich habe die Sache auch begründet. Ich darf zwar Verdächtige der Freiheit berauben, aber nur mit Genehmigung oder nach Anordnung.«

»Verdächtige?«

»Ja. Erinner dich, dass wir davon ausgehen müssen, dass mein Chef glaubt, ich würde dich decken.«

»Also stimmt es doch, was in Gangsterfilmen bezüglich *FBI*-Agenten suggeriert wird?«

»Was meinst du?«

»Dass sie immer die Regeln brechen«, necke ich ihn.

Ein kurzes Lächeln blitzt über Henrys Gesicht.

»Immer noch besser, als wenn sie mich vom Fall abgezogen und dich weiter observiert oder sogar verhaftet hätten. Ich wollte nicht von dir getrennt sein, und ich will es immer noch nicht. Keine Sekunde«, sagt er eindringlich. Sein liebevoller Blick geht mir durch und durch.

Vertrauensvoll lege ich den Kopf an seine Brust.

»Was wird jetzt passieren?«, frage ich verunsichert.

Henry streichelt mir übers Haar. »Ganz ehrlich? Ich weiß es nicht. Vielleicht droht mir ein Prozess.«

Erschrocken sehe ich zu ihm hoch. »Musst du ins Gefängnis? Dann wären wir noch länger getrennt.«

Er deutet ein Kopfschütteln an. »So schlimm wird es hoffentlich nicht werden. Die Chance, dass die Wahrheit schneller ans Licht kommt, ist nun mal größer, wenn wir aus der Schusslinie sind. Sonst hätten sie sich womöglich zu lange mit der falschen Fährte beschäftigt.«

»Darauf spekulierst du? Lenkt es nicht gerade den Verdacht auf uns?«

»Das ist auch möglich ...«

Ich stöhne. »Ich sehe schon, du hast es drauf, mich zu beruhigen.«

»... aber nicht so wahrscheinlich ... Hoffe ich jedenfalls. Ich hatte bisher immer ein vertrauensvolles Verhältnis zu Lieutenant Vargas.«

»Und es geht nur um die Dienstwaffe?«, frage ich.

»Was weiß ich. Viel hängt von meinem Chef ab, wie der mein Verhalten sieht«, antwortet Henry schulterzuckend.

»Mach dir nicht so viele Sorgen, du kannst an der Vergangenheit sowieso nichts mehr ändern. Wir müssen nun die richtigen Entscheidungen treffen, um die richtigen Leute zu belangen.«

Mein verdrängtes schlechtes Gewissen kocht immer höher.

»Ja. Und meine Familie macht sich sicher Sorgen«, spreche ich meine Gedanken aus.

»Du weißt ja, dass das *FBI* deine Familie auf dem Laufenden hält.«

Ich nicke. »Ich will hier trotzdem nicht weg.«

»Alles wird gut, daran musst du glauben.« Seine Hand streicht durch mein Haar, bevor er sich zu mir herunterbeugt. Sein Kuss verspricht mir Liebe und Vertrauen, die zwei Dinge, die ich nur bei ihm gefunden habe.

»Morgen sondieren wir die Lage«, sagt er, als wir uns trennen.

Mein Herz klopft deutlich. »Machst du das nicht besser allein?«

»Ich glaube, es ist gefährlicher, wenn du hier allein bleibst. Komm ins Bett. Wir schlafen drüber, und morgen früh sieht alles ganz anders aus.«

Es ist schon ein bisschen zur Normalität geworden, dass wir nichts ausziehen müssen, bevor wir ins Bett gehen. Henry nimmt seinen Waffengurt ab und legt die Pistole auf den Nachtschrank. Ich kuschle mich an seinen Rücken und genieße seinen muskulösen Körper. Die Vorstellung, dass es morgen vielleicht vorbei sein könnte, verschnürt mir die Kehle. Das erste Mal, seit wir hier sind, lieben wir uns nicht, bevor wir einschlafen. Jeder ist mit seinen Gedanken beschäftigt. Zu ungewiss ist das, was uns morgen erwartet.

Doch als wir länger ruhelos da liegen, bricht nicht nur das Mondlicht durch die Fensterscheibe, sondern auch unsere Leidenschaft wieder durch. Ich brauche Henrys intensive

Nähe. Es ist wie eine Stärkung für das, was auf uns zukommt. Unser Akt ist besonders zärtlich. Ich sauge Henrys Zuwendung auf wie ein Schwamm, schwelge in meinen Gefühlen, als er plötzlich innehält und gehetzt aufschaut.

Blitzschnell gleitet er aus mir heraus, springt aus dem Bett und greift nach der Waffe. Mitsamt seiner abflauenden Erektion stellt er sich hinter die Tür, als ob er erwartet, dass jeden Moment jemand hereinkommt. Erst jetzt höre auch ich die Schritte.

»Melissa. Bist du da drin?«, fragt eine männliche Stimme. Es ist die Stimme meines Vaters.

»Dad?«

»Geht es dir gut? Mach auf!«

»Vorsicht. Vielleicht ist es eine Falle«, flüstert Henry.

»Blödsinn«, erwidere ich. »Warte einen Moment, Dad, ich bin nicht angezogen!«

Schnell werfen wir uns etwas über. Henry hat die Waffe gespannt, als ich meinem Vater die Tür öffne. Kaum, dass er drin ist, schlägt Henry sie wieder zu.

Mein Vater sieht ihn und hebt die Hände.

»Also haben Sie doch meine Tochter gewaltsam entführt!«, keucht er mit Schweiß auf der Stirn.

»Nein, hat er nicht. Beruhige dich«, antworte ich. »Henry, leg sofort die Pistole weg!«

»Mach erst den Riegel wieder vor«, fordert Henry.

Ich will tun, was er sagt, da knallt die Tür schmerzhaft gegen meinen Leib. Stöhnend taumle ich zurück und sehe Jerry mit einem Gewehr in die Hütte stürmen.

»Vielen Dank, dass du mir den Weg gezeigt hast, Daddy! Dann könnt ihr endlich für das bezahlen, was ihr mir angetan habt«, faucht er mit Wahnsinn in seinem Blick.

Mir bleibt die Luft weg, mein Hals schnürt sich zu. Hilflos sehe ich zu Henry, der zu seiner Waffe greifen will, die er schon abgelegt hatte.

»Nein!«, schreie ich.

Jerry drückt ab.

Henry hält sich den rechten Arm.

Jerry feuert nochmal. Diesmal wahrscheinlich daneben.

Erschreckt vom Knallen halte ich mir instinktiv die Ohren zu.

Henrys Arm blutet, doch der beachtet es nicht weiter und springt todesmutig auf Jerry zu. Es knallt wieder. Mit einem beherrschten Tritt hat er Jerry den Revolver aus der Hand geschlagen. Nun blutet er auch aus der Schulter. Mein Gott!

Als wäre er gar nicht verletzt, spurtet Henry wieder auf Jerry zu und ringt ihn tatsächlich zu Boden.

»Meine Waffe!«, brüllt Henry.

Im ersten Moment weiß ich gar nicht, was er meint, und bin wie gelähmt. Ich kann nur wimmern. Irritiert sieht Henry zu mir hoch. Er ist angeschlagen und abgelenkt, sodass sich Jerry rasant befreien kann. Schon greift Jerry wieder nach seinem Revolver, der von der Wand ein Stück abgeprallt ist.

Ich kann gar nicht so schnell schauen, wie Henry aufspringt und sich seine Pistole zurückholt. Jerry zielt. Unerträgliche Angst um meinen Geliebten lässt mir Schweiß auf die Stirn treten. Er kann sich doch gar nicht mehr richtig wehren! Ohne nachzudenken, will ich mich vor ihn stellen. Paps hält mich zurück. Ich schreie. Mit der linken Hand feuert er auf Jerry, der zurückschießt. Beide brechen zusammen.

Hilfe! Ich bin wie gelähmt, kann nicht mehr atmen. Aufgeregt kaue ich auf meiner Faust.

Unmittelbar ist ein anderer, ohrenbetäubender Lärm im Raum. Beamte dringen durch die Fenster und die Türen, stellen Jerry in atemberaubender Geschwindigkeit.

Henry stöhnt vor Schmerz, als einer der Beamten ihn bewegt. Wahrscheinlich, um nach seinen Verletzungen zu sehen. Aber mein rationales Denken ist nicht mehr vorhanden.

»Lasst Henry frei, spinnt ihr? Er hat mich nicht entführt!«, brülle ich mit aller Kraft.

Die Beamten scheinen unbeeindruckt. Henry schreit auf, als ihm ein anderer die Waffe unbedacht entwindet.

Mein Vater erwacht aus seiner Starre und nimmt mich fester in den Arm. Erst jetzt merke ich, wie sehr ich zittere.

»Geht es Ihnen gut, Miss Wyatt?«, fragt einer von der *SWAT.*

»Ja, verdammt nochmal! Lassen Sie Henry los! Sehen Sie nicht, dass er einen Krankenwagen braucht?«

»Der Krankenwagen ist gleich da. Wir haben ihn auf der Hauptstraße geparkt und schon gerufen, als der Zugriff erfolgte«, antwortet ein anderer Beamter, während er konzentriert die Waffe auf Jerry hält. »Es war klar, dass das hier mit Verletzten ausgehen kann. Jerry Conti hätte Lunte gerochen, wenn wir zu dicht mit dem Rettungswagen herangekommen wären.«

Die Handschellen klicken nur beim stark blutenden Jerry. Henry wird von einem Polizisten aufgeholfen. Er ist leichenblass. Und anscheinend ist auch noch sein Bein getroffen.

Mein Herz hämmert wie wild, meine Knie werden weich, ich ringe immer noch nach Luft, und mir ist speiübel.

Fast ist es eine Gnade, als ich für den Bruchteil einer Sekunde spüre, dass ich ohnmächtig werde.

Als ich zu mir komme, sehe ich in Paps' vertrautes Gesicht. Er hält meine Hand.

»Da bist du ja wieder. Wir haben uns solche Sorgen gemacht«, flüstert er. Seine neue Frau Susan steht hinter ihm und sieht ebenfalls erleichtert aus.

»Wo bin ich?«, erkundige ich mich schwach. »Ich fühle mich so unendlich müde.«

»Du bist im Krankenhaus. Du hattest einen Schock, sie haben dir starke Beruhigungsmittel gegeben.«

Schock? Die Schießerei! Mein Herz fängt an zu hämmern, sofort bin ich wacher.

»Wo ist Henry?«, frage ich aufgeregt und setze mich auf.

»Leg dich wieder hin. Er lebt«, verlangt Paps.

»Ich will sofort zu ihm«, fordere ich.

»Das kannst du nicht. Er wird noch operiert, aber es besteht keine Lebensgefahr mehr.«

»Was ist passiert? Wieso warst du in der Hütte?«, will ich verwirrt wissen.

»Weil ich mir Sorgen gemacht habe. Es hieß, ein gewisser Jerry Conti wolle dich ermorden.«

»Der war auch da«, erinnere ich mich.

»Ja, ich Dummkopf habe ihn sogar zu dir geführt. Ich habe nicht gemerkt, dass er mir gefolgt ist.«

»Woher wusste er denn, wo du wohnst?«

»Deine Mutter hat es ihm verraten.«

»Waaas?!«

»Ich hätte an der Hütte sofort die Polizei rufen müssen, hatte aber Angst, das Falsche zu tun.«

»Woher wusstest du, dass ich in der Hütte bin?«

»Erinnerst du dich an Bryant Gartner, meinen Angel- und Jagdkumpel aus der Vermont-Zeit? Er hat mich angerufen, nachdem ein offizieller Fahndungsaufruf in den Medien war.«

»Aber wie konnte er ahnen, wo ich bin?«, wundere ich mich.

»Er hat dich mit Henry im Auto schlafen sehen und

meinte, dich erkannt zu haben, war sich aber nicht sicher. Du hättest einen sehr heruntergekommenen Eindruck gemacht.«

»Fuck, das war Bryant Gartner«, entfährt es mir. Ich streiche mir reflexhaft durch die Haare. »Ja, wir haben den Weg nicht gefunden und mussten im Auto übernachten. Da war ich entsprechend derangiert«, erkläre ich.

Paps nickt, und Susan lächelt verständnisvoll.

»Weißt du noch mehr?«, frage ich.

»Deine Mutter ist, zusammen mit diesem Bertoldo, von Jerry angeschossen worden. Vorher hatte Jerry den Safe leergeräumt und sich nach meiner Adresse erkundigt. Er ist davon ausgegangen, dass ich ihn irgendwann zu dem Versteck führe, womit er ja auch richtig lag.«

Ich schlage die Hand vor den Mund, als mir klar wird, was Paps da erzählt.

»Leben die beiden noch?«

»Während Bertoldo sofort tot war, konnte deine Mutter der Polizei noch Jerrys Namen nennen, bevor sie ins Koma gefallen ist. Sonst hätte es auch keine öffentliche Fahndung gegeben.«

Mein Gott, das ist alles so surreal! Ich werde einige Zeit brauchen, bis ich die Sache kapiert habe.

»Draußen steht übrigens noch jemand, der dich begrüßen will«, sagt Paps, während Susan die Tür öffnet.

Gerald strahlt mich an. »Schön, Sie wiederzusehen, Miss Wyatt.«

Ich lächle zurück. »Mir geht es genauso. Ich dachte schon, Sie haben mich verlassen.«

»Aber nicht doch, Miss. Ich konnte mich doch nicht gegen das *FBI* stellen. Jetzt werde ich Henry vertreten, bis er wieder fit ist«, erklärt er augenzwinkernd.

»Ich bin so froh, dass Sie das übernehmen«, erwidere ich.

»Die Polizei will nachher noch vorbeikommen, um eine Aussage aufzunehmen«, informiert mich Paps.

»Okay, das werde ich auch noch überleben.«

# Epilog

## Ein halbes Jahr später

Der Fahrdienst kommt vor der Boutique zum Stehen. Henry hält mir die Autotür auf. Ich lächle ihn an und bin mal wieder froh, dass er bei mir ist. Er streckt mir die Hand entgegen und hilft mir beim Aussteigen.

»Ich kann allein aussteigen. Ich bin schwanger und nicht behindert.«

»Ich weiß, aber das nützt dir nichts«, brummt Henry, während ich mir seufzend helfen lasse.

Die aufregenden Ereignisse von vor sechs Monaten haben wir zwar einigermaßen verkraftet, und Henry ist so weit wieder genesen. Ich habe, kurz nachdem ich zu Hause eingetroffen war, festgestellt, dass ich in Vermont schwanger geworden bin. Da war Henry noch im Krankenhaus. Erst hatte ich Bedenken, dass es vielleicht zu früh ist, doch Henry hat sich wahnsinnig gefreut. Allerdings ist seitdem seine Überbesorgtheit besonders anstrengend, er würde mich am liebsten in Watte packen.

Ich hatte vor sechs Monaten nur einen Schock und wurde recht schnell wieder aus dem Krankenhaus entlassen. Henry hatte da nicht so viel Glück. Die meiste Zeit war ich bei ihm, während sich nach und nach die Dinge klärten.

Henry ist mit einem blauen Auge davongekommen. Der Ärger, den er kassierte, ist nur reine Formsache, weil er nicht mehr fürs *FBI* arbeitet. Er macht ernst und baut für unsere Firma einen eigenen Sicherheitsdienst auf. Meine Bewachung ist selbstverständlich Chefsache.

Jerry hätte mit dem Geld aus dem Safe besser untertauchen sollen. Seine Rachepläne gegen uns waren jedenfalls keine gute Idee. Er hat zwar noch kräftig gesungen und so einige Clanmitglieder ins Gefängnis gebracht, doch wegen des Mordes wird es bestimmt lange dauern, bis er wieder draußen ist. Mein Mitleid hat er nicht. Das macht nichts, denn das hat er für sich selbst umso mehr.

Mittlerweile ist auch Mom wieder gesund. Zwar wusste sie angeblich nichts von Bertoldos krummen Geschäften, aber die Sache mit der Beihilfe zur Geldwäsche konnte sie uns gegenüber nicht abstreiten. Sie wurde intensiv verhört, doch beweisen konnte man ihr nichts. Wir haben den Kontakt zu ihr ganz abgebrochen.

Ich bin beeindruckt, als ich die neuen Verkaufsräume der Country-Glam-Kollektion meiner Schwester betrete. Der Laden ist brechend voll und das sicher nicht nur, weil es Champagner und Häppchen gibt. Auch ihre neuen Modelle stoßen auf größtes Interesse.

»Schön, dass ihr gekommen seid«, begrüßt mich Madison mit Umarmung und Küsschen. Meine Freundin ist inzwischen zu Viviennes Marketingmanagerin aufgestiegen. Auch Henry bekommt seine Wangenküsschen von ihr.

Mein Herzschlag erhöht sich, als Logan hinter ihr auftaucht. Henry und er begrüßen sich mit Handschlagritual, während ich nur verhalten winke. Logan lächelt schüchtern zurück. Wie mein Verlobter zieht auch Logan die Blicke der Frauen auf sich.

Meine Warnungen haben nicht gefruchtet. Logan hat es geschafft und ist tatsächlich mit Madison zusammen. Da beide entspannt und glücklich wirken, war es vielleicht doch die richtige Entscheidung. Es scheint sie auch für Logan zu geben, die Frau, für die ein Mann sein Leben ändert.

Vivienne kommt freudestrahlend dazu und begrüßt alle mit Küsschen. »Wir reden gleich noch. Ich muss da hinten noch etwas besprechen. Dad und Susan haben sich auch noch angekündigt.«

Aiden winkt mir zu, als ich in die Richtung sehe, in die Vivienne zeigt.

Madison tritt mit einem Tablett Orangensaft zu uns. Wir nehmen jeder ein Glas.

»Deine Mutter ist wirklich ein Gewinn für unsere Firma. Sie ist wahnsinnig kompetent, hat ein sicheres Gespür für den Kundengeschmack und wird eine großartige Filialleiterin werden. Vielen Dank für deine Empfehlung«, sagt Madison zu Henry.

»Freut mich zu hören. Ja, das ist ihr Ding. Danke für die Chance«, antwortet er lächelnd.

»Komm, ich führe dich zu ihr«, bietet sie an.

Als ich ihm folgen will, hält sie mich auf. »Du musst erst noch was mit Logan besprechen.«

»Ich?«

»Ja, wegen der Hochzeit. Sonst können wir keine Trauzeugen sein.«

Ich schlucke, denn ehe ich michs versehe, stehe ich allein mit Logan da. Er sieht betreten aus und schnappt sich schnell ein Glas Champagner, das er in einem Zug hinunterschluckt. Ich lächle verlegen.

»Melissa ... Es tut mir leid, was damals passiert ist.«

Ich nicke. »Ist Vergangenheit.«

»Aber anscheinend hast du es nie gut verkraftet.«

»Na ja, ich hatte schon eine Zeit dran zu knabbern. Aber wie du siehst, habe ich es überlebt.«

Logan kaut auf seiner Lippe. »Es ist nicht so, dass es mir nichts bedeutet hätte. Du warst die Einzige, die mich ernst genommen hat, die in mir nicht den Proll sah.«

»Wer sagt das?«, frage ich harsch, nehme den letzten

Schluck Orangensaft und wünsche mir, ich dürfte auch Champagner trinken.

Als jemand mit einem Tablett vorbeikommt, stellen wir die Gläser ab. Ich kreuze die Arme über meinem ganz schön dicken Bauch.

»Ich hatte auch Gefühle für dich. Eine Menge sogar«, lässt sich Logan nicht beirren.

»Schon klar, deshalb hast du dich auch schnellstmöglich verpisst«, grummle ich.

»Ich war jung und dumm und dachte, es wäre leichter so«, entschuldigt er sich schulterzuckend.

Ich winke ab. »Natürlich.«

Logans Blick wird flehend. »Was glaubst du, was passiert wäre, wenn wir es offiziell gemacht hätten? Dein Bruder hätte mich umgebracht, wenn dein Vater das nicht schon erledigt hätte. Ich musste zur Uni und hätte hier kein Zuhause gehabt. Wie hätte das gehen sollen? Ich habe noch jahrelang an dich gedacht und alle Frauen mit dir verglichen. Keine war so wie du. Keine hat mich so respektiert und geliebt ... Bis Madison kam.«

Ich schlucke, denn was er sagt, ist ehrlich gemeint. Das kann ich in seinem Gesicht lesen. »Logan, mir tut es leid. Ich war sauer auf dich, ohne es auch einmal aus deiner Perspektive zu betrachten ... Beziehungsweise ich hätte es dir nicht zugetraut.«

Wir sehen uns tief in die Augen, aber nicht wie Verliebte, sondern wie Freunde, die sich verstehen.

»Ich bin froh, dass wir geredet haben«, flüstert er.

»Ich auch. Und ich freue mich, dass du unser *Best Man* bist.«

Ein Lächeln huscht über Logans Gesicht.

Ich werde abgelenkt, weil ich bemerke, dass Henrys Mutter mit ihm zusammen zu uns kommt. Ich freue mich, denn ich habe sie seit vierzehn Tagen nicht getroffen. Heute

Abend wird unsere ganze Familie zusammen essen gehen. Das wird sicher wunderbar. Auch ohne Mom sind wir eine richtige Großfamilie. Alle haben jetzt ihr Glück gefunden.

# Danksagung

Mein besonderer Dank gilt der lieben Sandra, auf die ich mich immer verlassen kann.

# Über die Autorin

## Alica H. White

Aufgewachsen in Norddeutschland, absolvierte Alica H. White dort ein Ingenieursstudium. Nach ein paar Jahren, in denen sie in diesem Beruf in Düsseldorf arbeitete, folgten Hochzeit und Kinder. Heute lebt sie mit ihrer Familie am Niederrhein und arbeitet in ihrer eigenen Osteopathiepraxis.

Der Wunsch, ein Buch zu schreiben, schlummerte schon seit der Jugend in ihr, doch erst, als sie vor ein paar Jahren eine Schriftstellerin kennenlernte, wagte sie sich selbst an einen Roman. Sie brachte ihren Erstling als Self-Publisherin über BookRix auf den Markt. Er verkaufte sich gut, und die Autorin fing Feuer. Mittlerweile sind schon mehrere Liebesromane von ihr als Verlags- oder Self-Publishing-Titel erschienen.

Alica ist es wichtig, unterhaltsame und spannende Geschichten zu schreiben. Dabei dürfen die Protagonisten ruhig ein paar Ecken und Kanten haben, denn das Leben läuft ja auch nicht immer glatt. Ihre Geschichten sind sehr gefühlvoll, manchmal dramatisch, manchmal witzig oder auch frech – das Ganze gewürzt mit einem guten Schuss Erotik, einer Prise Tiefgang und einem Happy End.

Wenn die Autorin nicht gerade schreibt, kocht, liest und reist sie gerne oder arbeitet in ihrem großen Garten.

»Undercover ins Herz – Liebe unbewaffnet« ist ihre erste Veröffentlichung im Zeilenfluss Verlag.